# LE PROMIS DES HIGHLANDS

## LES GARDIENS DE LA PIERRE

TANYA ANNE CROSBY

Traduction par
EMMA CAZABONNE

« Les personnages de Crosby laissent les lecteurs accrochés aux pages. »

— PUBLISHERS WEEKLY

« Tanya Anne Crosby vise à nous faire passer un bon moment et elle le fait avec humour, avec une histoire au rythme soutenu et la juste quantité d'éléments de romance. »

— THE OAKLAND PRESS

« Romance remplie de charme, de passion et d'intrigue. »

— AFFAIRE DE CŒUR

« Crosby sait doser son humour avec justesse. Fantastique, engageant ! »

— RENDEZVOUS

« Tanya Anne Crosby a écrit une histoire qui touche votre âme et qui restera pour toujours dans votre cœur. »

— SHERRILYN KENYON, AUTEUR À SUCCÈS
#1 DU NYT

*Pour mon mari, Scott, le dún Scoti original.*

# REMERCIEMENTS

**M**erci aussi à ma fille Alaina Christine Crosby-Barber et à mes chères amies et auteurs Laurin Wittig, Glynnis Campbell et Suzan Tisdale, sans oublier Barb Batlan-Massabrook et Rima Laham Jean. Ce livre n'aurait pu voir le jour sans votre aide.

Merci également à mon équipe de soutien à l'écriture : Danelle Harmon, Cynthia Wright et Jill Barnett. Vous m'avez encouragée à rester collée sur ma chaise et à écrire !

Enfin, si je ne l'ai pas encore assez dit à mes fidèles lecteurs, je vous remercie tous du fond du cœur.

« Allons de l'avant, nous les conteurs d'histoire, et em-
parons-nous de tout ce à quoi le cœur aspire, sans avoir
peur de quoi que ce soit. Tout existe, tout est vrai, et la
terre n'est qu'un peu de boue sous nos pieds. »
— *William Butler Yeats, Le crépuscule celtique*

## LA MALÉDICTION DE CAIMBEUL

Feu de la bougie, chaleur de la flamme,
Sur le nom de Caimbeul lancez le damne.
Le don de la beauté maintenant j'accorde,
    et voici,
Son enfant grandira maudit.
Les yeux violets, la peau claire,
À porter son nom ele sera la derniesre.
Tenter la Pleureuse, qu'ainsi il soit,
Le premier baiser de l'amour un fils
    enfantera.
Deus semaines apres de naistre son heure,
Seront perdus honneur, vie et valeur.
Ni par la main de Caimbeul, ni par sa
    volonté,
Le sang de fils ou de filles ne sera versé.
Par les puissances d'en haut, par la loi de
    trois,
Ceci est ma volonté, qu'ainsi il soit.

# CHAPITRE 1

— *É*coutez-moi, je vous dis que c'est une sorceresse !

Le roi poussa un profond soupir d'impatience.

— Ce n'est point parce que les ménestrels le chantent que c'en est véritelment une. Elle s'y connaît en remèdes, et alors ?

— Nenni, Votre Majesté, j'ai été moi-même témoin de guérisons miraculeuses par sa main. L'automne dernier, elle a fait passer le garsoncel d'une servante dans une couronne de chèvrefeuille et sa fièvre a disparu.

— Une couronne, dis-tu ? rétorqua le roi avec moquerie. Tu es certain que ce n'était point un halo ? La jeune fille est peut-être une sainte ? poursuivit-il avec un éclat de rire caverneux.

De faibles éclats de rire retentirent dans l'atmosphère tendue de la salle.

— Sainte Lìleas, lança un conseiller sur un ton malicieux, sautant sur l'occasion de gagner la faveur du roi.

De l'autre bout de la table parvint en écho une plaisanterie grossière :

— Point avec des biberons comme les siens, je le garantis. Si elle venait à côté de ma couche de malade, je gémirais pour avoir ces doux mamelons entre mes lèvres !

Des gloussements nerveux éclatèrent dans la salle.

Malgré la légèreté de l'instant, la discussion en cours était grave. Dans ses quartiers les plus privés, portes fermées, gardes postés à l'extérieur, le roi David de Scotia avait réuni ses conseillers les plus dignes de confiance ainsi qu'un groupe discret de chefs influents. Chacun réfléchissait au dilemme qu'il leur avait présenté : comment asservir la tribu la plus rebelle des Highlands et comment le faire sans provoquer de nouvelles effusions de sang entre les clans. Rude et épuisant, le conseil semblait s'éterniser. La pièce sentait la sueur, la cupidité et la peur. Après tant d'heures, la fumée noire qui s'élevait des torches de poix avait laissé de nouvelles couches de suie au plafond. Au centre de la table, une carcasse de porc, récurée, grouillait de mouches. Personne n'avait autorisé les servantes à entrer pour emporter les restes, de peur d'être entendu. Les aiguières étaient vides depuis longtemps, de même que les hanaps, à l'exception de quelques crachats au fond.

Quant à l'ambiance avant la réunion, les sièges vides étaient un rappel que tous les chefs n'exerçaient pas la même influence dans la cour de David. L'absence de certains était flagrante, en particulier celle du *laird* de MacKinnon, qui était peut-être la plus grande épine dans le pied de David. En fait, sans ingérence de sa part, ils auraient sans doute déjà placé un pion précieux sur leur échiquier.

Mais ce n'est pas de MacKinnon qu'ils discutaient longuement aujourd'hui. Pour le moment, l'objet de leurs débats était probablement la deuxième plus grande menace au trône de David : un rebelle Highlander qui, même s'il ne semblait pas avoir l'intention de se planter le derrière sur la pierre de Scone, pouvait soulever les clans contre David mac Maíl Chaluim. C'était des temps difficiles et David avait passé trop d'années de sa jeunesse en Angleterre. Beaucoup n'accueillaient pas volontiers son règne.

Le roi s'éclaircit la gorge.

— Être maudit n'est point la même chose que de maudire les autres. Nous ne croyons point aux sorceresses. Mais, à titre d'exemple, comment est-ce qu'elle pourrait nous être utile ?

— Diantre, vous voyez point, Votre Majesté ? Tous ceux qui l'aiment trépassent !

David leva les yeux au ciel. Grognant d'inconfort, il essaya de trouver une meilleure position sur son fauteuil conçu pour des hommes de moindre envergure.

— Pour autant que nous sachions, un seul homme a trépassé.

— Si fait, mais précisément comme prédit, renchérit l'homme.

David n'était toujours pas convaincu :

— Par la malédiction d'une vieille en courroux ? La même vieille, nous ajouterons, qui joue à la nourrice dans le clan dún Scoti ? Nenni, le plan est voué à l'échec dès sa conception. Dún Scoti ne permettrait jamais à la jeune fille d'approcher à une lieue de la *Mounth*. Aidan la tuerait lui-même, nous en sommes certains.

— Avec mon respect, Votre Majesté, je crois point que ce soit vrai, intervint un autre de ses conseillers. Certains disent que le dún Scoti voudrait que son clan revienne aux anciennes coutumes, quand leurs femmes les menaient au fouet. Il cède à ses sœurs comme si c'étaient des hommes. Je vous dis qu'il toucherait jamais un cheveu de la tête de la jeune fille.

Le *laird* de Teviotdale prit la parole :

— C'est une poule mouillée comme son père.

David regarda Teviotdale en levant un sourcil. À son éminent avis, Teviotdale n'avait pas beaucoup de respect pour les femmes s'il pouvait envoyer sa propre fille, vierge, partager le lit d'un homme pour de l'argent. De plus, le dún Scoti mourrait pour chacune de ses sœurs. Il avait lu cela dans le regard de l'homme.

— Pourrais-tu lui dire cela en face ?

Ils réalisèrent tous deux que, juste pour prouver qu'il avait raison, cela prendrait moins de temps à David de l'envoyer dans le Nord qu'aux servantes de nettoyer la table. Pas un seul d'entre eux ne défierait le dún Scoti. Et maintenant que David avait mis Aidan en colère, il ne le rencontrerait pas face à face. Si quelqu'un ici se croyait plus courageux que le roi de Scotia, David aimerait le voir face au grand chef de Dubhtolargg.

Comme David l'avait prévu, Teviotdale secoua la tête d'un geste nerveux. David était apaisé.

— Fi ! s'écria Padruig Caimbeul, qui avait le plus à perdre.

C'était sa fille dont ils discutaient aujourd'hui le sort. Elle pourrait bien finir sous la lame d'Aidan dún Scoti.

— Ce sont des sauvages des montagnes, avança-t-il. Ils vivent avec la lame depuis le ventre de leur mère, poursuivit-il en secouant la tête avec conviction. Mais s'il y a une chance que ma Lìleas puisse les mettre au pas, je suis prêt à faire ce sacrifice.

— Si fait, mais même si elle pouvait le gagner, en fit valoir un autre, qui peut garantir que la malédiction est réelle ? La mort du dún Scoti est guère certaine.

— Son premier mari est trépassé, renchérit Caimbeul comme si c'était une preuve suffisante. Quelle sorte d'homme trépasse par sa propre flèche en travers de son crâne, sinon un idiot qui est maudit ? Nenni, assurément ma fille est marquée par une sorceresse. L'homme qui l'aime entendra les pleurs de Caoineag deux semaines après avoir perdu son cœur.

— Aussitôt annoncé, aussitôt arrivé, lança l'un des porte-bannières de Caimbeul.

Caoineag la Pleureuse était la banshee qui hantait les lacs et les cascades. On disait pouvoir l'entendre hurler avant une mort dans un clan. Rien que des contes de fées, mais David était de plus en plus désespéré.

Dans le silence qui s'ensuivit, les torches se mirent à crépiter. La salle enfumée commençait à avoir un effet néfaste sur les yeux et les poumons de David.

— Caimbeul, c'est ta fille unique. Tu es prêt à prendre ce risque ?

— Qu'ai-je à perdre ? acquiesça Caimbeul sobrement. Nul homme la voudrait maintenant.

David lui lança un regard sombre.

— Nous t'avisons... si le dún Scoti a des doutes sur elle, elle trépassera sûrement.

Il était content de n'avoir jamais rencontré la jeune fille et de ne pas pouvoir mettre de visage sur son nom. Cela faciliterait sa décision.

Caimbeul haussa les épaules. La salle retrouva son atmosphère de gravité. Les torches de poix vacillaient nerveusement, comme si elles attendaient la décision de David.

— Le trépas du dún Scoti est point garanti, insista son conseiller.

— Les accidents arrivent, intervint Rogan MacLaren, resté silencieux jusque-là.

Son frère avait été la première victime de Lìleas, bien plus simple qu'un fratricide apparemment.

— Il y a d'autres façons d'assurer la fin que nous

pourchassons, suggéra-t-il. On pourrait peut-être persuader Lìleas ? Elle a un fillot...

Tous les conseillers savaient ce que MacLaren insinuait. Y compris David. Ils savaient tous ce que MacLaren était capable de faire au nom de l'ambition. Il pourrait amener Lìleas à tuer le Scot des montagnes, sinon pour se sauver, alors peut-être pour sauver son enfant.

Personne ne prit la parole pour poser des questions à MacLaren ou pour tempérer ces sombres pensées.

— Maudite ou point, je peux attester du fait que nul ne peut lui résister, continua MacLaren. Stuart la convoitait même en sachant ce qu'il pouvait perdre.

— Ses prétendants étaient nombreux, même en sachant... mais c'était avant, avoua-t-il tout en acquiesçant de la tête. Ah ! Maintenant ils semblent peut-être pas si prêts à tenter le destin ! ajouta-t-il en gloussant.

Quand personne ne se joint à son rire, il se sentit mal à l'aise et se racla la gorge. Il observa le roi d'un air méfiant.

David lui jeta un regard éloquent.

— Et pourtant, toi MacLaren tu lui as résisté quand elle vivait sous ton toit ?

Un léger sourire se dessina sur les lèvres de MacLaren.

— J'aime assez mon pendeloche, dit-il, mais je dois plutôt garder la tête sur les épaules. Je la regarde et lui parle point. Elle et son fillot restent la plupart du temps dans leur coin, précisa-t-il d'un air grave.

— Quel sage ! déclara le père de la jeune fille. J'aurais dû te la donner pour épouse au lieu ! Au moins, t'aurais peut-être gardé les idées claires au lieu de donner ton cœur à une sorceresse !

David reposa violemment sa chope sur la table. Quelle sorte d'homme pouvait dire de telles choses sur sa propre fille ? Même lui et ses frères, tout en se disputant âprement pour le trône de Scotia, n'auraient jamais dit un mot de travers au sujet de leurs femmes. Ils auraient pu embrocher leurs fils dans leur lit, mais leurs filles n'auraient jamais souffert un instant de mépris. Il ne pouvait pas supporter un homme qui ne respectait pas les femmes. Il se gratta le menton, réfléchissant à toutes les solutions disponibles. Pour l'instant, aucune ne semblait réalisable... sauf une.

— Son fillot tu disais ?

— Nous le gardons, pour sûr... comme assurance, suggéra MacLaren.

La question de David n'était pas ouverte, mais ils ne pouvaient se méprendre sur son sens.

— Même s'il est ton neveu ?

MacLaren jeta un coup d'œil à Caimbeul qui hocha la tête presque imperceptiblement. Il tourna ensuite son regard vers le roi.

— Pour le bien de la Scotia... si fait, pour sûr.

— Regardez de cette façon, intervint quelqu'un. Si la malédiction est vraie... la jeune fille ira au dún Scoti avec ses beaux yeux violets et il pourra point lui résister. Il l'aimera, ensemencera son ventre, et trépassera vite. Le bâtard écarté, les gens de la montagne tomberont, parce que sans chef, ils sont faibles comme des vieilles poules.

David était certain qu'aucun de ces imbéciles n'avait jamais vu un de ces montagnards, mais il les laissa parler.

— Et si la malédiction est point vraie, alors...

L'homme regarda vers MacLaren et souleva une épaule.

— Dites au dún Scoti que vous souhaitez une alliance entre rois ! Son ego va festoyer, conseilla un de ses hommes.

David fit oui de la tête, voyant la manigance d'un air plus favorable, malgré un pincement de culpabilité. Il était tout à fait possible qu'Aidan accepte la fille. Néanmoins, il ne se faisait pas d'illusions quant à son désir d'accepter une alliance. En même temps, dún Scoti était beaucoup trop arrogant pour se croire sujet aux ruses de n'importe quelle femme, et en particulier d'une femme que son propre clan avait maudite. Et il y avait une chose qui pouvait rendre la fille encore plus attrayante à ses yeux que des sacs remplis d'or : elle était du même sang que celui qui avait tué le père d'Aidan.

David lança un coup d'œil à Padruig Caimbeul. Le vieil homme à la longue barbe grise et sale avait jadis été un féroce guerrier. C'était encore un homme sans pitié prêt à négocier froidement la vie de sa fille pour son propre gain. Mais cela ne concernait pas David. Beaucoup de vies avaient été sacrifiées au nom de la solidarité. Beaucoup d'autres succomberaient.

Hélas, il avait espéré qu'en offrant Catrìona, la sœur d'Aidan, à un homme choisi par lui et par Henri d'Angleterre, ces mesures pourraient être évitées. Mais il ne semblait pas y avoir d'autre choix. La sœur d'Aidan avait épousé un Highlander rebelle et les perspectives d'alliances de David étaient toutes tombées à l'eau. S'il y avait une chance d'unir les clans sans effusion de sang, c'était la voie à suivre, par le biais de contrats de mariage et d'alliances soigneusement planifiés. Il se devait d'ignorer jusqu'à ses pincements de culpabilité les plus insistants. Pour l'instant, Aidan ne convoitait peut-être pas encore le trône de Scotia, mais s'il venait à être mécontent... L'homme était trop imprévisible. On le saluait déjà comme le dernier *mac na h-Alba'*, le dernier véritable fils de Scotia. Il soupira profondément, maudissant cet imbécile d'Iain MacKinnon.

Si fait... mais donner Lìleas MacLaren à Aidan pourrait marcher... Il pourrait bien en fait accepter la jeune fille, au moins dans le but d'en contrôler le père.

La vengeance était un puissant moteur.

L'amour d'une mère aussi.

Il tourna son regard vers Rogan MacLaren. L'homme était suffisamment endurci pour faire ce qu'il fallait le moment venu. En vérité, il se dit que MacLaren pourrait même prendre plaisir à exécuter sa tâche. David n'aurait probablement pas besoin de donner l'ordre. Tout se mettrait en place comme prévu et il ne repenserait plus jamais à son rôle dans cet acte ignoble, puisque tout serait conclu à son insu.

Caimbeul était assis, l'air suffisant, certain d'avoir sous la main la seule réponse viable. La lueur dans ses yeux trahissait sa vision du paiement en or qu'il espérait.

— Soit, annonça David en finissant par céder, ne voyant pas d'autre moyen. Offrons Lìleas MacLaren comme jeune épouse à Aidan dún Scoti.

Deux autours des palombes volaient au-dessus du château, se dépassant l'un l'autre comme des concurrents dans une joute. Lìli se dit qu'ils avaient peut-être suivi les chasseurs rentrés ce matin. Le *laird* de Keppenach ne s'était pas joint à eux, mais elle savait que lui aussi était revenu de là où il s'était rendu, du simple fait que les rires avaient brusquement cessé dans le donjon et l'humeur était devenue sinistre, pareille à celle du *laird*.

Cela n'avait pas d'importance, car Lìli prenait le bonheur comme il venait. Aujourd'hui, elle avait beaucoup aimé s'occuper des herbes aromatiques dans son jardin, seule avec son fils.

— Regarde, Mère ! Regarde ce que j'ai trouvé !

Lìli se retourna vers son enfant qui se précipitait vers elle dans l'allée de jardin, les mains jointes et tendues. À cinq ans, Kellen était le portrait tout craché de son père. Malheureusement, il était aussi celui de son oncle paternel. Arrivé près d'elle, il leva les mains pour lui montrer ce qu'il avait découvert enfoui dans le sol.

— Tu sais c'que c'est ? demanda-t-il un peu à bout de souffle. Tu sais, Mère ?

Lìli se pencha pour mieux voir la gravure sur la

pierre plate et lisse. Le motif avait la forme d'un bouclier arrondi, noué aux quatre coins pour symboliser la Terre. On pouvait trouver beaucoup d'artéfacts semblables dans ces contrées, car Keppenach était situé sous les *Am Monadh Ruadh*, les collines rouges, où les hommes peints avaient vécu bien longtemps avant eux.

— C'est un talisman pour te protéger, répondit-elle. Il te gardera en sécurité partout où tu iras.

— Un talisman ? reprit-il, ses petits sourcils froncés.

— Une amulette, expliqua Lìli, remarquant la confusion de son fils.

Ses doux yeux bruns étaient d'une profondeur et d'une gravité trop grandes pour un enfant.

— Comme la croix que Père portait autour de son cou.

Il fit une moue qui ressemblait tellement à celle de son père que le cœur de Lìli se serra.

— Mais Père est trépassé, dit-il d'une voix plaintive. Elle a point marché.

Lìli ressentit une vive douleur à ces mots. L'une des raisons, et non des moindres, étant qu'un jour, son fils apprendrait que tout le monde reprochait à sa mère la mort prématurée de son mari. Ou plutôt, ils blâmaient la malédiction placée sur elle quand elle était enfant. La même odieuse malédiction qu'elle avait osé espérer n'être rien de plus que des balivernes. Mais son mari maintenant défunt, elle ne pouvait plus avoir de doutes.

Son fils leva le bras pour jeter la pierre au loin.

— Nenni ! dit-elle aussitôt. Garde-la, Kellen.

Il baissa le bras, les yeux remplis de crainte à l'idée d'avoir contrarié sa mère. C'était un bon petit garçon, plein d'affection. Et d'inquiétude.

— Dans cette vie, il faut utiliser tout le bien que le monde nous prête. Tiens jamais pour acquis même la plus petite des faveurs, mon fillot.

— Mais c'est juste une pierre, Mère, reprit-il en fronçant les sourcils.

Lìli pencha la tête vers son fils.

- Les choses sont ce que tu en fais, fillot, lui dit-elle sur un ton patient.

Il la regarda, le front plissé, non convaincu.

— Rappelle-toi, rien n'arrive jamais par accident, rien n'est joué d'avance.

Elle ne voulait pas que son fils grandisse en croyant que son destin était aux mains d'hommes de moindre rang ou dépendait des paroles d'une stupide prophétie.

— Notre destin se trouve dans nos propres mains. Comme cette pierre, précisa-t-elle en regardanAt l'artéfact.

L'enfant ouvrit la main et examina de nouveau la pierre, l'inspectant de plus près, le regard sombre et sceptique.

— Garde-la pour un autre jour, lui ordonna-t-elle. Tu en auras peut-être besoin.

Il baissa ses petites épaules, l'air défait.

— D'accord, céda-t-il. Je vais la garder dans ma boîte à trésors, personne pourra la trouver ! ajouta-t-il avec un petit sourire en coin.

Lìli sourit. Dans sa boîte au trésor, un petit coffre en bois qui avait jadis appartenu à son père, il cachait tout ce qui avait le plus de valeur à ses yeux. Elle le tapota doucement sur la tête.

— Tu es un bon garsoncel, dit-elle. Tu es sage... même plus sage que ton père.

Une étincelle brilla dans ses yeux noirs et un petit sourire triste se dessina sur ses lèvres. Elle l'aimait farouchement, d'un amour qui était pur et vrai. Un jour, elle le verrait libre de l'influence de son oncle.

— Lìli ! s'écria une voix familière.

*Quand on parle du diable...*

Reconnaissant la voix du *laird*, son fils se raidit visiblement. Lìli lui toucha la tête, maîtrisant sa propre réaction pour le bien de son enfant. Elle le repoussa doucement.

— Va, l'exhorta-t-elle. Attends-moi dans le jardin.

Il resta fermement sur place, mais Lìli ne pouvait pas supporter l'idée qu'il soit encore témoin ne serait-ce que d'une autre parole méchante sortant de la bouche cruelle de son oncle.

— Va maintenant ! insista-t-elle.

— Si fait, Mère, dit-il, mais en traînant les pieds, hésitant à la laisser.

Elle entendit Rogan s'approcher, martelant délibérément le sol de son pas lourd.

— Kellen, supplia-t-elle à voix basse.

À contrecœur, Kellen s'éloigna, serrant son nouveau talisman dans son petit poing. Il sembla à Lìli qu'il baissait la tête et adressait une prière à sa pierre. Il se retourna une seule fois pour regarder sa mère, le regard bouleversé. Le cœur de Lìli se serra davantage. Ce n'était pas un endroit pour un enfant. Pas à l'ombre de tant d'amertume.

Lorsque Lìli fut sûre que son fils ne reviendrait pas, elle se tourna enfin pour faire face à son persécuteur, cet homme du même sang que son mari, du même sang que son fils.

— Rogan, le salua-t-elle, sans pouvoir rien ajouter de plaisant.

Il ouvrit les bras, demandant une étreinte qu'elle n'avait jamais daigné lui accorder. La pensée de le toucher, même le temps d'un salut, lui retournait l'estomac. Quand elle ne se jeta pas dans ses bras, son regard changea, révélant la pleine mesure de sa rancune derrière ses yeux sombres.

— Je dois te parler, dit-il d'un ton sec. Dans le jardin ?

— Nenni, point le jardin. J'en viens, répondit Lìli en secouant la tête et en regardant rapidement par-dessus son épaule pour s'assurer que son fils ne s'était pas attardé. La cour peut-être ? suggéra-t-elle un peu moins catégoriquement.

— Tu passes beaucoup trop de temps à pourchasser ces mauvaises herbes, la réprimanda-t-il en suivant des yeux le garçon qui s'éloignait.

Ses yeux noirs brillaient d'une émotion que Lìli n'arrivait pas à identifier, quelque chose qu'elle n'avait jamais vu dans les yeux de quelqu'un d'autre.

*Il avait l'âme noire.*

— Comme tu voudras, céda-t-il, avant de faire demi-tour et de se diriger vers la cour, s'attendant à ce que Lìli le suive.

Ce qu'elle fit bien sûr, même en sachant que l'homme avait l'air bien trop joyeux. Elle comprit instinctivement que c'était mauvais signe. Il ne regarda pas une fois en arrière ni ne ralentit son pas. Il devait pourtant bien entendre qu'elle avait du mal à le suivre.

— Ça fait quatre années que mon frère est trépassé, annonça-t-il.

— Si fait, répondit-elle.

*Quatre années. Deux mois. Vingt jours. Chaque instant rempli de douleur.*

Elle se crispa aussitôt, craignant le discours familier. Six fois en quatre ans, Rogan l'avait demandée en mariage. Sans compter les fois où, en état d'ivresse, il l'avait invitée à partager son lit hors du mariage. Contrairement à celles de son frère, ses manières étaient dépourvues de toute tendresse. Il était aussi rude et froid que les Highlands en hiver. Au moins maintenant il avait une maîtresse pour lui tenir chaud la nuit, mais il n'avait clairement aucune considération pour cette fille. Pauvre Aveline. Son père était un idiot s'il croyait que Rogan en viendrait un jour à avoir de l'affection pour elle. Au lieu, il se servirait d'elle puis la rejetterait, comme tout ce qu'il possédait. La seule raison pour laquelle il voulait désespérément Lìli était tout simplement qu'il n'arrivait pas à la posséder.

Rogan s'arrêta brusquement et se retourna vers elle pour la jauger, de cette façon familière qui lui donnait la chair de poule. Il l'étudia de ses pantoufles à ses seins, puis finit par la regarder dans les yeux, comme après réflexion. Les mains dans le dos, il se balança en arrière sur ses talons et gonfla la poitrine, une attitude qui trahissait son arrogance.

— Comme tu sais, je peux point continuer à payer pour tes besoins et ceux de ton fillot sans récompense.

Lìli avala sa salive et détourna son regard.

*Et le revoilà, une fois de plus.*

Du haut des remparts, quelques badauds regardaient en bas vers eux. Mais elle savait qu'ils détourneraient la tête pour échapper à la culpabilité de ne rien faire s'il en venait à lever la main sur elle. Personne n'osait défier Rogan MacLaren. Il gouvernait son domaine sans conteste. Pour la plupart, c'était tout simplement plus facile d'ignorer ce qu'ils ne voulaient ni voir ni entendre. Malheureusement, Lìli ne partageait pas la même prédisposition. Qu'est-ce qu'elle ne donnerait pas pour être loin d'ici ! Mais il semblait que son père se soit lavé les mains d'elle et de son fils, sachant que tout ce qui était lié à Keppenach appartenait maintenant à l'infâme frère de Stuart. Y compris sa dot, aussi maigre fût-elle.

— Hélas, Lìli, que puis-je faire ? Je t'ai offert maintes possibilités de porter un titre digne de ce nom, mais tu refuses. Le temps presse pour que je me trouve femme et enfant.

*Aveline ?*

Surprise, Lìli se tourna vers Rogan. Mais il avait un regard plein de suffisance qui la fit frissonner. Rogan était beau, elle lui accordait cela. Mais ses yeux, enfoncés et sombres, ressemblaient à des puits de charbon. S'ils avaient jamais brûlé d'émotion, la lumière y était éteinte depuis longtemps. Lìli se demandait ce qui l'avait rendu si froid.

— Je suis face à un dilemme, tu vois. Je peux point t'avoir ici une fois qu'elle arrivera.

*Hélas, ce n'était point Aveline.*

Puis Lìli eut aussitôt pitié de la pauvre femme, qui qu'elle fût. Aveline devrait se considérer chanceuse, après tout.

Il sourit.

— Il parait que personne de riche ne veut de toi. Et qui pourrait les blâmer ?

Le cœur de Lìli se mit à battre un peu plus vite. Toutes les possibilités défilaient dans son esprit. Allait-il la rejeter maintenant ? Où cela la laisserait-elle avec son fils ? Elle pourrait peut-être entrer au couvent ? Mais Kellen ?

— Haut les cœurs, il y a une solution, suggéra-t-il. Elle te permettra de faire amende honorable auprès de ton père et de redonner honneur à son nom.

Son regard brillait de malice. Lìli cligna des yeux, ne sachant que dire. En vérité, elle n'avait rien fait pour déshonorer le nom de son père. Elle avait été une bonne épouse pour Stuart, malgré la brièveté de leur mariage. Si la malédiction était bel et bien réelle, les gens de la montagne l'avaient maudite pour les péchés de son père, pas les siens.

Il semblait avoir lu ses pensées, aussi impossible que cela puisse paraître.

— Et tu veux honorer ton père, assurément ?

Rien dans son sourire n'était rassurant.

Inquiète, Lìli regarda par-dessus son épaule, cherchant son fils du regard, espérant que Kellen était loin. Car si elle refusait ce que Rogan était sur le point de lui offrir, il allait sûrement entrer dans une colère noire. Elle poussa un soupir de soulagement. Son garçon avait disparu. Elle releva le menton en signe de défi et regarda Rogan en face.

— Dites-moi, Rogan, quelle est votre proposition ?

Rogan prit son temps avant de répondre, comme s'il appréciait de la voir mal à l'aise.

— Je connais un seul homme qui voudrait encore de toi, annonça-t-il enfin.

Lìli redressa les épaules, refusant de se laisser amadouer. Tout serait mieux que cela, se dit-elle. *N'importe quoi.*

— Et qui cela peut être ?

— Aidan dún Scoti.

La réponse jaillit de ses lèvres avant qu'elle ait eu le temps de réfléchir :

— Nenni !

Elle recula d'un pas, comme pour se défendre, et son cœur se serra douloureusement.

Rogan restait planté là, à regarder les émotions sur son visage, jouissant de sa détresse à en juger par son sourire en coin.

Aidan dún Scoti était un sauvage ! Les histoires sur lui et ses gens de la montagne alimentaient les cauchemars des enfants. Les membres de sa tribu n'étaient guère plus évolués que les Pictes et les Normands qui avaient jadis conquis le Nord indomptable. Seuls des hommes aussi sauvages et impitoyables que ces collines escarpées pouvaient survivre si longtemps dans la Mounth. Et ils voulaient l'envoyer là-bas en exil, sans pitié !

Lìli serra la mâchoire de colère.

— J'ai dit nenni ! Je permettrai point que mon fillot soit puni de cette façon, Rogan. Il mérite point ce traitement. Il est le fillot de votre frère, ajouta-t-elle en adoucissant sa voix pour l'amour de Kellen, espérant toucher la corde sensible de Rogan. Vous pouvez point l'exiler en un tel lieu sauvage.

Rogan prit un air offensé, son expression travaillée, comme celle d'un acteur. Ses yeux ne reflétaient jamais ses émotions.

— Voyons, ma chère, je permettrai point que mon neveu subisse les outrages du Nord barbare.

Lìli se redressa et serra ses poings le long de son corps, surprise par sa réponse.

— Quoi alors, je vous prie ?

— Tu iras seule.

— Que voulez-vous dire par seule ?

Au-dessus d'eux, un faucon poussa un cri strident. Le son résonna dans la tête de Lìli.

— Juste cela, véritelment. Tu vas aller épouser la brute, faire ton devoir pour aider à unir les clans et laisser ton fillot à ma sollicitude.

Il n'y avait rien de gentil ou d'aimable chez Rogan MacLaren. Il était, en vérité, l'un des hommes les plus cruels que Lìli ait jamais connu.

— Je vais faire appel au roi David ! menaça-t-elle.

Il lui rit au visage.

— Voyons... qui d'après toi m'a ordonné de t'offrir à dún Scoti en premier lieu, idiote ?

— Ah, nenni ! s'exclama-t-elle, et par instinct de conservation, elle recula, prête à fuir.

Rogan tendit la main et la saisit fermement par le bras.

— Viens, ordonna-t-il, ses doigts douloureusement enfoncés dans sa chair. Permets-moi de t'informer des détails de ta mission pour le roi.

❧

## DUBHTOLARGG, DANS LES HIGHLANDS DE SCOTIA

Le voyage vers le nord avait été long et laborieux. Aidan était prêt à se reposer. Fatigué et sur le point de se coucher, il s'enveloppa néanmoins dans son *braecan*.

— Le messager du roi David vous attend dans la salle, annonça sa sœur Lael sur un ton plein de sarcasme.

— Laisse point le bâtard tout seul ! dit Aidan, maudissant dans sa barbe tandis que la porte se refermait une fois de plus.

Après avoir chevauché pendant deux jours sur un terrain accidenté et s'être occupé des tribulations de sa sœur Catrìona, un messager de David mac Maíl Chaluim était la dernière chose qu'il attendait.

*Le roi David, ah !*

C'était tout à fait risible que l'homme se donne le titre d'héritier légitime du trône de Scotia quand ce scélérat, ami des Saxons qui plus est, avait passé toute sa jeunesse à téter le sein de nourrices anglaises. Un vrai Scot faisait face à ses ennemis. Il ne s'enfuyait pas devant la moindre escarmouche. Et pour couronner le tout, il avait menti au MacKinnon quand il lui avait demandé si Catrìona était la fugitive qu'il recherchait. Il s'était tenu là et avait proféré un mensonge éhonté pour s'épargner la peine de lever son épée.

Ils étaient ennemis maintenant, lâche qu'il était.

Si le MacKinnon ne s'était pas trouvé dans le bosquet où il avait suivi sa sœur quatre jours avant, il aurait peut-être donné l'ordre à ses vingt guerriers de fondre sur l'imbécile arrogant et de le réduire en pièces. Diable ! C'était la dernière fois qu'il permettait au gredin de rester sous son toit. N'avait-il donc rien appris des déboires de son père ? Ses amis étaient ceux qu'il connaissait et auxquels il faisait confiance, pas ceux qui se nommaient comme tels. Mais la plus grande faiblesse d'Aidan était un désir profond de paix. Même ici dans la Mounth, il sentait les tensions politiques s'exacerber. Il craignait que les années de paix qu'ils avaient connues depuis la mort de son père touchent bientôt à leur fin.

L'imbécile était au moins assez sage pour ne pas se montrer en chair et en os. Aidan lui avait fait confiance une fois. Plus jamais. En récompense, il avait reçu un coup de poignard dans le dos. La paix n'était pas possible avec ces fauteurs de guerre. Pourquoi diable ne pouvaient-ils pas tout simplement vivre et laisser les autres faire de même, il ne le comprenait pas. Son clan s'était volontairement mis à l'écart de la politique de la Scotia, mais ce n'était apparemment pas suffisant.

Le salaud était venu sous couvert d'amitié, puis s'était glissé dans la chambre de sa sœur au beau milieu de la nuit. Il avait ensuite emmené de force la pauvre fille vers le sud à l'insu d'Aidan et sans sa permission. Soi-disant dans l'intention de la donner en mariage à un foutu seigneur frontalier. Les seigneurs *reivers*, tous autant les uns que les autres, pourraient tout aussi bien être Anglais, car ils n'étaient rien qu'une bande de Scots incapables, sans égards pour personne. Ils pillaient les Scots et les Anglais sans distinction, s'emparant de tout, y compris de leurs épouses. Il voulait tuer David simplement pour y avoir pensé.

Cela aurait été beaucoup plus intelligent de lui donner un coup de poignard entre les omoplates pendant son sommeil. Maintenant, tant qu'Aidan respirerait, il ne ferait plus jamais confiance à ce laquais des Scots.

Il venait tout juste de se défaire de sa claymore, mais il la saisit de nouveau et la remit dans sa gaine, à la ceinture. Ne se sentant pas obligé de se vêtir pour leur invité, il s'en alla les pieds et le dos nus, certain que quand il se montrerait avec presque rien d'autre que son glaive, son message serait clair.

Il trouva l'homme, ou plutôt le garçon, tremblant dans son aula. Ce dernier avala difficilement sa salive quand il vit Aidan entrer dans la salle. Il était seul. David craignait sans doute qu'Aidan passe son messager au fil de l'épée. Il avait envoyé le plus chétif d'entre eux pour qu'Aidan ait pitié du pauvre garçon.

*Et cela avait marché.*

Sa sœur avait demandé à Lachlann, son capitaine, de garder la salle. Aidan lui fit un signe de tête pour lui faire comprendre de les laisser seuls. Le garçon ne représentait pas une menace et la présence du garde ne l'aidait pas à garder son sang-froid. Toutefois, la charité d'Aidan avait ses limites. Il ne prit pas place à la table, mais resta debout à scruter son *invité*.

— Ç'a intérêt à être bon pour m'avoir tiré de ma couche, avertit-il le messager.

Le messager tendit le cou, les yeux écarquillés, frissonnant. Son regard se posa sur les bras d'Aidan, sur la peinture bleue qu'il n'avait pas encore lavée. Des marques complexes pour honorer ses ancêtres. Furieux de l'enlèvement de sa sœur, il s'était recouvert de peintures de guerre, en utilisant le *woad* de ses ancêtres. Il esquissa un petit sourire quand le messager le regarda à nouveau dans les yeux.

— Le rr-roi Dd-da-David me… me… m'envoie, balbutia-t-il.

Aidan acquiesça patiemment de la tête, se demandant si le pauvre garçon avait souillé ses braies, tout son corps étant en proie à des spasmes nerveux.

— Et alors ?

Le messager se passa la langue sur les lèvres. Aidan eut pitié de lui. Il cria à sa sœur de venir, sa voix tranchant le silence comme un poignard. Lael se précipita à l'intérieur de la salle, comme si elle s'attendait à être appelée. D'abord inquiète, elle sourit avec soulagement quand elle vit Aidan sain et sauf. Ce dernier haussa un sourcil, lui faisant savoir que, même s'il appréciait son inquiétude, elle l'offensait légèrement.

— Le jouvenceau a soif, dit-il. Voudrais-tu avoir la gentillesse de lui apporter une petite chope ?

Un léger sourire se dessina sur les jolies lèvres de sa sœur. Elle rejeta sa tresse de cheveux noirs en arrière et se mit à arpenter la pièce d'un pas nonchalant.

— Tu es certain qu'il mérite notre bonne *uisge beatha* ? demanda-t-elle sur un ton hautain.

Aidan ignora sa question acerbe.

— Tu as faim ? demanda-t-il au garçon.

Le messager fit nerveusement oui de la tête. Aidan doutait en fait qu'il ait vraiment compris un seul mot sortant de sa bouche. Il se tourna à nouveau vers sa sœur.

— Apporte-lui aussi un bocon de pain.

Le jeune avait probablement dépensé toute son énergie à escalader les falaises. Et Aidan avait l'intention de le renvoyer aussitôt après avoir écouté ses nouvelles, ne se fiant pas assez à un émissaire de David pour le laisser rester même une seule nuit sous son toit ou dans sa vallée.

Lael fit la moue. Ses yeux verts brillants, tant pareils aux siens, lancèrent un regard de défi. Mais elle fit comme il le lui avait ordonné et apporta les victuailles quelques minutes plus tard. Cette fois, au lieu de partir, elle resta là à regarder, ne voulant pas à nouveau s'en aller maintenant qu'il l'avait invitée à entrer. Aidan était assez sage pour savoir quand et où se quereller, surtout avec les femmes de son entourage. C'étaient toutes des servantes contrariantes, mais il aimait leur caractère passionné.

Le messager semblait maintenant encore plus mal à l'aise, lorgnant la lame dentelée de l'énorme poignard que Lael avait fourré dans sa botte. Sa sœur était très habile avec ses lames, collectionneuse aussi. Elle portait habituellement le plus discret de ses couteaux hors de vue.

Les réactions théâtrales de Lael l'amusaient : elle avait sans doute choisi la plus grande lame qu'elle possédait pour se faire comprendre. Elle s'était également barbouillé le visage d'épaisses lignes bleues, se créant une face aussi redoutable que possible considérant la douceur naturelle de ses traits. Elle croisa les bras et observa la scène de loin. Aidan s'assit enfin. Il choisit un siège en face du messager, espérant que cela atténuerait les frissons que le garçon essayait tellement de dissimuler.

— Bon, dit-il. Qu'est-ce que David a de si urgent à me dire qu'il m'envoie un jouvenceau dans la Mounth au plus noir de la nuit ?

— V-Votre Ma-Majesté…

Aidan l'interrompit d'un geste de la main.

— Je vois point de roi assis devant toi et reconnais point de roi hors de cette salle, alors parle point ainsi.

Les yeux du messager allèrent prudemment de Lael à l'homme.

— Ss-si fait, m-mon sei-seigneur.

Aidan secoua à nouveau la tête.

— Je vois nul seigneur ici. Ce titre est pour les laquais scots. Est-ce que je ressemble à un laquais scot à ton avis ? demanda-t-il au garçon, sur un ton doux mais inflexible.

Le pauvre garçon fit vivement non de la tête.

— Si fait, alors continuons.

— Que… comment dois-je vous a… vous appeler alors ?

Il se faisait tard. Aidan perdait patience.

— Aidan, suggéra-t-il. C'est mon prénom et j'ai un plaisir sans fin à l'entendre.

Sa sœur ricana dans son dos.

— B-bien...

Le messager pausa un long moment sans pouvoir pour autant trouver le courage de prononcer ce simple nom. Aidan aurait bien ri, mais il était trop las pour cela. Le garçon fronça les sourcils.

— Le r-rroi Da-David... commença-t-il avec effort.

Mais comme surpris par ses propres mots, il leva aussitôt les yeux pour voir si Aidan s'en offensait.

Aidan le laissa continuer, désirant uniquement qu'il s'en aille maintenant.

Quand Aidan ne réagit pas, il poursuivit, évitant par bonheur de répéter le titre :

— Da-David vous envoie une of... une offre de... de paix, annonça-t-il. Il dit qu'il regrette d'avoir eu la main si lourde avec votre s-sœur Ca-Catrì-ona.

Même s'il lui tournait le dos, Aidan crut entendre Lael ronchonner. L'aînée de ses sœurs était aussi farouchement protectrice de leur famille qu'Aidan lui-même. Le messager écarquilla les yeux et il jeta un coup d'œil à la femme. Aidan vit les pupilles du garçon se dilater, leur couleur brunâtre se mêlant à ses orbites sombres dans la pénombre de la salle. À ses yeux, Lael devait sembler effrayante. Et il avait raison d'avoir peur. Il pouvait s'estimer reconnaissant que Cat soit en sécurité, car dans ses accès de colère, Lael terrifiait même Aidan.

Sous le coup de l'impatience, un muscle se contracta dans la mâchoire d'Aidan.

— Dis-moi, demanda-t-il au messager. Tu approuves qu'on tire les jeunes filles innocentes de leur couche et qu'on les enlève au milieu de la nuit ?

Le jeune homme secoua vigoureusement la tête.

— Nenni, mon se-sei... Aidan !

Aidan hocha la tête.

— Eh bien, tu vois... je viens tout juste de rentrer et

de sauver ma sœur des griffes d'un incapable, une mission mandatée par David lui-même. J'ai été obligé d'abandonner tout ce que j'étais en train de faire ici et d'aller courir après elle, jusqu'à Chreagach Mhor, et après tout cela... j'ai dû la laisser aux soins d'étrangers parce qu'elle avait perdu son cœur à un foutu Scot. Tu comprends pourquoi je suis point d'humeur à parlementer ?

— Si fait, mais…

Aidan l'interrompit, et juste pour être sûr que le garçon comprenait, il dit :

— Tu as de la chance que j'approuve le choix de l'époux de ma sœur. Sinon, je te renverrais à David la langue pendue à un collier.

Le messager déglutit avec difficulté. Il regarda Lael et ses couteaux, puis avala de nouveau sa salive.

— Alors, dis-moi... qu'est-ce que David propose ?

Le messager écarquilla les yeux d'appréhension. Inconsciemment, il porta la main à sa bouche, comme pour se protéger la langue. Il tourna le visage vers Lael, puis regarda Aidan dans les yeux.

— Il... euh... il v-veut vous offrir une é-épouse et un siège au Grand Conseil.

— Une épouse ?

— Si fait, mon sei… Aidan.

Aidan aurait préféré se couper les bourses et les envoyer à David fourrées dans la bouche du garçon plutôt que de siéger au Grand Conseil ou, pire encore, que d'épouser une femme choisie par David. Il avait sans aucun doute envoyé le garçon vers le nord pour espionner.

— Et qui David veut-il m'offrir comme épouse ?

Le messager déglutit convulsivement, lançant un coup d'œil furtif à Lael.

— Lìleas MacLaren, dit-il, presque dans un murmure.

Aidan fronça les sourcils.

— Lìleas MacLaren !

Dans son dos, Lael hurla de mépris.

— La fille de l'homme qui a fait périr mon père !

Il l'entendit se précipiter en avant, mais il leva une main pour l'arrêter. Elle obéit, même s'il savait qu'elle n'aimait pas cela.

Le messager recula visiblement. Il semblait sur le point de glisser sous la table pour se protéger.

Aidan serra les dents, mais se calma.

— Alors... David veut me proposer une épouse *maudite* ?

Il savait mieux que quiconque que la jeune fille était maudite. Celle qui l'avait maudite était en effet la même femme qui les avait tirés, lui et tous ses frères et sœurs, du ventre de sa mère.

— Tu te rends compte que tous ceux qui aiment cette fille sont condamnés à trépasser ? expliqua-t-il, comme si le monde entier n'était pas encore au courant.

Les jongleurs chantaient la misère de la jeune fille comme un récit édifiant.

Un lourd silence suivit sa question. Un silence si profond que ceux qui connaissaient Aidan auraient pu penser qu'il songeait à tuer. Lael resta derrière lui, attendant avec impatience de voir ce qu'il allait faire.

Quand le visage du garçon devint pâle comme un linge, Aidan rejeta simplement la tête en arrière et s'esclaffa. Le son de son rire résonna comme le tonnerre sous la charpente.

# CHAPITRE 3

*L*e diable avait accepté. On envoya donc Lìli vers le nord, à travers bois et vallées, le long de falaises abruptes.

La Mounth était un lieu sans merci. Une vaste chaîne de *corries* s'étirant presque jusqu'à la mer du Nord. La plupart des gens les traversaient en empruntant l'ancienne route, mais aucune route ne menait à l'endroit où ils se rendaient maintenant.

*Dubhtolargg.*

Elle frissonna à ce nom. La forteresse avait reçu son nom d'un roi des Pictes du Sud surnommé *dubh* le noir, pas pour son caractère, mais pour sa couleur. On racontait qu'à sa mort, son sang royal avait coulé jusqu'aux ruisseaux de montagne qui déversèrent ensuite leurs eaux rouges dans le *loch* où *Cailleach Bheur*, la Mère de l'Hiver au visage bleu, dormait dans sa grotte. Tirée de son sommeil pour pleurer le roi déchu, ses larmes avaient transformé la vallée en un lieu foisonnant, entouré des terrains les plus accidentés de mémoire d'homme. C'est dans cette vallée que le peuple d'Aidan avait fui plus de deux siècles auparavant et où il était resté. Dans les collines rouges, teintées par le sang de dubh Tolargg.

On disait que David était prêt à tout pour que la tribu de la montagne lui prête serment de fidélité, car obtenir sa bénédiction avait presque autant d'importance que le couronnement sur la pierre de Scone. Peu importe que le dún Scoti n'ait pas béni de roi depuis la mort d'Aed, fils de Kenneth MacAilpín. David croyait-il qu'elle pourrait changer ce fait ?

Les pensées de Lìli s'obscurcirent tandis qu'ils se frayaient un chemin à travers les bois. Une ancienne pinède, parsemée de chênes alourdis de lichen et d'ormes blancs noueux qui lui faisaient penser à de vieilles femmes courbées souffrant d'arthrose et recouvertes de furoncles. À leurs pieds étaient accroupis des genévriers, des bouleaux, des merisiers et des sorbiers, refuges pour les cerfs, les lapins et les écureuils roux. Elle savait qu'il y avait aussi des loups gris et des sangliers dans ces bois, ainsi que des ours, mais par chance ils n'en rencontrèrent pas. Le pire fléau qu'ils eurent à souffrir était la présence de moucherons piqueurs, typiques des Highlands, qui les poussaient à se frapper les bras et les jambes comme des prêtres se flagellant. Seule Aveline, la maîtresse de Rogan, se plaignait. Non seulement le frère de Stuart n'avait pu lui faire grâce de sa compagnie en ces derniers jours de liberté, mais il lui avait aussi imposé sa maîtresse comme servante. Sans aucun doute comme espionne, pour s'assurer que Lìli se soumette à tout ce qu'il décrétait.

Tandis qu'ils grimpaient les collines, la forêt s'éclaircit. Mis à part le fond de l'air un peu frais, la troupe voyagea sans encombre vers le nord. Un beau ciel bleu et de blancs nuages moutonneux prédominèrent tout le long de la route. On aurait pu penser que Dieu lui-même avait approuvé ce plan, mais Lìli n'était pas assez bête pour le croire. Qu'elle choisisse une voie ou une autre, elle perdrait de toute façon. Si elle n'exécutait pas cette abjecte manigance, son fils souffrirait. Et si elle faisait exactement ce qu'on lui ordonnait, son âme serait damnée pour l'éternité.

En fin de compte, quel que soit son choix, une partie d'elle serait perdue.

Quoi qu'il advienne d'elle, elle priait de toutes ses forces que Dieu protège son fils. Elle trouvait un peu de réconfort dans le fait que David ait promis de s'occuper de lui. Mais que valait la promesse d'un homme qui avait sanctionné ce plan en premier lieu ? Non, le roi David ne lui avait pas dit ses mots à l'oreille, mais elle avait compris à son comportement que chaque mot de Rogan avait son approbation.

Le cœur lourd, elle pensa à son fils. Abandonner Kellen à Keppenach était le choix le plus difficile qu'elle ait jamais fait. Pas même la mort de son mari, un homme bon, ne l'avait désespérée à ce point. Ils avaient menacé de tuer son fils si elle ne leur obéissait pas. Et la dernière chose qu'elle avait entrevue avant de quitter le château était le petit visage triste de Kellen à la fenêtre de la tour tandis qu'ils l'escortaient hors de la garnison.

Se sentait-il trahi ?

Lìli souffrait comme si elle l'avait trahi.

*Et elle allait devoir trahir son nouveau mari.*

Mais elle devait endurcir son cœur, car si le choix était réduit à la vie de son fils ou à celle du dún Scoti, le Scot de la montagne, comme on l'appelait au-delà de la Mounth, elle tuerait le *laird* de Dubhtolargg en un clin d'œil.

D'après tout ce qu'elle avait entendu raconter sur son peuple, c'étaient des barbares qui allaient sans habits et se peignaient le corps comme les anciens. Leur clergé était composé de prêtresses druidiques, et leurs dieux étaient les enfants des forêts : Taranis, Shoney, Fionn et Sluag. C'étaient les dieux de ses propres ancêtres aussi, même si une grande partie des Scots, comme David, avaient abandonné les anciennes pratiques pour embrasser celles de la Sainte Église.

De temps en temps, le prêtre qui chevauchait à côté d'elle se signait d'un geste nerveux dans lequel elle percevait sa peur croissante. Depuis plusieurs jours, elle avait enduré ses oraisons interminables. Une grande partie était destinée à sauver son âme du feu de la damnation. C'était une sorcière bien sûr, d'après ce qu'ils chuchotaient derrière son dos, et ils l'envoyaient au diable.

*Cela pourrait tout aussi bien être l'Enfer.*

Comme les vallées féeriques, Dubhtolargg n'était pas un endroit où les bonnes gens se hasardaient. Elle regrettait que Padruig Caimbeul se soit cru le guerrier élu pour écraser la tribu de la montagne. Hélas, alors que le père de Lìli avait réussi à tuer leur chef, les dún Scoti étaient plus à craindre que jamais sous le règne du fils. Cependant, Lìli était innocente des faits et gestes de son père. S'ils voulaient punir quiconque, pourquoi pas son père ? Elle n'était pas à blâmer, mais c'était elle qui allait payer. Sans l'odieuse malédiction que les gens de la montagne avaient placée sur elle enfant, elle aurait pu mener une vie heureuse avec son mari jusqu'à sa mort de vieillesse dans son lit. Au lieu de cela, son nom à elle était maudit dans tout le pays. Cela n'avait pas d'importance si elle croyait aux malédictions ou pas, puisque tout le monde y croyait. Maintenant, son fils lui avait été arraché et serait soumis aux caprices cruels de son oncle.

Broyant du noir, elle jeta un coup d'œil à la maîtresse de Rogan. Aveline était assise sur sa monture à côté de Rogan, ajustant ses seins à leur plus grand avantage. Elle regarda fixement Rogan pour être sûre qu'il avait remarqué. Qu'est-ce que Lìli pourrait bien faire avec une servante en enfer ?

Sur les terres des *reivers*, les terres frontalières, où

les gens étaient à moitié Anglais de toute façon, ils avaient sans doute besoin de filles stupides, mais Lìli était Scot à part entière. Elle n'avait besoin de personne pour lui tresser les cheveux. À vrai dire, elle n'avait jamais répugné à aucune tâche... sauf celle que le roi David venait de lui imposer.

Les oiseaux gazouillaient, mais le chant de son cœur était lugubre.

Aujourd'hui, elle se donnerait à l'homme dont le peuple l'avait maudite. Son ennemi, en vérité.

Était-il gentil ou cruel ?

*Cela n'avait pas d'importance. Elle n'avait pas le choix.*

Elle devait garder sa foi et faire ce qu'on lui avait ordonné, car Rogan avait promis des horreurs indicibles si elle n'obéissait pas. Le scélérat était sans cœur.

Les collines s'abaissèrent enfin et devinrent plus vertes. Ils passèrent devant un cairn en ruine près d'un champ de fleurs sauvages. De là, le chemin serpenta le long d'une falaise et descendit dans une vallée verdoyante bordée de *corries* sur trois côtés et d'un beau *loch* sur le quatrième. La vallée était protégée sur tous les fronts par des barrières naturelles, rendant toute brèche impossible sinon par la duplicité. Pas même un siège bien planifié ne pourrait ravager ce peuple, se dit Lìli, car ils avaient tout le nécessaire pour prospérer ici. Vraiment, c'était comme si Dieu lui-même avait levé la main et béni ces gens. Et de fait, avec à peine une ondulation à la surface argentée du *loch*, l'eau reflétait le ciel bleu clair de sorte qu'ils semblaient eux-mêmes chevaucher dans les cieux. Malgré la mauvaise humeur de Lìli, la vue lui coupa le souffle. En entrant dans le vallon, elle sentit que quelque chose de grand l'envahissait. Quelque chose d'indéniablement ancien et puissant. Elle n'avait ressenti cela qu'à de rares occasions dans sa vie. Ses cheveux se soulevèrent doucement de ses épaules dans la brise fraîche qui les accueillit.

Quels qu'aient été ses doutes sur la magie, ils s'effacèrent face à la beauté du lieu. Seul un enchantement pouvait expliquer cette oasis entourée de terres rocheuses et arides.

En bas, dans la vallée, protégées des vents et entourées de sorbiers chargés de baies, étaient alignées des rangées de petites huttes recouvertes de toits de chaume fraîchement coupé. Les sorbiers, elle le savait, avaient probablement été plantés pour la protection qu'ils offraient, une superstition héritée de leurs ancêtres, même si elle avait toujours pensé que c'était plus du folklore qu'une réalité.

Sur le *loch* se dressait une énorme structure avec un toit en forme de cône, comme une île en bois reliée à la terre par une jetée.

Tandis qu'ils avançaient le long du rivage, elle aperçut des pêcheurs à moitié nus, certains en train d'amarrer leurs bateaux après une journée sur le lac. La peau plus foncée que la plupart des hommes qu'elle connaissait et les cheveux noirs comme les ailes d'un corbeau, ils lui firent figure de primitifs et d'étrangers. Debout dans les bas-fonds, le dos nu, ils regardèrent passer la petite troupe, une certaine gaieté dans leurs yeux. Partagée entre la colère et la peur, Lìli se hérissa à leur expression. Par la croix, heureusement qu'ils étaient de bonne humeur, la sienne était noire, noire comme le péché qu'ils avaient placé devant elle.

— Diable ! murmura le prêtre dans sa barbe en se signant de nouveau.

Sa crainte était contagieuse. Comme ils approchaient du village, le trac grandit en elle.

À tout moment maintenant, elle rencontrerait son promis...

Était-il aussi sauvage que les contes le laissaient croire ? Portait-il les os de ses ancêtres en guise de bijoux ? Se baignait-il ? Serait-elle contrainte de partager sa couche tout de suite ? Passerait-il leur prêtre au fil de l'épée ? À propos de prêtre, y aurait-il même une vraie cérémonie de mariage ? Ou cela suffisait-il qu'il l'entraîne par les cheveux dans son antre ?

Ses escortes avaient cessé leurs plaisanteries. Même le prêtre, intimidé, s'était tu. Ils avançaient tous les sept en silence. Aveline, qui avait à peine dit un mot pendant tout le voyage, regardait maintenant autour d'elle, les yeux écarquillés et remplis de crainte. Lìli pouvait sentir le malaise et la tension dans l'air. Son cœur se mit à battre plus vite. Ses mains devinrent moites. Elle les essuya anxieusement sur sa robe de mariée, un cadeau de David qu'elle lui aurait volontiers jeté à la figure s'ils n'avaient pas retenu son fils en otage. C'était un don destiné à tromper et on l'avait parée des couleurs d'une reine, pour séduire un roi.

*Quelle farce !*

Tirant son *arisaid* sur ses épaules, elle essaya de calmer les frissons qui l'avaient soudain saisie.

La troupe dépassa enfin l'île en bois qui avait empêché Lìli de voir une grande partie du village. Elle s'aperçut que les villageois s'étaient rassemblés près de la plage pour la recevoir. La plupart ressemblaient aux gens qu'elle connaissait dans son propre pays, mais elle déglutit avec difficulté quand son regard se posa sur le petit rassemblement au pied de la jetée.

Un homme à moitié nu, juste vêtu d'un *breacan*, en compagnie de trois femmes et d'un jeune homme. À leurs côtés se tenait une vieille femme avec une canne en bois. Elle reconnut instinctivement Aidan dún Scoti à son attitude arrogante.

*Son promis.*

Recouvert de marques bleues élaborées là où sa chair était à nu, il la regarda approcher, d'un air rusé. Même à distance, elle pouvait voir la couleur de ses yeux, tant ils étaient anormalement verts. L'homme dominait tous ceux qui se tenaient près de lui. Il avait les épaules larges, brunes et nues, bien que la fin de l'été soit proche. Sa claymore, une arme massive destinée à fendre ses ennemis en deux, pendait à sa ceinture. Il portait des bottes lacées. Ses jambes étaient nues aussi, révélant des cuisses aussi solides que les chênes.

Le cœur de Lìli accéléra douloureusement tandis que sa monture s'immobilisait.

Elle se rendit compte qu'ils s'étaient arrêtés seulement quand ses compagnons sautèrent à terre pour faire face à leur comité d'accueil. Aveline descendit aussi de son cheval. Lìli restait figée sur sa selle, avalant convulsivement sa salive, incapable de bouger.

AIDAN RECONNUT INSTINCTIVEMENT SA PROMISE.

Bien qu'elle ne soit pas la seule femme dans la petite troupe qui venait d'arriver, Lìleas MacLaren était parfaitement identifiable. L'autre semblait pâle en comparaison.

Sagement perchée sur sa jument blanche tachetée, elle était éblouissante en violet, avec ses cheveux châtains et ses yeux de la couleur des jacinthes. Sa peau crémeuse était pâle mais parfaite. Il admit que ce qu'il avait entendu sur elle était vrai. Reconnaissant sa beauté, il se pencha pour murmurer à l'oreille d'Una :

— Elle est aussi belle qu'ils le prétendent.

La vieille femme, appuyée sur sa canne, ricana doucement. Elle jeta un regard complice à Aidan.

— C'était assez facile à prévoir, simplement en regardant son derrière, mais cela veut point dire que je peux point lancer une malédiction !

Elle hocha la tête avec fierté, et regarda la jeune fille.

— Son premier époux est trépassé, véritelment comme prédit, alors va point perdre ta tête pour cette jeune fille alléchante, ajouta-t-elle pour le mettre en garde, le menton haut.

Una les accompagnait d'aussi loin qu'Aidan se souvienne. Elle avait toujours eu les cheveux blancs et sa peau lui faisait penser aux pierres dont ils se servaient pour construire leurs cairns. Elle semblait antique avec son seul bon œil. Même le sens de son nom n'était pas tout à fait sûr. Certains l'appelaient la grande sorcière blanche, d'autres l'Unique. D'autres encore chuchotaient, surtout quand elle les abandonnait chaque année pour la fête de Beltaine, que c'était Cailleach Bheur elle-même, la Mère de l'Hiver au visage bleu qui les protégeait de la fureur des hivers des Highlands, frappant les *corries* où elle le voulait. Où elle se rendait effectivement chaque été, Aidan ne le savait pas vraiment. Elle prétendait errer dans les Highlands après le recul des neiges, une fois les vents adoucis, et exercer son métier parmi les tribus voisines. Mais elle revenait toujours chez eux à la fin de l'été, apportant avec elle un sentiment d'appartenance vieux comme le temps. C'était la mère de leur clan, leur guérisseuse, leur aînée, et la plus ancienne gardienne des traditions encore en vie. C'était également la seule mère qu'Aidan ait jamais connue.

Aidan se mit à rire et rassura la vieille femme :

— T'inquiète pas, Una.

— Véritelment ? répliqua Lael avec un air de défi. Prends garde, mon frère, j'ai deux yeux pour voir si tu la lorgnes !

Tous ses frères et sœurs se retournèrent en même temps en lui lançant des regards noirs. Aidan les dévisagea tous en fronçant les sourcils. En vérité, il ne croyait pas à la malédiction. Mais il n'allait pas non plus perdre la tête à cause d'un visage séduisant. Malédictions et plaisanteries de côté, il y avait trop de choses en jeu ici, il n'allait pas mettre les siens en danger. C'était la fille de l'ennemi. C'était quelque chose qu'il n'était pas prêt d'oublier. En fait, c'était précisément pour cela qu'elle était là aujourd'hui. Cela et le simple fait qu'Una semblait croire que la jeune fille était la réponse à tous leurs maux.

La petite troupe s'arrêta devant lui. Aidan observa son épouse un moment. Semblant sur le point de défaillir sur sa selle, elle avait l'air pétrifiée, le regard fixé directement sur lui. Par Sluag, il avait vu des pierres avec plus de vie qu'elle ! Malgré toute sa beauté, elle pouvait bien n'être rien d'autre qu'un foutu totem !

Alors vraiment, elle allait se sacrifier au roi païen ?

Il sourit tristement. Quand il lui sembla que la fille ne descendrait jamais de cheval, Una, le visage ridé froncé en signe de désapprobation, tendit le cou vers lui.

— Mets fin au supplice de la jouvencelle, siffla-t-elle.

Sous son regard, son épouse laissa son manteau glisser de son dos, révélant une robe anglaise moulante qui lui remontait les seins. Il croisa les bras.

— Elle me semble point une jouvencelle, protesta Aidan.

— Ah ? Et Catrìona ? rétorqua-t-elle. C'est une femme ou une jouvencelle ?

Agacé par la question, Aidan regarda la vieille femme en fronçant les sourcils. Il savait très bien ce qu'elle voulait dire. Sa sœur Cat était mariée maintenant, mais elle serait toujours pour lui une petite fille. Oui, Cat pouvait bien choisir que faire de sa vie, mais si son nouveau mari ne la traitait pas avec le respect qui lui était dû, Aidan se promettait de se précipiter au bas de la montagne pour lui tailler un aigle de sang sur la poitrine.

*Maudits Scots.*

— Ah, mais Una… marmonna Lael en venant à la défense d'Aidan. On plaisante juste.

Aidan jeta un coup d'œil à sa sœur, aux audacieuses lignes bleues qu'elle avait une fois de plus dessinées sur son front. La peinture lui donnait un air aussi redoutable que celui d'un homme. Ses cheveux noirs, si semblables aux siens, étaient tirés en arrière en une tresse épaisse, puis collés sur ses tempes et sur le devant avec une fine couche de pâte bleue pour empêcher ses mèches de lui retomber sur le visage.

— La peinture me démange, se plaignit sa plus jeune sœur en se penchant pour se gratter la cuisse. On la porte depuis bien trop longtemps !

En réponse, Lael donna un coup de coude à Sorcha qui la déséquilibra.

— Tu devrais la porter plus souvent pour te rappeler d'où tu viens !

Sorcha fit un petit saut pour retrouver son équilibre et regarda Lael les sourcils froncés.

— Vrai, déclara Una. Mais c'est cruel, et si tu veux porter la peinture, porte-la pour honorer les dieux. Autrement, ils vont point approuver.

— Quels dieux ? railla son frère, tandis que la promise d'Aidan attendait toujours, perchée sur son palefroi nerveux.

Les bras croisés, Keane agaçait la vieille femme tout simplement parce qu'il le pouvait. Aidan savait que son petit frère se souciait peu de l'état de son âme. À son âge, il adorait seulement ce qui se trouvait entre les cuisses d'une femme. Aidan avait depuis longtemps dépassé cette disposition propre aux jeunes. Il ne se souciait plus de laisser sa semence dans un jardin qu'il n'avait pas l'intention d'entretenir.

La seconde sœur d'Aidan gardait le silence. Cat manquait à Cailin, il le savait, et pour cela il blâmait David de Scotia. Malheureusement pour la belle jeune fille assise de façon si raide sur son cheval, pour l'instant il blâmait également l'émissaire de David. Et pourtant, s'il la prenait pour femme, il était tenu de lui donner tout ce qui était dû à son épouse. Tout. Sauf son cœur.

*S'il ne la tuait pas d'abord.*

Il remarqua qu'elle n'était toujours pas descendue de sa monture. Et avant qu'Una ne pense à lui donner un nouveau coup de coude, il abandonna ses frères et sœurs pour aller « mettre fin au supplice de sa promise » et lui souhaiter la bienvenue. Trop, c'est trop, décida-t-il. Una avait raison. Il était temps de mettre fin à leur mascarade, aussi amusante fût-elle.

Mais à son approche, la fille écarquilla les yeux. Comme si ses bourses lui pendaient au menton. Voyant l'horreur affichée sur son visage, il regretta de ne pas avoir laissé sa claymore dans sa chambre, ainsi que sa peinture. La rumeur circulait qu'ils se baladaient nus l'hiver, badigeonnés de peintures de guerre. Ce n'était pas vrai. Le *woad* était simplement un hommage à leurs ancêtres, destiné à deux usages, aucun n'étant approprié pour l'instant.

Il descendit vers la jetée, surpris de découvrir qu'il avançait d'un pas joyeux.

Résistant à l'envie de se retourner vers Lael, il ralentit, n'appréciant pas de manifester une telle exubérance à l'idée de rencontrer sa promise étrangère, en particulier une femme qui songeait probablement à le trahir.


Lìli ressentit une soudaine envie de fuir.

Plus le dún Scoti approchait, plus il apparaissait gigantesque, jusqu'à se dresser près d'elle comme une pierre païenne surgie des profondeurs de la Terre.

Ses cheveux, noirs comme le péché, lui tombaient juste en dessous des épaules. Tressés des deux côtés pour les éloigner de son visage, ils étaient autrement raides et propres, révélant des joues hautes ciselées et un froncement de sourcils qui semblait sculpté dans la pierre.

Tentant de ralentir les battements de son cœur, elle tendit poliment la main pour qu'il l'aide à descendre. Elle fut surprise quand il l'ignora, préférant l'arracher sans ménagement de sa monture. Elle dissimula sa protestation quand il la déposa à terre. La brute l'avait soulevée sans effort, comme si elle n'était qu'une enfant !

— *Fàilte a mo dhachaidh*, lui dit-il dans la langue ancienne. *Bienvenue chez moi.*

Lìli avait un peu appris cette langue auprès de la sage-femme venue l'aider à la naissance de Kellen.

— *Tapadh leat*, répondit-elle. *Merci.*

Il souleva un sourcil. Elle aperçut une lueur de satisfaction dans ses yeux.

— *A bheil gàidhlig agaibh ? Tu parles la langue ancienne ?*

— *Tha, rud beag*, répondit-elle. *Un peu.*

Lìli était parfaitement consciente que tous les yeux étaient maintenant fixés sur elle. Mais elle soutint le regard d'Aidan. De ses yeux verts, il la jaugeait avec sagacité.

Il était tout sauf le dernier des imbéciles, elle en était certaine. Elle pouvait discerner une vive intelligence dans son regard profond et froid.

Il sourit soudain, révélant des dents brillantes. Puis il se tourna vers l'un de ses hommes.

— Désarme-les, ordonna-t-il aussitôt.

— Mais nous vous assurons... dit Rogan en s'avançant. Nous venons en paix.

Le sourire d'Aidan s'élargit.

— Alors vous avez point besoin d'armes ici, dit-il dans la langue des Scots.

Puis il se tourna vers Lìli en ignorant Rogan :

— Tu dois être lasse ?

— Si, beaucoup, avoua-t-elle.

Il leva la main et renvoya la foule rassemblée d'un geste du poignet. Et ils se dispersèrent tous, comme des rats fuyant l'ombre d'une torche. Regardant par-dessus son épaule, il ordonna au petit groupe de spectateurs debout sur le quai de s'approcher. Ils le firent aussitôt, mais comme à regret, semblait-il.

Tremblante, Lìli joignit les mains devant elle tandis qu'il les lui présenta un par un, trois sœurs et un frère.

Les marques bleues sur le visage de la sœur aînée étaient hideuses, peintes sans le moindre souci d'ornement, comme si elle s'était préparée pour une bataille au lieu de venir rencontrer l'épouse de son frère. Ses yeux verts, si semblables à ceux d'Aidan, étaient beaucoup moins accueillants, si cela était possible. Ses cheveux noirs, tenus à l'écart de son visage avec de la pâte bleue, lui donnaient un air sévère mis en relief par la lame brillante d'un énorme couteau qu'elle portait à la ceinture et d'un autre dans la botte. Ses vêtements étaient simples : une tunique propre et grossière en lin non teint. Des sangles en cuir s'entrecroisaient sur ses seins, comme pour garder ses parties féminines en place pendant le combat. Ses deux sœurs étaient habillées de la même façon, sauf que si elles s'étaient aussi peint le corps, Cailin et Sorcha portaient des tresses et n'avaient pas de peinture sur le visage.

Sorcha, la plus jeune, était la seule à ne pas avoir le teint sombre. Les cheveux de la couleur de ceux de Lìli et les yeux bleus comme les campanules, elle la regardait d'un air interrogateur.

Debout à côté de l'enfant se tenait une vieille femme ridée comme un pruneau. Elle avait les cheveux blancs et dans tous les sens, comme si elle avait été prise dans la plus féroce des tempêtes. Elle portait un bandeau noir délavé sur un œil.

— *Ceud mìle fàilte !* s'exclama-t-elle. *Mille fois bienvenue !*

— *Mòran taing. Merci beaucoup.*

L'aînée lui fit un signe de tête et lui adressa un sourire étrange. Lìli se tourna vers les sœurs et salua chacune tout en évitant le regard d'Aidan. Il en manquait une, se rendit-elle compte. La fille avait épousé un Highlander quelque part près de Chreagach Mhor. Lìli avait entendu Rogan raconter l'histoire à Aveline non sans dégoût.

— Bienvenue, offrit celle qui s'appelait Lael, sans faire l'effort de l'embrasser.

Tant mieux, se dit Lìli. Elle n'avait pas besoin de taches bleues sur une des rares robes qu'elle avait apportées.

— *Fáilte*, dit celle qui s'appelait Cailin.

Les cheveux roux de la jeune fille entouraient son visage comme une flamme étincelante. Ses yeux verts brillants lançaient des éclairs de ressentiment.

Elle était jolie comme une rose. Probablement tout aussi épineuse. Aucune d'entre elles ne semblait très heureuse de la rencontrer. Le sentiment était mutuel.

La plus jeune sœur, l'air maussade, leva le menton. Mais son regard était dépourvu de l'animosité partagée par ses sœurs. Elle se pencha pour gratter ses cuisses peintes en bleu, puis ses bras. Elle enfonça finalement un doigt dans sa botte en cuir, aussi pour se gratter. Les yeux plissés, elle lança un regard furieux à son frère aîné.

— Si vous avez besoin de pisser, offrit le frère, debout, les bras croisés et refusant d'avancer, je peux vous montrer où aller, pour éviter de vous retrouver le derrière plein d'orties.

Lìli cligna des yeux à la mention de ses parties privées, mais elle garda son sang-froid et lança un sourire incertain au jeune garçon, tandis que la vieille femme lui donna un coup de bâton sur la tête. Le son n'était pas différent des coups de marteau sur un mur de pierre, mais le jeune se contenta de lancer un regard de côté à la vieille.

Lìli se dit que Lael devait être aussi âgée qu'elle, ce qui lui faisait se demander quel âge pouvait bien avoir Aidan. Elle fit l'erreur de lever les yeux et de jeter un regard vers le *laird* de Dubhtolargg. Il la regarda en fronçant les sourcils en signe de désapprobation.

— Je m'attendais à ce que tu apportes un fillot, dit-il.

Aux yeux de Lìli, c'était la mauvaise chose à dire. Elle se sentait déjà assez horrible d'avoir abandonné Kellen.

— Pourquoi, mon seigneur ? demanda-t-elle sur un ton à la fois agréable et tranchant. Pour que votre frère lui montre aussi où pisser ?

Il esquissa un petit sourire et la vieille femme ricana en donnant un autre coup de canne au frère du *laird*. Lìli fronça les sourcils. Par la croix, c'étaient des gens étranges.

— Je vois que ta langue aussi est maudite, déclara-t-il, ses yeux verts brillant.

Lìli releva un peu plus le menton, remarquant qu'elle lui arrivait à peine à mi-poitrine. Mais ce qui lui manquait en hauteur, elle l'avait en esprit. S'il pensait un instant pouvoir l'intimider de sa seule présence, il faisait une grave erreur.

— Cela devrait point vous surprendre, mon seigneur. C'est votre peuple qui m'a maudite après tout, poursuivit-elle sur un ton très doux, mais avec une amertume que seul un sourd n'aurait pu déceler.

De nouveau, la vieille femme ricana et frappa le frère du *laird* sur la tête. Lìli aurait horriblement ri, mais elle ressentit soudain une douleur au bras.

.   .   .

Sous le regard d'Aidan, l'un des compagnons de sa promise la saisit brutalement par le bras et lui chuchota quelque chose à l'oreille. Cette dernière pâlit aussitôt. Son visage se décomposa, elle redressa les épaules et se tourna à nouveau vers le *laird*.

Une vague inattendue de fureur monta en lui. Il lutta contre le désir de rosser l'homme. Il avait posé la main sur sa promise un bref instant seulement, mais dès cette minute Aidan se mit à haïr l'individu.

*Intensément.*

Pire encore, il n'aimait pas ce qu'il ressentait, son envie soudaine de protéger la Scot. Le sentiment était totalement indésirable, compte tenu des circonstances.

La fille de son ennemi était aussi son ennemi, se rappelait-il.

Mais elle avait maintenant du mal à croiser son regard.

— Je... je suis désolée, mon seigneur. Vous avez raison. Je suis véritelment fourbue, avoua-t-elle. Il semblerait que cette longue journée ait contrarié mon humeur.

Ses paroles ne correspondaient pas à la fougue qu'il avait décelée dans ses yeux un instant auparavant. Une flamme qui l'intriguait, même s'il en connaissait la conséquence : ils n'allaient pas bien s'entendre.

La jeune fille avait clairement beaucoup plus peur d'autre chose que de lui. Il avait le pressentiment que c'était en rapport avec son fils absent. Il ignora ce soupçon et décida d'y réfléchir plus tard.

Elle soutint son regard, ses yeux violets brillant de larmes. Ils semblaient en quelque sorte l'implorer. Mais elle ne dit rien d'autre.

La confusion d'Aidan bataillait avec sa colère.

*Mo chreach !* Il s'était préparé à détester cette épouse troquée. À la renvoyer. Il ne s'était pas attendu à cette vague imprévue de fureur possessive déclenchée par la façon dont elle avait été traitée sous ses yeux. Elle avait semblé à la fois triste et désespérée, un air qui le jetait dans une confusion sans mesure.

*C'est ton ennemie.*

Il ressentit soudain de la colère, car même s'il savait de quoi ces fichus Scots étaient capables, il n'avait clairement pas tiré de leçons du passé : elle était là, en compagnie de son entourage, un danger pour son clan par leur seule présence.

*Una, maudite soit-elle !* C'était de sa faute, en conclut-il, tous ses conseils avaient abouti à cela. C'était elle qui avait jadis maudit Lìleas MacLaren, et maintenant la vieille affirmait que la fille assurerait le salut de leur clan. Cela n'avait ni queue ni tête pour Aidan, mais Una ne voulait pas lui en dire plus. Malheureusement, la seule vue de Lìleas rouvrait maintenant les blessures qu'il pensait guéries depuis longtemps. Hélas, il lui avait fallu plus de treize ans pour bannir de son esprit les souvenirs de ce jour-là. Il regarda la vieille femme à ses côtés.

Una sembla lire dans ses pensées et acquiesça de la tête.

Mais Aidan fut soudain aveuglé par la rage. Un muscle se raidit dans sa mâchoire, trahissant ses émotions. Il se rendit compte que s'il restait là où il se tenait un instant de plus, il en trahirait bien plus qu'il n'était prudent.

— Voyez que ma promise ne manque de rien, exigea-t-il de ses sœurs avant de tourner les talons, se promettant d'endurcir son cœur contre la sorcière scot.

Elle n'était pas là par amour, se rappela-t-il à lui-même. Il n'avait pas non plus l'intention de lui en donner.

uivant l'exemple de son aîné, le jeune frère d'Aidan considéra une dernière fois la troupe et Lìli. Puis, le front haut comme son frère, il se retourna et le suivit. La laissant aux soins des femmes de son clan, son promis poursuivit son chemin sur la longue jetée jusque vers l'étrange bâtiment qui se dressait au milieu de l'eau. Il ne se retourna pas une seule fois pour la regarder, mais il était clair à sa foulée qu'il n'était guère heureux.

Incertaine de ce qui avait pu tant le contrarier, Lìli regarda les frères s'éloigner. Devinant que Rogan la blâmerait pour sa langue trop pendue, elle s'abstint de le regarder dans les yeux. Si la vie de son fils n'avait pas été en jeu, elle serait volontiers passée par mille morts pour dire ce qu'elle pensait.

— Fais point attention à lui, dit la vieille femme à côté d'elle, en lui donnant un coup de coude sans trop de douceur. C'est un vieux querelleur et il brasse du vent !

Lìli cligna des yeux à cette remarque. Même si elle s'était sentie blessée par le renvoi soudain du *laird*, un sourire réticent se dessina sur ses lèvres aux mots plaisants de la vieille femme au visage desséché. Il lui semblait tout à fait absurde que la femme âgée, apparemment au moins centenaire, qualifie le *laird* de Dubhtolargg de *vieux*.

En fait, son promis n'était guère âgé. Il était en pleine forme, même si ses manières étaient rustres et laissaient beaucoup à désirer.

Elle le suivit un instant des yeux.

Quelles que fussent les pensées du frère de Stuart, il les garda heureusement pour lui. Ou peut-être ne se souciait-il tout simplement pas d'être entendu. Quoi qu'il en soit, Lìli était reconnaissante qu'il s'abstienne de lui parler. Le seul son de sa voix lui tapait sur les nerfs et ceux-ci étaient près de lâcher pour le moment, parbleu !

Brandissant sa canne, la vieille les dirigea vers le centre du village.

— Viens ! dit-elle en prenant Lìli par le bras.

Sans qu'on leur demande, quelques villageois se précipitèrent pour s'occuper de leurs montures.

— Assurément, tu vas vouloir te reposer avant le souper.

Lìli se retourna. Aidan cheminait le long du quai. Il disparut dans le bâtiment bizarre, suivi de son frère. Elle se mordit la lèvre, essayant de déterminer ce qu'elle ressentait exactement. Du soulagement ?

De la déception peut-être ?

Elle était certainement reconnaissante qu'il ne soit pas un vieillard graisseux aux bajoues ballottantes. Mais elle ne se l'était pas pour autant représenté tel qu'il était. Et pourtant, qu'il ait le visage plaisant n'était pas en soi rassurant : Rogan était bel homme. Elle avait appris que le charme ne garantissait aucunement la bonté.

Et le regard d'Aidan n'était guère réconfortant.

Si elle était soulagée, se dit-elle, c'était seulement parce qu'on semblait lui avoir accordé un sursis loin de sa compagnie. Mais cela ne suffisait pas à expliquer l'intense sentiment de déception qui s'attardait en elle après son renvoi brutal.

En fait, aucun homme ne l'avait jamais congédiée de cette façon. Ils lui jetaient des regards pitoyables, lorgnaient ses seins ou essayaient de l'amadouer, mais personne ne l'avait jamais tout simplement rejetée ainsi.

Elle se surprit à se demander pourquoi le *laird* de Dubhtolargg avait accepté cette union pour commencer, vu qu'il semblait totalement indifférent à ce qui attirait les autres hommes : son visage. La seule réponse qui lui vint à l'esprit était la vengeance. Oui, ils allaient la donner pour épouse à son ennemi, en vérité. Que Dieu la sauve, elle devait absolument gagner cette bataille, sinon elle deviendrait une autre victime de guerre.

— Nous allons célébrer ce soir, annonça Sorcha, s'immisçant dans ses pensées.

Lìli sursauta et lut l'horreur dans le regard de Lael.

— Les épousailles ? demanda-t-elle.

Miséricorde ! Nenni ! Elle redoutait non seulement le moment où elle serait contrainte de partager la couche du dún Scoti, mais ils avaient voyagé pendant des jours et elle avait désespérément besoin d'un bain.

Une fois de plus, la vieille ricana à côté d'elle.

Lael lui lança un regard aussi transperçant que le poignard suspendu à sa jambe.

— On est point des barbares, répondit-elle amèrement. On va sûrement point te tirer de ton palefroi en sueur et t'emmener de force devant un autel.

Le visage de Lìli s'enflamma, mais on ne lui laissa pas le temps de se chagriner. Lael passa devant elle en l'écartant. Elle prit le pas pour lui montrer le chemin, clairement tout autant dégoûtée de Lìli que son frère semblait l'être.

Sorcha et Cailin se postèrent aussitôt à ses côtés et

la vieille femme les laissa passer pour marcher derrière elles, près de Rogan. Aveline suivait en silence. Lìli entendit la vieille commencer à bavarder, apparemment sans intérêt pour les réponses de Rogan. Elle entendit ce dernier en colère murmurer dans sa barbe. Que Dieu lui pardonne, mais Lìli ressentit un instant de communion avec les frères et sœurs d'Aidan, car elle se rendait compte que cela énervait Rogan d'être traité comme les femmes et les serviteurs. Son ego était sans bornes. Il s'était sans doute attendu à se voir accorder les honneurs réservés à un roi en tant que représentant de David. Mais Aidan ne s'était pas une seule fois adressé à lui, pas même pour le saluer, réalisa-t-elle tardivement.

Il avait tout le temps gardé son regard fixé uniquement sur elle.

Hélas, la bonne humeur de Lìli fut rapidement tempérée par sa propre déception. Il était clair que le dún Scoti avait jugé qu'elle laissait à désirer.

L'homme semblait ne se soucier aucunement des principes. Non qu'elle se soit attendue à autre chose, après ce qu'elle avait entendu raconter sur lui. On disait que le messager envoyé vers le nord pour marchander son mariage était revenu sentant l'urine. Et qui pouvait blâmer le pauvre garçon, face à un homme qui, à l'âge tendre de dix ans, avait tué son premier ennemi, ou même deux à la fois si les contes étaient vrais ?

Pas pour la première fois, elle interrogea silencieusement son père. Pourquoi ? Pourquoi Padruig avait-il provoqué ces gens des montagnes ? Pourquoi ne les avait-il pas tout simplement laissés tranquilles ? Ils ne faisaient de mal à personne, isolés dans ces *corries*. Mais comme avec des ours endormis, ceux qui les avaient tirés de leur sommeil allaient peut-être le regretter.

S'immisçant une fois de plus dans ses pensées,

Sorcha tendit la main pour toucher le doux velours du bliaud de Lìli.

— J'ai jamais vu une robe si belle ! dit-elle avec admiration.

Lìli ne vit aucune raison de ne pas être complètement honnête.

— Moi non plus, avoua-t-elle.

Quand la jeune fille la regarda, surprise, elle lui fit un clin d'œil et sourit.

Dès lors, Sorcha sembla beaucoup plus aimable et lui expliqua l'usage de chaque bâtiment devant lequel ils passaient. Il y avait peu de différences entre leurs villages, remarqua Lìli, sinon que ces huttes étaient toutes très bien entretenues. Ils passèrent devant un boucher, un boulanger et un forgeron. Derrière les habitations, un verger était planté d'arbres donnant des fruits et des baies. Pas très loin de là, elle aperçut un berger et son troupeau sur le versant d'une colline, une vue bucolique par excellence. Le fait qu'ils aient le corps recouvert de peintures de guerre et qu'ils soient armés jusqu'aux dents portait à confusion.

Les sœurs d'Aidan marchaient à côté d'elle, tandis qu'Una, la vieille femme, bavardait dans son dos. Leur petite troupe se dispersa peu à peu. Rogan reçut ses propres quartiers et les hommes du roi un logement unique à partager. Una resta pour s'assurer que les hommes étaient installés, laissant Lìli et Aveline poursuivre leur route avec les sœurs d'Aidan.

Apparemment, personne ne serait autorisé à entrer dans la salle où dormait la famille du *laird* jusqu'à la fin de la cérémonie, un fait que Sorcha partagea avec entrain. Lìli ne s'en plaignait pas, sauf qu'elle allait devoir partager avec Aveline la maison où on la conduisait.

— Que cela est primitif ! murmura Aveline en entrant dans la petite hutte ornée d'un mobilier en bois simple.

Elle passa le doigt sur la surface des meubles et les trouva propres. Elle garda néanmoins sa mine de désapprobation. Lìli avait une envie irrésistible de lui rappeler que Rogan n'avait aucune influence ici. Elle ne savait pas comment lui faire comprendre cela plus clairement. L'éclat des couteaux de Lael était plus que suffisant pour avertir Lìli de surveiller ses manières.

Aveline venait d'une noble lignée, mais visiblement une bonne souche ne garantissait pas les bonnes manières. Pourtant, même si les chambres étaient à l'opposé des massives tours en pierre de Keppenach, les maisonnettes étaient impeccables, avec des joncs frais sur le sol et du chaume récent sur le toit. De toute évidence, ces gens avaient travaillé dur pour préparer leur arrivée et quelqu'un avait même dû laisser sa maison, car il était peu probable qu'ils aient construit le domicile exprès pour elles. Des couvertures, tricotées avec amour, étaient soigneusement pliées sur le lit, et des ornements révélaient combien ce domicile était aimé. Malgré ce qu'elle ressentait par ailleurs, Lìli appréciait les efforts qu'ils avaient faits en leur faveur, même si son promis semblait vouloir l'éviter.

Cailin et Lael observaient depuis le pas de la porte pendant que Sorcha leur montrait l'intérieur.

Pour leur voyage vers le nord, ils avaient seulement chargé une charrette en bois. Quand ils apportèrent les énormes malles d'Aveline, Lìli se rendit finalement compte combien ses propres coffres étaient maigres en comparaison. Elle n'avait que deux petites caisses, tandis que les bagages de l'autre femme occupaient la moitié de leur petit logement. Sorcha examina l'une des malles d'Aveline.

— Ce sont les tiennes ? demanda-t-elle à Lìli, passant les doigts sur les sculptures finement ouvragées dans le coin du plus grand coffre.

— Nenni, les miennes ! réagit brusquement Aveline.

La jeune fille retira aussitôt ses doigts, lançant un autre coup d'œil interrogateur à Lìli.

Ses sœurs aînées se tenaient les bras croisés et se regardaient sans dire un mot. Mais Lìli savait qu'elles devaient se demander qui était la véritable maîtresse, clairement pas Lìli. Elle ne manqua pas de remarquer les regards dédaigneux qu'elles échangèrent en voyant ses caisses.

Décontenancée par l'examen minutieux des sœurs, Aveline parla d'une voix plus douce :

— Je voulais juste dire que votre peinture bleue pourrait abimer le bois.

La malle était faite d'un chêne coûteux et les sculptures étaient délicatement peintes, mais la jeune fille n'avait pas de peinture sur la main. Lìli réprimanda Aveline du regard. Très bientôt, qu'elle le veuille ou non, ce peuple serait aussi le sien, et ce serait sa responsabilité de les protéger, au moins de la suffisance d'Aveline. Lìli était néanmoins certaine qu'une grande partie de sa fierté serait naturellement tempérée une fois Rogan reparti. Remarquant à nouveau le manche en argent du couteau brillant au-dessus de la botte de Lael, elle saisit nerveusement une des bougies posées sur la table. Elle la porta à son nez et respira le parfum agréable de cire d'abeille.

— Oh ! s'adressa-t-elle à Sorcha avec surprise. Quel honneur de recevoir les meilleures de vos bougies !

De la porte, Cailin cligna des yeux.

L'aînée des trois sœurs continuait de regarder Aveline faire le tour de la salle. Lìli s'efforçait d'ignorer la maîtresse de Rogan, centrant son attention sur Sorcha et Cailin.

— À Keppenach, on était point chanceuses. Nos bougies étaient en suif, expliqua-t-elle.

Sorcha fronça le nez.

— Oh, elles devaient puer !

— En effet, avoua Lìli en souriant et en croisant le regard de Lael un bref instant.

Lael se contenta de hausser un sourcil. Lìli reporta son attention sur la bougie qu'elle tenait à la main. L'objet était revêtu de beaux ornements tressés. Elle l'étudia avec une sincère fascination.

Lael gardait toujours le silence et observait de la porte, sa position presque aussi imposante que celle d'un homme. Cailin s'avança pour retirer la bougie des mains de Lìli. Elle la retourna et leva les yeux avec un sourire timide.

— C'est la mienne, déclara-t-elle, manifestement fière de son ouvrage. Vous voyez ? On met notre marque dessous pour que tout le monde puisse savoir.

— Comme elle est belle, s'écria Lìli avec sincérité tout en continuant d'examiner les tresses.

Elles étaient incroyablement détaillées et très différentes de tout ce qu'elle avait jamais vu. Cela lui rappelait un peu les gravures sur la pierre que son fils avait trouvée dans son jardin.

— Vous voudrez bien me montrer comment faire plus tard ?

Cailin lui adressa un autre sourire, puis semblant se reprendre, elle regarda sa sœur aînée. Il était impossible de déchiffrer leur échange, mais il sembla à Lìli qu'elle avait remporté une petite victoire quand Cailin se retourna, leva les épaules et répondit :

— Peut-être.

Apparemment, cela ne plut pas à Lael, car elle éloigna soudain ses sœurs de leurs invitées. Elle lança un regard cinglant à Aveline, mais son visage redevint totalement impassible quand elle reposa les yeux sur Lìli.

— Je suis sure que tout vous conviendra, dit-elle, lançant vers Aveline un regard qui aurait pu transpercer le cœur d'un homme.

Surprise, Aveline fit un pas en arrière. Lìli réprima un petit sourire.

— Comme ma sœur a dit, on a préparé une fête de bienvenue, avança Lael sur un ton plutôt sinistre. Quand vous serez prêtes à souper, suivez simplement votre nez.

Puis elle rassembla ses sœurs et les fit sortir de la maison, restant juste un instant de plus pour donner un avertissement.

Elle fixa son regard sur Lìli.

— Vous nous trouverez assez accommodantes, mais prenez garde. Mes sœurs se souviennent peut-être pas à quoi ressemble la trahison, mais mon frère et moi, on oubliera jamais.

Elle lança un autre regard à Aveline, s'attardant sur elle une seconde de plus avant de revenir à Lìli.

— J'ai peut-être promis à Aidan mon meilleur comportement en votre présence, mais Aidan lui-même me reprochera point de vous passer à la claymore si je me rends compte que votre esprit est perfide. Trahissez point les miens, avertit-elle.

Sur ce, elle esquissa un sourire et son visage s'adoucit malgré ses peintures de guerre.

— Bienvenue à Dubhtolargg, dit-elle avant de se retourner et de s'en aller.

&

C'ÉTAIT la période de paix la plus longue que leur tribu ait jamais connue.

Dès le moment de sa fondation, Dubhtolargg avait été en proie à des trahisons et des déceptions, et il semblait que l'histoire allait finir par se répéter.

Apparemment, Aidan était peu différent de son père. Si avide de paix qu'il allait se trouver une fois de plus à négocier avec des traîtres démoniaques.

Dans un tonnerre de jurons, il fit irruption dans la salle, irrité de se trouver dans cette position : plein d'espoir de forger un traité de paix, mais attentif aux conséquences s'il laissait tomber sa garde. À ce dilemme s'ajoutait maintenant une difficulté entièrement nouvelle. Il était déchiré, se sentant intensément protecteur de sa nouvelle promise et tout autant méfiant.

Ce regard suppliant et ces yeux violets l'émouvaient profondément. Mais d'après ce qu'il savait, ils la lui avaient envoyée pour l'éventrer dans son lit.

Cela n'avait pas d'importance. Il n'avait aucune intention de lui donner la possibilité de le mettre en terre. Et qu'il croie ou non à la malédiction, il n'y avait de danger que pour le mari qui tomberait amoureux de la femme aux yeux violets. Quelque chose qu'Aidan n'était pas enclin à faire, malgré ses regards implorants.

*L'amour* ne faisait pas partie de ce marchandage.

Il ne portait pas d'amour aux femmes, sinon celui qu'il ressentait pour ses sœurs. Sa maîtresse, c'était la terre où il était né. Cela ne changerait pas, quelle que soit la manière dont sa promise mettait en avant ses jolis seins.

Son frère le suivait d'un pas nonchalant. Aidan retint sa langue, prêt à reprendre Keane pour avoir abandonné les autres, mais bien conscient de l'exemple qu'il avait donné. Son humeur s'assombrit davantage, si tant est que cela fût possible. Il se dirigea vers le placard, en sortit une chope et une pinte d'*uisge*, et alla s'asseoir à la longue table. Il se versa une quantité généreuse d'alcool, se demandant comment la fille de Caimbeul s'entendait avec ses sœurs.

Keane s'assit. Aidan observa son frère par-dessus sa chope.

— Après nos épousailles, tu lui donneras le respect dû à la femme de ton chef.

Il n'avait pas besoin de clarifier de qui il parlait. Les deux se comprenaient très bien.

Aidan avala une grosse gorgée et le doux liquide doré lui brûla le gosier. Il reposa la chope sur la table.

— Cela inclut de rester en sa compagnie même quand je peux point le supporter. Je savoure point la pensée que ce maroufle donne à tes sœurs la moindre offense, ajouta-t-il pour lui-même.

Là encore, il était inutile de préciser de qui il parlait. Il savait que son frère avait épié l'échange qui l'avait mis en colère et l'avait fait déguerpir.

— Dans ce cas, je le renverrais à David en petits morceaux.

Keane acquiesça de la tête, se contentant d'écouter, sachant qu'il valait mieux ne pas argumenter. Ce jeune homme pouvait se montrer rebelle, mais jamais avec lui. Il était parfaitement conscient que Keane vénérait chacun de ses mouvements. C'était à la fois une aubaine et un fardeau, car Aidan ne pouvait jamais relâcher sa garde. Un jour, Keane pourrait bien diriger le clan à sa place. À cette fin, il avait formé Keane dès son enfance, conscient que sa propre vie pouvait prendre fin d'un moment à l'autre. Il y avait toujours un imbécile avide de les gouverner, même s'ils s'efforçaient de ne pas se mêler de la politique de la Scotia.

Depuis plus de deux cent cinquante ans, les membres de leur clan étaient installés ici dans la Mounth rouge. Ils ne se cachaient pas vraiment, mais ils souhaitaient aussi qu'on les laisse tranquilles. Après l'assassinat du roi Aed en l'an 878, par son ami et conseiller le plus proche, son clan s'était réfugié dans ces lieux isolés pour préserver la seule vraie relique qui puisse protéger et assurer le règne de futurs rois sur une nation pacifique : une pierre sacrée. Jusqu'à présent, personne n'avait même réalisé qu'elle avait disparu. Ils avaient à sa place une réplique parfaite. Même les prêtres de Scone semblaient incapables de voir la différence, car David était le vingtième soi-disant roi qu'ils avaient couronné avec cette copie. Il se versa une autre chope et but une rasade, pensant à la réplique et aux hommes qui y avaient posé leurs gros c'étaitères.

Même une fois le trône retourné aux héritiers d'Aed, le clan d'Aidan avait pris la décision de garder la vraie pierre cachée, car le fils et le neveu d'Aed rentrés d'exil étaient devenus Gaels, leurs us et coutumes désormais différents de ceux des anciens. Pas étonnant que le neveu d'Aed ait été le premier à se proclamer roi de Scotia. Qu'était en effet la Scotia, sinon un nouveau nom pour un vieux pays occupé par un nouveau régime ?

Quoi qu'il en soit, les membres de la tribu d'Aidan étaient les derniers des hommes peints, ceux que les Romains appelaient jadis les Pictes. C'était un héritage que son peuple s'efforçait de préserver. Ils ne reconnaissaient pas la légitimité de la Scotia, ni de ses rois, et il était en colère d'avoir été contraint de permettre à sa sœur Cat d'épouser un Scot. Un incapable. Du simple fait qu'ils se considéraient Scots, les clans étaient destinés à se faire la guerre, car la véritable pierre du destin était cachée dans les profondeurs des collines rouges. Elle ne pouvait revenir qu'à un héritier légitime. Mais qui devrait assumer ce rôle ? Les Pictes avaient disparu et les Scots étaient tous des sales traîtres et des meurtriers.

— Va te chercher une chope, ordonna-t-il à son frère.

Keane avait maintenant quatorze ans. Aucune raison de ne pas le traiter comme un homme.

Sur son ordre, Keane bondit si vite qu'il faillit renverser le banc sur lequel il était assis. Aidan le regarda courir vers le placard et attraper la première chope venue. Il revint en se précipitant vers la table et se rassit, déposant bruyamment sa chope, ses yeux brillant d'avidité.

Aidan souleva la cruche et remplit à nouveau sa chope avant de tendre le bras pour remplir celle de Keane. Même s'il avait depuis longtemps cessé de traiter Keane comme un enfant, et il savait très bien que le jeune homme puisait directement dans les barils quand il lui plaisait, c'était la première fois qu'il buvait avec son petit frère. Le moment était bien plus important qu'il ne le paraissait. Aidan était fier de lui. Il était grand temps de le bénir. Si Aidan venait effectivement à rendre l'âme pendant sa nuit de noces, il devait avoir confiance en la capacité de son frère à diriger le clan à sa place.

C'était là une autre épine dans son pied : maintenant qu'Aidan était sur le point de se marier, son premier-né devrait être son héritier légitime, un enfant de sang scot. Ce fait lui cuisait bien plus les tripes qu'une gorgée d'*uisge* fraîche.

Il but une autre rasade, grimaçant à la douce brûlure au fond de sa gorge, puis reposa sa chope sur la table.

De tous ses frères et sœurs, Lael était de loin la plus habile à diriger. Aucun imbécile vivant ne pouvait la contredire s'il tenait à sa peau. En tout cas, cela méritait réflexion.

— Tu vas tenir ta promesse d'épouser la donzelle scot ? lui demanda Keane, serrant sa chope entre ses mains. T'as point besoin, suggéra-t-il en soulevant un sourcil.

— La parole d'un seigneur est son honneur, lui répondit Aidan. Briser une promesse, même une seule fois, lui coûtera la confiance de son clan. Si fait, Keane, je vais épouser la jouvencelle, mais cela veut point dire que je vais point l'occire si c'est une garce.

Keane sourit en portant la chope à ses lèvres. Aidan savait qu'il essayait de paraître nonchalant, mais les mains du garçon tremblaient tandis qu'il levait anxieusement les yeux pour voir si son frère le regardait.

— Oh, et… ajouta-t-il, je te rappelle que je suis le seul qui puisse appeler mon épouse une donzelle. Je veux point entendre un tel manquement de respect sortir à nouveau de ta bouche.

Keane fit oui de la tête. Il avala enfin une gorgée de son *uisge* et se mit aussitôt à tousser et à postillonner. Mais il continua à boire avant la fin de sa quinte. Aidan sourit, car Keane lui ressemblait beaucoup.

Un sourire idiot aux lèvres, Keane avala une autre grosse gorgée. Puis il reposa sa chope, les yeux brillants.

Aidan le récompensa par un clin d'œil et un sourire. Leur *uisge* n'était pas pour les petites natures. On disait que le secret de leur eau de vie venait tout droit des fées qui avaient jadis conduit son peuple dans cette vallée. Comme tout dans ce petit coin de paradis, la recette était un héritage de leurs ancêtres, transmise de génération en génération, sans aucun changement.

Comme le *crannóg* dans lequel ils dormaient.

Entièrement en bois, le bâtiment avait été conçu pour accueillir un village entier en cas de guerre. Mais Dubhtolargg était maintenant beaucoup plus grand qu'au temps où leurs ancêtres étaient arrivés. De nombreux villages des Highlands étaient désormais protégés par de nouvelles forteresses en pierre se dressant vers le ciel. Mais ils n'avaient pas besoin de tels bastions ici. Ces monstrueuses créations humaines étaient à craindre. Ici, ils étaient protégés par la terre elle-même. Par l'ancienne vallée des Fées où l'on devait passer avant d'arriver dans le vallon, disaient même certains. Ce n'était pas un pays pour les faibles. Et il découvrirait très bientôt de quoi cette Lìleas MacLaren était vraiment faite. Si son épouse recherchait un lit chaud, elle aurait besoin de se rapprocher de lui, car les murs ici étaient sans aucun doute beaucoup plus minces que ceux auxquels elle était habituée à Keppenach.

C'était maintenant au tour d'Aidan de tousser : à la pensée de Lìleas allongée nue dans son lit, il fut submergé par une vague de désir qui fit vibrer son sexe. Surpris, Aidan avala sa *uisge* de travers. *Mo chreach !* Il n'arrivait pas à se rappeler la dernière fois qu'une fille avait eu une telle emprise sur lui. Les femmes de son clan étaient loin d'être timides. Elles dominaient autant que les hommes et aimaient qui elles voulaient, mais Aidan n'avait jamais supporté l'idée d'engendrer des enfants avec une femme s'il n'avait pas envie de vivre avec elle.

Ennemie ou non, Lìleas était jolie, avec des courbes bien placées et des seins exceptionnellement développés pour un corps si mince. Il se dit que ce devait être parce qu'elle avait déjà porté un enfant, mais son ventre démentait ce fait. Sa promise était une belle contradiction, sur tous les plans. Et même s'il avait envisagé de la renvoyer à son père si elle ne lui plaisait pas, il savait sans l'ombre d'un doute qu'il ne le ferait pas.

En fait, il n'y avait aucune raison de retarder le mariage, décida-t-il à cet instant. Si Lael ne la tuait pas aujourd'hui, il épouserait Lìleas MacLaren demain.

Un petit sourire se dessina sur ses lèvres : le simple fait qu'aucune de ses sœurs ne lui ait apporté la nouvelle du décès de Lìleas était très bon signe. En guise de célébration, il se versa à lui-même et à Keane une autre chope d'*uisge*.

— Bois ! lui ordonna-t-il. Ce soir, on célèbre.

Si Lìleas survivait l'après-midi avec ses sœurs, ils célébreraient au moins le fait de ne pas avoir à entrer en guerre avec son foutu père.

Dès le départ des sœurs d'Aidan, Lìli envoya Aveline chercher de l'eau pour le bassin de leur chambre. Elle attendit environ une heure, mais comme Aveline n'était toujours pas revenue, elle y alla elle-même. Elle trouva un puits non loin de la maison. Mais même après avoir rapporté un seau, elle ne vit toujours pas Aveline.

Tant mieux, se dit Lìli, car elle n'avait pas l'habitude d'être servie et préférait se baigner en privé.

Aveline était probablement avec Rogan.

Pauvre fille... Elle était venue à Keppenach sous la tutelle de Rogan et bien qu'il n'ait pas perdu de temps pour coucher avec elle, il n'avait manifestement pas l'intention de l'épouser. Il l'avait rejetée si aisément. Il ne lui faisait jamais de cadeaux ni ne la reconnaissait publiquement comme sa maîtresse. Ce qu'Aveline possédait, elle l'avait apporté avec elle de la maison de son père, et quelles possessions !

Non sans efforts, Lìli poussa les énormes malles d'Aveline sur le côté pour atteindre ses deux misérables coffres. Elle avait apporté très peu de vêtements, mais elle avait bourré toutes les herbes qu'elle pouvait dans ses caisses. Réalisant qu'une fois qu'elle serait partie, ils laisseraient son jardin en friche, elle avait récolté tout ce qu'elle pouvait. La moitié de l'autre malle était aussi pleine d'herbes, car elles étaient bien plus précieuses que les robes qu'elle possédait, y compris cette robe ridicule que David lui avait offerte. Elle n'avait laissé que quelques herbes pour son fils, surtout du romarin pour l'aider à repousser les terribles cauchemars dont il souffrait. Elle avait aussi donné quelques plantes médicinales à une nourrice en qui elle avait confiance. Son fils était en bonne santé, mais elle était quand même inquiète pour lui. Il était son unique enfant et il lui manquait plus qu'elle ne pouvait le dire.

Ils lui avaient accordé une année avant la mort de son nouveau mari, une année à contempler les atrocités qu'ils commettraient à l'encontre de son fils si elle ne leur obéissait pas.

Les paroles de Lael lui revinrent à l'esprit et la narguaient : « Mes sœurs se souviennent peut-être point à quoi ressemble la trahison, mais mon frère et moi, on oubliera jamais. »

Qu'est-ce qu'elle en savait ? La trahison était-elle écrite si clairement sur le visage de Lìli, même si elle ne savait même pas comment accomplir sa tâche ? Pourrait-elle assassiner un homme de sang-froid ? Plus que tout, pour une fois dans sa vie, elle espérait que la malédiction était vraie, car alors elle pourrait compter directement sur Aidan lui-même pour trouver la mort, étant donné que c'était un membre de sa famille qui l'avait maudite après tout.

Hormis une toute petite complication : pour succomber à la malédiction, Aidan devait tomber amoureux d'elle, et elle doutait de jamais pouvoir gagner l'affection du *laird* de Dubhtolargg. Vu le regard sombre qu'il lui avait lancé avant de la laisser à ses sœurs, elle s'estimerait heureuse s'il ne l'étranglait pas pendant leur nuit de noces.

Mais bien sûr, elle préférait ne pas penser à *cela* pour le moment.

Elle n'était pas une jeune fille innocente. Elle savait ce qui allait se passer et ce qu'on attendrait d'elle. La pensée de coucher avec lui la fit rougir. L'image d'Aidan presque nu, debout sur le quai, lui revint à l'esprit. Elle la repoussa, incapable de supporter cette vision qui lui donnait des papillons dans le ventre et lui faisait chavirer le cœur.

Maîtrisant ses pensées capricieuses, elle se mit à fouiller dans sa malle.

Au milieu de ses affaires se trouvait une pochette qu'elle espérait vraiment ne jamais ouvrir. Le petit sac marron à l'allure quelconque contenait une dose létale de belladone et de ciguë, si puissante que l'on ne devait même pas la toucher à mains nues. La bourse contenait aussi la bague que Rogan lui avait donnée, une bague à poison pour qu'elle puisse en verser dans la nourriture ou la boisson d'Aidan sans qu'il le remarque.

Elle se demanda soudain pourquoi Rogan possédait un tel bijou en premier lieu. Si Stuart avait péri différemment, sans témoins, elle pourrait se demander si son frère n'avait pas eu l'intention de se servir de cet objet contre lui. Rogan en était certes capable. Frissonnant à cette pensée, elle enfonça la pochette contenant la bague plus profondément dans la malle pour l'y cacher. Une autre pochette, de la même couleur, était remplie de pétales de roses. Elle la saisit et referma le coffre.

Les pétales de roses servaient à beaucoup de choses, mais elle aimait surtout les jeter dans son eau de bain. Ceux-ci n'étaient cependant plus souples. Elle les utiliserait donc pour rafraîchir sa robe de mariée. Elle sortit de ses coffres un bliaud bien plus simple, une robe bleu saphir en laine douce, avec des broderies bleu clair le long de l'ourlet et aux manches. Elle avait cousu la robe elle-même et était très fière du résultat, même si le vêtement était maintenant usé. Comme prévu par Rogan, elle avait fait son apparition dans la robe somptueuse que David lui avait offerte. Elle la réserverait maintenant à sa nuit de noces et porterait quelque chose de beaucoup plus adapté à la température. Si loin au nord, la nuit serait très fraîche.

Stuart lui avait dit un jour que la couleur de sa robe bleue flattait ses yeux, mais ce n'était *pas* pour cela qu'elle l'avait choisie.

D'ailleurs, se dit-elle, ce qu'Aidan dún Scoti pensait d'elle n'avait pas d'importance.

Dans la pochette se trouvait aussi une fiole d'eau de rose. Elle s'en servit pour parfumer l'eau de son bain. N'osant pas s'attarder plus longtemps, elle se baigna rapidement, enfila sa robe à la hâte, puis sortit son *arisaid* préféré de son coffre.

Tant qu'elle n'était pas dûment mariée, elle ne voyait pas pourquoi elle ne pouvait pas continuer à porter le plaid des MacLaren. Stuart était peut-être mort, mais même si ces jours étaient ses derniers en tant que MacLaren, un jour son fils redonnerait de la fierté à ces couleurs. Pour l'instant, porter l'*arisaid* lui permettait de se sentir proche de Kellen. Le simple fait qu'elle serait bientôt forcée de l'abandonner la mortifiait au plus profond de son âme. Elle soupira, décidant qu'une fois mis de côté, elle le garderait pour la femme que son fils épouserait. Elle espérait vivre assez longtemps pour voir ce jour arriver.

Sa toilette finie, elle lissa sa robe autour de ses chevilles, puis se brossa les cheveux et les coiffa en une longue tresse épaisse. Quelques mèches lui échappèrent, mais elle les ignora. Elle était trop fatiguée et maussade, et le *laird* de Dubhtolargg lui avait déjà manifesté ce qu'il pensait d'elle. Pas grand-chose apparemment.

À quoi s'était-elle attendue de toute façon ?

Loin d'être un mariage d'amour, ce n'était même pas une alliance politique. Ce que c'était précisément, elle n'en était pas encore sûre. Elle connaissait assez Aidan dún Scoti pour savoir que les alliances avec les autres ne l'intéressaient nullement. En vérité, il ne pouvait vouloir qu'une seule chose d'elle, même si Lìli se rendait compte qu'il s'était efforcé de lui fournir tout ce dont elle aurait besoin ici. Il n'avait visiblement pas l'intention de la faire souffrir pour les péchés de son père, du moins pour le moment. Pourtant, elle ne pouvait s'empêcher de sentir planer une tragédie imminente, vu que la motivation d'Aidan ne pouvait être que la vengeance. Quelle méthode allait-il employer pour la punir ?

Il avait sûrement quelque chose en tête...

Réfléchissant à cela d'un œil méfiant, elle s'assit sur le lit qu'elle allait devoir partager avec la maîtresse de Rogan. Elle le trouva propre et confortable. Aveline le jugerait atrocement rudimentaire, mais le lit en plumes était une agréable surprise.

Dehors, elle entendit quelqu'un jouer du roseau. Elle attendit, pensant qu'on allait frapper à sa porte d'un moment à l'autre. « Quand vous serez prêtes à souper, suivez simplement votre nez », avait dit Lael. Apparemment, elle le pensait littéralement. Quand personne ne vint la chercher, Lìli soupçonna que nul ne se présenterait. Elle finit par s'aventurer dehors et suivit le son du roseau.

Sur la plage bordant le *loch*, la famille d'Aidan avait construit un feu de joie. Au-delà, elle pouvait voir les torches allumées le long de la jetée menant à la forteresse en bois perchée sur l'eau. Le quai était cependant vide et Aidan n'était pas en vue. Le ciel était illuminé d'une lumière dorée qui se reflétait sur l'eau vitreuse. Malgré l'air devenu plus frais, il n'y avait pratiquement pas de brise et le feu crépitait et s'élevait fièrement.

Peu à peu, les villageois abandonnèrent leurs tâches quotidiennes et se réunirent autour du feu. Même si leur nombre augmentait lentement, personne ne semblait d'humeur à faire la fête. En fait, les regards qu'ils lui jetaient lui rappelaient la façon dont les villageois de Keppenach considéraient Rogan, leur maître hautain, à son insu. En revanche, ils avaient aimé Stuart, et Lìli aurait pu l'aimer aussi si elle en avait eu l'opportunité. Elle lui était en fait reconnaissante, car il lui avait manifesté la plus grande bonté qu'elle ait jamais connue. Mais il était mort la première année de leur mariage et elle n'avait pas vraiment eu le temps de le connaître ou de l'aimer comme il l'aurait mérité.

Regardant les gens se rassembler, Lìli se tenait seule près du feu, ignorant les regards méfiants qu'on lui lançait. Comme le soleil descendait peu à peu à l'horizon, de plus en plus de membres du clan étaient attirés par la chaleur du feu. Aveline réapparut enfin. Elle se tenait près de Rogan, de l'autre côté du feu, et lui chuchotait quelque chose à l'oreille. Elle avait les joues rouges. Même si leur conversation portait sans doute en partie sur Lìli, ils ne regardaient pas dans sa direction. Celle-ci se sentait invisible et seule, une étrangère sans asile, mais elle refusa d'aller rejoindre Rogan et sa maîtresse à l'air sévère. Même si ce clan ne faisait pas encore partie de sa famille, Rogan et Aveline non plus. Ils étaient tout autant ses adversaires que Lael.

*Au moins Lael ne mâchait pas ses mots.*

Écoutant le son évocateur du roseau, Lìli, hypnotisée par les flammes dansantes, redressa son *arisaid* sur ses épaules. Regardant le bois crépiter, elle se tenait immobile, pensant à son fils, à son regard quand elle l'avait quitté. La gorge serrée de douleur, elle déglutit.

Elle sentit soudain plus qu'elle n'entendit une présence à ses côtés. Elle se retourna et trouva Aidan dún Scoti debout à côté d'elle. Elle ne l'avait même pas entendu approcher.

Il n'était plus torse nu, ni peint. Il avait échangé sa claymore pour un simple poignard accroché à sa ceinture. Portant une tunique sans tache et son *breacan*, il n'y avait plus rien de sauvage en lui, sinon ses yeux, froids et durs. Il la fixa du regard pendant un temps interminable, puis il observa son *arisaid*, le front plissé.

Lìli, sur la défensive, resserra le manteau autour de ses épaules. Elle croisa son regard sans broncher.

— Il fait froid, mon seigneur. Je n'ai rien d'autre.


*Est-ce qu'elle le provoquait ?*

Aidan se le demandait.

Elle n'était visiblement pas venue à lui les bras ouverts. Mais elle ne lui avait pas donné l'impression d'être une fille au caractère contrariant, malgré le courage qu'elle avait manifesté plus tôt. Et pourtant, elle se tenait là devant lui, enveloppée des couleurs du clan MacLaren, à la vue de tous.

Était-ce peut-être un message pour lui, qu'elle accepterait de l'épouser, mais que son cœur appartiendrait toujours à un autre ? Ou avait-elle tout simplement froid, comme elle le prétendait ?

Il se rappela que jusqu'à leur mariage, elle avait le droit de porter ce qu'elle voulait, mais cela l'agaçait néanmoins. Malgré son calme apparent, il avait une folle envie de lui arracher son maudit manteau du clan MacLaren et de la couvrir du sien. Mais une telle action aurait une portée bien plus grande que le simple apaisement de son orgueil blessé. Les femmes de son clan tireraient les oreilles d'un homme plutôt que de supporter sa jalousie. Il ressentit pourtant un pincement au cœur. Il retint néanmoins sa langue, luttant contre les émotions étranges qui l'assaillaient. Jusqu'à aujourd'hui, il ne s'était jamais senti possessif envers une femme. Bien qu'étranger à ce sentiment, il le reconnut et ne l'appréciait pas du tout.

Il ne pouvait pas voir grand-chose sous son *arisaid*, mais elle s'était changée et portait une robe plus simple. Il aperçut la laine bleu foncé sous le plaid. Ses sœurs Cailin et Sorcha s'étaient aussi changées, mais Lael avait refusé. L'aînée de ses sœurs était la plus têtue de toutes les créatures, pire encore que leur mère, d'après le peu dont il se souvenait de la femme qui l'avait mis au monde. Le fait lui-même l'irritait, et sa nouvelle épouse, celle qui allait partager son lit, était la fille de l'homme précisément responsable de la mort de sa mère.

— Le veuvage te convient, remarqua-t-il. Mais t'y habitue point, parce que j'ai point l'intention d'être aussi accommodant que ton premier époux.

Les bras croisés, le visage sombre, il fixa de nouveau son odieux manteau du clan MacLaren.

Détournant les yeux, Lìleas regarda par-dessus le feu, à l'endroit où ses compagnons se tenaient groupés. Elle sembla peser ses mots, la mâchoire légèrement serrée tandis qu'elle les regardait fixement.

— Je suis point davantage responsable du trépas de mon époux que vous l'êtes de celui de votre père, souligna-t-elle.

— Véritelment ?

Ses yeux violets lui jetèrent des éclairs.

— Si fait, mon seigneur.

— Je m'appelle Aidan, la corrigea-t-il. Ici, on respecte point les coutumes hautaines des Anglais comme le reste de la Scotia semble encline à le faire.

— Peut-être, avança-t-elle. Mais vous êtes maintenant mon gardien et donc mon seigneur, n'est-ce point ?

*Mo chreach !* La fille n'était pas plus soumise que ses fichues sœurs ! Et pourtant, même s'il ressentait un accès de colère à ses paroles, il ne souhaitait pas qu'elle soit rien de moins, réalisa-t-il. Il respira profondément, s'armant de patience avant de parler :

— Je suis point ton gardien ni même encore ton époux, *mo chroí – ma chère*. En fait, je suis en train de reconsidérer la sagesse d'inviter dans ma couche la femme qui a sur les mains le sang de mon père.

— Vous auriez pu y penser plus tôt ! osa-t-elle le réprimander. Mais c'est point moi qui ai occis votre père, Aidan dún Scoti. Votre peuple a maudit une petite innocente.

En l'entendant prononcer le nom par lequel le peuple de Lìleas le désignait, le Scot des montagnes, Aidan grimaça. Par les péchés de *Sluag*, il était point un fichu Scot !

— Si fait, soutint-il, c'est ton père qui l'a fait, et de sang-froid, je pourrais ajouter. Si ta vie a été maudite, *mo chroí*, tu peux blâmer Padruig Caimbeul, pas les miens.

Illuminés par les flammes qui s'élevaient de plus en plus haut, ses yeux violets semblaient s'assombrir et virer au noir.

— J'ai jamais dit que je blâmais les vôtres.

— Mais c'est bien ce que tu fais, nenni ?

La question la défait. Ils savaient très bien tous les deux qu'il y avait de l'inimitié entre eux, une inimitié qui découlait de circonstances remontant loin, bien au-delà des paroles qu'ils avaient échangées.

Ses yeux brillant à la lueur du feu, elle osa relever le menton.

— Comme vous me blâmez ?

*Elle le défiait également.*

Le feu se fit plus lumineux, crépitant dans le crépuscule.

Aidan était bien conscient qu'avec son arrivée, les membres de son clan qui avaient jusqu'alors évité la célébration commençaient à se diriger vers le cercle. Ils les observaient, lui et sa promise. Même les enfants étaient tournés vers leur chef, car si ces *invités* se soulevaient contre eux, ce serait lui qui dirigerait ses guerriers pour les défendre.

Mais ce n'était pas un guerrier qui se tenait debout devant lui.

C'était une femme, une femme comme il n'en avait jamais connue.

Elle ressemblait à une Scot aimant les Anglais, elle parlait comme une Scot, mais ses yeux reflétaient un air de parenté qu'en bonne conscience il ne devrait pas partager avec une femme dont le père avait commis de telles atrocités contre son clan.

Et pourtant... il avait accepté qu'elle devienne sa femme. À un moment donné, il *devrait* trouver un moyen de mettre leurs différences de côté et de l'accepter, pour le bien de tous.

À moins qu'il ne prévoie vraiment de la tuer pour les péchés de son père... Mais où était la vraie justice dans cet acte ? La revanche, bien qu'il y ait définitivement pensé, n'était pas la raison pour laquelle il avait accepté cette union. Son devoir n'était pas de conquérir. Son devoir était de protéger la pierre, et la meilleure façon d'y parvenir était de rester en dehors des conflits mesquins.

Par-dessus le feu, son regard se tourna vers les compagnons de Lìleas. Il se demandait si la façon dont ils la traitaient était une sorte de ruse destinée à toucher sa corde sensible à lui. En effet, malgré sa volonté de ne pas se laisser affecter par cette fille, il ressentait néanmoins son tourment. Cela alourdissait l'air autour d'eux comme un nuage noir, invisible, mais bien présent, comme les visions d'Una qu'il ne pouvait pas voir de ses yeux, mais qu'il ressentait.

— Pourquoi as-tu accepté de m'épouser ? demanda-t-il tout à coup, voulant absolument savoir.

Elle se tourna vers lui. Le feu se reflétait dans ses yeux violets. De petites flammes y dansaient.

— Je pourrais vous demander la même chose, riposta-t-elle, le menton une fois de plus relevé d'un air de défi.

C'était une tentatrice pleine de vivacité, avec une profondeur dans le regard qui le déconcertait. Très bien, il jouerait à son jeu s'il le devait.

— Et à ton avis, quelle serait la bonne réponse ?

— Pour la paix, répondit-elle sans hésitation.

Aidan fit oui de la tête, soudain à court de mots, car s'il voulait dire la même chose, il ne l'avait pas amenée ici pour cette raison. La vengeance n'était pas vraiment son motif, se rassura-t-il une fois de plus, mais une part de lui se refroidit à sa réponse. Et pourtant, sa présence ici à Dubhtolargg n'était qu'une assurance que son père ne prendrait pas les armes contre eux, à condition qu'il tienne à sa fille. Si elle n'avait pas de valeur pour lui, alors ils n'avaient aucun avantage. C'était tout simplement une vipère parmi eux, une espionne pour son père et pour David mac Maíl Chaluim.

Pouvait-il se permettre de lui faire confiance ?

Si elle disait la vérité, pourrait-il effacer l'amertume de son cœur et la croire sur parole ? Après tout, elle avait raison, elle n'était pas son père.

Aidan ressentait avec intensité les regards examinateurs de son clan posés sur Lìleas. Comme son frère l'avait fait, ils traiteraient son épouse comme il la traitait, suivant son exemple. Tant qu'il n'en savait pas plus, il ne pouvait pas la condamner à subir la discrimination de son peuple, mais il ne pouvait pas non plus les inviter à relâcher leur garde. Malgré le fait que les paroles prophétiques d'Una avaient poussé un grand nombre à l'accepter, avec méfiance, ils n'étaient pas tous convaincus que la fille de leur ennemi pourrait en vérité constituer le salut de leur clan. Mais c'était normal. Il la dévisagea en silence, conscient que tous avaient les yeux posés sur eux.

Malgré sa beauté, elle avait le visage tiré, fatigué. Elle regardait par-delà le feu pour l'instant. Aidan suivit son regard.

Cela lui avait complètement échappé : l'homme qui l'avait saisie par le bras portait aussi les couleurs des MacLaren. C'était le frère de son mari, d'après Una. Ces deux-là, le *laird* de Keppenach et Aveline, étaient de connivence... Mais sa jolie promise faisait-elle partie de leur manigance ?

*Seul le temps le dirait.*

— Il me semble que tu aurais plus de force en nombre, fit remarquer Aidan, curieux de savoir pourquoi elle se tenait seule à l'écart quand son beau-frère et son groupe étaient présents.

Lìleas se redressa et serra son plaid autour de ses épaules.

— La solitude est ma plus grande force, répliqua-t-elle, avec un regard qui en disait long.

Diantre ! Elle aurait bien sa place avec ses sœurs impertinentes, se dit-il. Personne ne l'avait jamais rembarré de cette façon. Même si en vérité il n'était pas tout à fait sûr que ce soit son intention, c'était ce qu'il ressentait. Avec une autre femme, à un autre moment, il se serait aussitôt éloigné. Mais le devoir le tint cloué sur place.

La tension dans l'air crépitait comme le pin au centre des flammes. De l'autre côté du feu, l'homme et la femme se tournèrent vers eux, puis décontenancés par l'examen d'Aidan, ils évitèrent une fois de plus son regard, comme si son attention les mettait mal à l'aise.

— Qui est cette femme ? demanda Aidan.

Contrairement au reste, la question sembla l'atteindre.

— Ma servante. Elle est censée s'occuper de moi, répondit-elle en soupirant, les yeux baissés.

— On dirait qu'elle confond ses fonctions, commenta Aidan en haussant un sourcil.

Un petit éclat de rire surpris s'échappa de ses lèvres, et elle se tourna pour le regarder, l'expression dépourvue de toute malice. Malgré la tension de leur échange, elle sourit doucement et releva le menton.

— Je suis tout à fait sure qu'elle connait clairement ses fonctions, mon seigneur.

— Aidan, insista-t-il. Si tu peux point arriver à dire mon nom, utilise au moins le mot scot. Je puis le supporter beaucoup mieux.

— *Laird*, reprit-elle.

Et à cet instant, elle ressembla clairement à une épouse martyre.

*Parce que c'en est une*, se rappela-t-il.

Et pourtant, contrairement à la plupart des hommes même, elle soutint son regard, de ses beaux yeux violets effarés. Une fois de plus, ils le touchaient d'une manière qui le mettait totalement mal à l'aise. Mais diantre, s'il considérait son sort, il serait ému et il ne pouvait tout simplement pas permettre que cela se produise.

Les bras croisés, son regard se reposa sur le couple debout de l'autre côté du feu. Quelqu'un jouait toujours du roseau, les enfants riaient, et tous les yeux restaient fixés sur eux.

Son cœur n'était peut-être pas aussi endurci contre

elle qu'il l'avait pensé. Il sentit un nouveau péril poindre, qui n'avait rien à voir avec le son lointain des épées.

Il n'était pas trop tard pour la renvoyer chez elle, se dit-il.

Dans les Highlands, le mariage à l'essai était de coutume. Une femme, ou un homme, pouvait renoncer à un conjoint à tout moment, mais la première année il était entendu que le mariage était provisoire, pour être sûr, surtout dans le cas d'un chef, que sa femme pourrait lui donner un fils. Il n'était pas obligé d'épouser cette fille. Il pouvait la renvoyer chez elle avant qu'ils échangent les vœux. Et pour l'instant, c'était ce qu'il avait envie de faire. Sauf que...

Il parcourut la foule du regard, cherchant Una des yeux.

Même si la vieille femme était parfois difficile à trouver, elle était toujours là quand il avait besoin d'elle. Mais elle était introuvable ce soir, et cela l'agaçait.

L'esprit partagé, il examina une fois de plus la jeune fille à ses côtés.

Elle était très jolie, le visage inondé de lumière dorée, une tresse noire dans le dos. Elle avait de longs cils et ses lèvres semblaient douces et pleines. Il avait envie de voir ce qu'elle portait sous son *arisaid*. Le simple fait qu'elle ait quitté cette robe ridicule dans laquelle elle était arrivée lui plaisait énormément, car maintenant, elle ressemblait aux femmes de son clan.

Elle le regarda, ses yeux violets lui parlant toujours, des mots que son esprit ne comprenait pas, mais que son cœur semblait savoir interpréter. Et l'inquiétude l'envahit. Malgré tout ce qu'il savait, il désirait vivement qu'elle se sente la bienvenue. Il voulait faire savoir aux siens qu'il l'acceptait, du moins pour l'instant. Mais il se trouvait à court de mots. Et même si ses doigts le démangeaient de dénouer son plaid de ses épaules et de l'offrir à la jeune fille pour remplacer celui qu'elle portait, il resta les bras collés au corps.

C'était la fille de son ennemi.

Elle serait bientôt sa femme.

Laquelle contemplait-il en la regardant dans les yeux ?

# CHAPITRE 6

— *A*idan !

C'était la voix de sa plus jeune sœur. Mal à l'aise avec ces *invités* parmi eux, Aidan porta aussitôt la main à son poignard, prêt à bondir pour défendre Sorcha. Seule, elle courut vers lui, la sueur collant ses cheveux châtains sur son visage. Serrant sa jupe dans ses mains pour éviter de trébucher dans sa hâte, elle arriva vers eux à bout de souffle et le visage en détresse, les yeux remplis de larmes.

Aidan tira son arme de sa ceinture, mais Sorcha le repoussa.

— Nenni, Aidan ! s'écria-t-elle. Je suis allée voir Dunc, expliqua-t-elle avant qu'il ne tire de conclusions hâtives, pour savoir s'il allait assez bien pour assister à la célébration. Je suis point arrivée à le réveiller ! Sa maman pleure à côté de lui, de peur qu'il ait attrapé la suette. Et j'arrive point à trouver Una. Que dois-je faire ?

Aidan était sur le point de partir vers la hutte de la tisserande, mais Lìleas toucha sa sœur sur l'épaule.

— De quoi souffre l'enfant ?

Sorcha avait les joues rouges d'avoir couru et le visage empreint d'inquiétude et de peur, mais elle ne recula pas devant le geste de Lìleas, un fait qui aurait étonné Aidan s'il n'était pas préoccupé par le sort du jeune Duncan. De toutes ses sœurs, Sorcha avait été la plus furieuse de l'enlèvement de Catrìona, blâmant David d'avoir volé sa sœur aînée dans son lit. Tandis que Lael et Cailin étaient beaucoup plus proches en âge de Cat, Sorcha s'était tournée vers Cat comme une mère. Lael était peut-être l'aînée, mais elle n'avait pas l'instinct maternel.

— Je sais point, s'écria Sorcha en secouant la tête. Comme pour les autres, la maladie est vite apparue. Sa fièvre a commencé à monter depuis ce matin seulement.

— Est-ce que tu veux bien m'emmener le voir ? demanda Lìleas.

Sorcha acquiesça sans hésitation. Lìleas se retourna brusquement et regarda Aidan droit dans les yeux.

— Est-ce que je peux ? lui demanda-t-elle, sa main se portant automatiquement à son bras nu et lui donnant comme une décharge électrique.

Aidan dissimula le frisson qui l'avait parcouru et résista à l'envie de retirer son bras, comme si les doigts de la femme le brûlaient. Mais son corps réagit avec une ardeur redoublée, activant son sexe comme une marionnette.

Il la dévisagea un peu trop longtemps, incertain, puis baissa les yeux vers les doigts minces posés sur son bras. Elle avait dû faire de même, parce qu'ils relevèrent la tête au même moment et la sincérité de ses yeux violets le prit au dépourvu.

Un instant, son cerveau fut trop confus pour penser clairement.

Elle lui demandait la permission d'aller aider Duncan.

Il se rappela que c'était une remarquable guérisseuse. Il ne lui faisait pas confiance, mais il ne pouvait pas non plus refuser à Duncan ses pouvoirs de guérison. Quand il réussit finalement à secouer sa torpeur, il fit oui de la tête, perplexe, et la regarda s'éloigner avec Sorcha.

Après qu'elle ait retiré ses doigts, Aidan sentit la séparation de façon aiguë, comme si on venait de lui couper le bras. La sensation le fit sursauter.

— Par ici ! ordonna Sorcha.

Et sa charmante promise courut après sa jeune sœur sans lui adresser un autre mot ou un regard.

Comme si elle était complètement inconsciente de l'effet de son toucher sur lui.

Confus, Aidan resta sur place un instant de plus, puis les suivit, s'attendant presque à ce que la descendance de Caimbeul poursuive ce que son père avait commencé, s'y prenant un par un, les enfants d'abord.

Mais elle n'oserait pas.

*Pour sûr, elle n'oserait pas faire cela.*

Il accéléra le pas, se promettant que, femme ou pas, si la fichue enchanteresse osait toucher à un seul cheveu de la tête du garçon, il la jetterait dans le feu, avec cette *siùrsach*, sa *putain* de servante, et son beau-frère. Oui, ils transformeraient la fête en funérailles et les brûleraient tous sur un bûcher.

Lìli avait du mal à suivre.

Elle ne pensait qu'à une chose : l'enfant était malade et cela aurait très bien pu être son propre fils. Elle espérait que quelqu'un lui rendrait la pareille si Kellen était un jour dans le besoin. Cela la remplit de douleur de savoir qu'elle ne serait pas à ses côtés s'il l'appelait au milieu de la nuit.

*Elle devait retourner vers lui, d'une façon ou d'une autre.*

S'éloignant du feu avec hâte, elle essaya de courir aussi vite que Sorcha sans se tordre la cheville. C'était difficile sur le terrain rocheux. Se précipitant sur les pas de la fille, elle ignora les regards que la famille d'Aidan lui jetait tandis qu'elles se dépêchaient dans la nuit tombante. Inquiète pour l'enfant, elle était aussi inconsciente du fait que son promis la suivait sur les talons comme un sbire.

— Que peux-tu me dire de la maladie ? demanda-t-elle à Sorcha.

— Point grand-chose. Ça commence par de la fièvre et des frissons, et de terribles sueurs, à ce qu'on m'a dit.

Cette description pouvait correspondre à presque tout, se dit Lìli avec inquiétude.

— Alors Duncan est point le premier ? demanda-t-elle, trébuchant sur un caillou.

— Nenni, répondit Sorcha sans se retourner, ayant le pied plus sûr qu'elle et grimpant la colline à toute allure comme un lutin des forêts.

— Combien avant lui ?

— Trois.

— Combien se sont remis ?

— Aucun.

La jeune fille se tourna vers Lìli, un regard d'appréhension dans ses yeux bleu clair, mais elle ne s'arrêta pas. Lìli non plus, même si elle s'inquiéta soudain d'une possible contagion.

— Est-ce que quelqu'un d'autre est malade dans cette maison-là, Sorcha ?

— Nenni, répondit la jeune fille, s'arrêtant finalement devant une petite hutte tout en haut de la colline.

Elle ouvrit la porte en hâte.

À l'intérieur, au milieu d'un cercle de bougies vacillantes, une jeune femme aux cheveux noirs était à genoux au chevet d'un jeune enfant, pleurant doucement. Lìli considéra d'abord l'enfant. Il avait les cheveux trempés et collés au visage. Il lui rappelait Kellen, avec ses cheveux noirs et ses longs cils épais sur de hautes joues. Il était cendreux, mais pas décharné, preuve que sa maladie n'avait été ni longue ni persistante. Malgré la pâleur de sa peau, il lui sembla bien nourri et en bonne santé. Sorcha disait qu'il était tombé malade ce matin même. Quel genre de maladie arrivait si rapidement et n'épargnait aucune vie ?

Les yeux de la mère s'illuminèrent d'abord à la vue de Sorcha, mais s'écarquillèrent de terreur en apercevant Lìli.

— Nenni ! s'écria-t-elle en se relevant. *Toi*, tu touches point à mon enfant !

— Glenna, elle veut seulement aider, supplia-t-elle au nom de Lìli.

Elle se tenait entre elles pour garder la femme à distance.

— Tu te souviens ? Una a dit qu'elle avait des dons de guérisseuse.

La femme était jolie, mais Lìli ne voulait pas la mettre en colère, car elle était assez grande et costaude.

— Nenni ! persista la mère en essayant de contourner Sorcha pour atteindre Lìli. Elle va tous nous tuer à la première occasion, exactement comme son père !

Lìli sursauta à l'accusation. Jusqu'alors, elle ne s'était pas vraiment mise dans la peau de ces gens. Toute sa vie, elle s'était sentie persécutée par eux, même si elle ne les connaissait pas. Leur malédiction l'avait suivie comme le chien du Diable. Mais pour une fois, elle considéra ce que son père avait pu faire pour mériter une telle haine, une haine si passionnée qu'elle les avait amenés à maudire son premier-né. Jusqu'à cet instant, elle s'était considérée comme une victime de la politique, et ce que son père avait fait était tout simplement typique des hommes jouant à la guerre. Mais comme Rogan, son père pouvait être cruel. Elle le savait mieux que quiconque. Cependant, la guerre faisait ressortir le pire des deux côtés, non ? Elle était tout autant victime que les autres.

La jeune mère lui lançait des regards furieux. Lìli résista à l'envie de s'enfuir de la maison, sentant en quelque sorte que cela lui vaudrait peu de respect de la part de ces gens.

Dans son hystérie, la femme poussa Sorcha de côté.

— J'ai dit nenni !

Lìli déglutit. Elle ne voulait pas se battre avec cette femme, mais elle n'avait pas non plus l'intention de partir si elle pouvait aider le pauvre garçon. Elle tourna à nouveau son regard vers l'enfant couché sur le lit, l'examinant de loin tandis que la mère la couvrait d'injures. Lìli, toute concentrée maintenant sur le fils, ne prêtait aucune attention à ses paroles.

Un courant d'air froid pénétra dans la pièce tandis que la porte s'ouvrait une fois de plus. Une voix grave retentit :

— Assez !

La femme se tut aussitôt.

— Laisse-la prendre soin de l'enfant, ordonna Aidan.

— Nenni, Aidan !

— Si elle peut aider, laisse-la faire Glenna, reprit-il sur un ton qui n'admettait pas de contradiction.

Dans une certaine mesure, Lìli était habituée à ce regard ambivalent, car souvent ses patients étaient partagés, à la fois désirant son aide et la craignant. Mais quand elle parlait, ils réalisaient vite qu'elle était tout simplement une femme, rien de plus. Remplacer l'animosité par la gentillesse l'avait toujours bien servie. Malgré leurs différences, elles étaient en fin de compte comme elle, des mères inquiètes pour leurs enfants.

À contrecœur, Glenna s'écarta.

Reconnaissante de l'intervention d'Aidan, Lìli passa devant la mère inquiète et se baissa aussitôt pour poser la main sur le front de l'enfant. Il était brûlant de fièvre. Elle aurait pu cuire un œuf sur sa joue tellement sa peau était chaude au toucher ! Elle leva les yeux vers la mère, discernant dans ses yeux gris colombe la terreur derrière la haine.

— Est-ce qu'il a mal au ventre ?

La femme se tordait les mains, observant Aidan pour se rassurer. Elle se retourna vers Lìli et l'observa un long moment sans lui répondre. Elle dut lire la vérité dans le regard de Lìli, que cette dernière voulait juste l'aider, car elle finit par secouer la tête.

— Est-ce qu'il a mangé quelque chose d'avarié ? insista Lìli.

La femme fit à nouveau non de la tête, puis vint se tenir au côté de Lìli, sa sollicitude maternelle l'emportant sur son inimitié.

— Nenni, dit-elle. Il allait bien. Il a juste dit qu'il avait froid. Et la fièvre est venue. Il a point vomi et il est point allé à la selle, mais il a des frissons depuis des heures.

Lìli fit oui de la tête et souleva la chemise du garçon pour lui inspecter le ventre.

— Point de boutons, ajouta rapidement la mère, comprenant instinctivement ce que Lìli cherchait.

Lìli inspecta ses mains et ses pieds, puis palpa sous ses bras et autour de son cou. Il n'y avait pas de ganglions, mais il avait la peau moite et ses draps étaient trempés de sueur.

— Point de piqûres non plus ? demanda-t-elle à la mère.

Glenna secoua la tête, les yeux remplis d'angoisse, puis elle se mit à genoux à côté de Lìli, saisissant les mains de son fils dans les siennes.

— C'est mon fils unique. Son père est parti. Il est tout ce que j'ai. S'il vous plait, supplia-t-elle.

L'enfant dormait profondément, comme s'il les avait

déjà quittés. Mais sa respiration, quoique rapide et peu profonde, était régulière, remarqua Lìli.

— Il est comme cela depuis combien de temps ?

— Depuis plusieurs heures, expliqua la mère en étouffant un sanglot. Je l'ai point quitté. Je voulais aller chercher du secours, mais j'osais point le laisser tout seul, précisa-t-elle en levant les yeux vers Lìli avant de reposer son regard sur son fils. Grâce à Dieu pour Sorcha !

Considérant la coopération de la femme comme une petite victoire, Lìli demanda :

— Est-ce qu'il a mangé ou bu depuis qu'il est tombé malade ?

Alors que beaucoup croyaient qu'il était préférable de faire suer les impuretés et d'éviter la possibilité d'en introduire davantage, Lìli savait par expérience que les malades avaient grand soif. Elle croyait que Dieu ne permettrait pas à un corps d'avoir un tel besoin de quelque chose si ce n'était pas bon pour eux.

— Nenni, répondit la mère.

C'était sans doute une raison importante de l'épuisement de l'enfant, Lìli en était sûre.

— Avez-vous du *vin aigre* ? demanda-t-elle.

Lìli se servait de la concoction amère pour beaucoup de choses. Elle semblait aider le corps à se débarrasser d'infections dans des cas comme celui-ci. En fait, si elle avait une sorte de pouvoir magique, il était dû à sa connaissance du *vin aigre*, car il guérissait toutes sortes de maux.

La femme fit oui de la tête, l'air confus.

— Du tout frais, mais point encore filtré. Je vais commencer des conserves pour l'hiver.

— Encore mieux, lui assura Lìli. La mère du *vin aigre* est la meilleure partie. Va m'en chercher, ordonna-t-elle à la femme. Avec de l'eau.

— De l'eau ? demanda la mère, l'air encore plus confus.

Une fois de plus, Glenna se tourna vers Aidan, cherchant à savoir ce qu'elle devait faire. Il n'était pas encore complètement entré. Il referma la porte derrière lui, bloquant l'air de la nuit. Il croisa le regard de Lìli et la jaugea. Elle ne pourrait rien faire s'il choisissait de ne pas lui faire confiance. Il n'avait aucune raison de compter sur elle, mais elle espérait qu'il le ferait. Elle l'implora du regard.

La porte refermée, les bougies s'arrêtèrent de vaciller. Leurs flammes brûlaient droites et fortes, éclairant un peu mieux la pièce. Lìli se redressa en attendant la décision d'Aidan. Il semblait prendre une éternité.

— Fais comme elle te dit, ordonna-t-il finalement.

C'est tout ce que Lìli avait besoin d'entendre. Elle était consciente de son regard persistant, mais elle n'avait rien à cacher, du moins pas pour le moment. Elle ne ferait jamais de mal à un enfant innocent, quelle que soit la menace qui pesait sur elle, pas même pour sauver son propre fils. Quel genre de monstre serait-elle si elle faisait cela ?

*Tuer Aidan dún Scoti était une autre affaire.*

Du moins voulait-elle le croire.

Elle jeta un œil au pot pendu dans le foyer.

— Il est vide ?

La mère du garçon rassemblait ce que Lìli avait demandé. Elle plaça un seau d'eau sur la table.

— Si fait, dit-elle, suivant le regard de Lìli. Il est propre aussi, puisqu'il a point mangé depuis hier. J'avais point faim moi-même. Il est allé me chercher ce seau d'eau, c'est la dernière chose qu'il a faite pour moi avant de tomber malade, et après il avait point envie de manger ni de boire.

Lìli quitta le chevet de l'enfant. Elle saisit le petit seau d'eau sur la table, là où la femme l'avait placé. Elle en inspecta l'intérieur pour voir si de l'eau y était restée trop longtemps. Elle ne trouva pas de dépôt, mais par précaution elle emporta le seau vers le pot pendu dans l'âtre et versa l'eau dans le chaudron, en gardant juste assez pour baigner l'enfant. L'eau grésilla au fond du pot de fer. Sous le chaudron, le feu était déjà vif. Elle baissa le pot dans les flammes.

— Qu'est-ce que vous faites ? demanda la femme, la voix empreinte d'inquiétude.

Lìli prit un peu de *vin aigre* dans le tonneau. En s'assurant de récupérer autant de cidre non filtré que possible, elle en versa une quantité généreuse dans le pot, puis se tourna vers Sorcha :

— Tu te souviens du plus petit des coffres que j'ai apportés ?

— Si fait, dit Sorcha.

Pensant seulement à l'enfant gisant sur son lit, elle envoya Sorcha chercher une pochette marron foncé qui contenait diverses herbes médicinales.

— Qu'est-ce qu'elle fait ? demanda Glenna à Aidan. Elle prépare une potion pour empoisonner mon fillot !

Lìleas se tourna vers la femme et, pleine de compassion, elle la regarda droit dans les yeux.

— Vous avez ma parole, Glenna. Je mettrai point dans la bouche de votre fillot ce que je suis point prête à boire moi-même. Vous inquiétez point, je me suis souvent servie de *vin aigre* exactement de cette façon.

Aidan la regardait de près.

Elle se comportait comme une mère inquiète elle-même.

Il n'arrivait pas à comprendre ce qu'était cette nouvelle maladie. Elle avait seulement commencé depuis son retour de Chreagach Mhor. Quelqu'un était tombé malade, puis un autre et encore un autre. La fièvre emportait les jeunes et les vieux si vite qu'ils avaient à peine le temps de construire les bûchers. Elle s'attaquerait ensuite aux hommes en bonne santé, réduisant leur nombre comme pas même leurs ennemis n'avaient réussi à le faire de leurs lames sanguinaires.

Glenna le suppliait toujours du regard pour qu'il intervienne et ne prenne pas le parti de sa promise scot.

Aidan revoyait Padruig Caimbeul penché sur le corps sans vie de son père, sa longue barbe grise éclaboussée de sang. Ils étaient venus à Dubhtolargg sous couvert d'amitié, soupant à leurs tables et buvant de leur *uisge*. Puis ils s'étaient tous soulevés contre eux au milieu des festivités et avaient massacré la moitié de leur clan, le nez encore dans leurs coupes. C'était la plus grave des transgressions chez les Highlanders, et pourtant les Caimbeul avaient agi en toute impunité, comme s'ils croyaient justifié de reproduire la trahison qui avait initialement donné son nom à Dubhtolargg.

Ils n'étaient en fait même pas au courant de la pierre cachée. Ils étaient seulement venus apaiser leur monstrueux orgueil, pour se vanter d'avoir fait plier les genoux du chef de Dubhtolargg. Ils avaient aussi violé et engrossé sa mère. Cet enfant était Sorcha. C'était à la naissance de Sorcha et sur le lit de mort de sa mère qu'Una avait maudit le premier-né de Padruig. Sorcha elle-même ne connaissait pas la vérité sur ses origines. Son clan la lui avait cachée sous peine de mort.

Son regard fixé sur le dos de Lìleas, Aidan la regarda s'occuper de Duncan, se demandant si elle avait l'intention de donner au pauvre enfant du *vin aigre* à boire. La seule pensée de son goût amer lui retournait l'estomac. Mais sa « promise » semblait certaine de ce qu'elle faisait. Était-ce ce qu'Una avait voulu dire quand elle avait annoncé que Lìleas serait le salut de leur clan ?

Résignée, Glenna se tordait les mains d'inquiétude, tournée à nouveau vers Lìleas.

Aidan se sentait écartelé, ne sachant quoi faire ni quoi dire. Il n'avait pas l'intention de s'adoucir envers

Lìleas. Guérisseuse ou pas, c'était toujours la fille de Padruig.

Mais bien que lasse, elle poursuivait sa tâche. Il pouvait discerner sa fatigue à ses traits tirés. Cela leur avait sans doute pris plusieurs jours pour atteindre Dubhtolargg, et vu le peu de temps écoulé depuis qu'il avait renvoyé le messager à David avec son accord, ils n'avaient probablement pas eu beaucoup de temps pour se reposer en route. Toutefois, elle ne s'était pas plainte en apprenant qu'il allait y avoir une *fête* pour célébrer leur arrivée, même s'il s'était attendu à ce qu'elle se comporte comme une demoiselle anglaise et disparaisse au lit pendant une semaine avant de montrer à nouveau son visage.

Sous son regard, elle œuvrait sans se plaindre. Avec le seau et un chiffon, elle retourna au chevet de Duncan, baissa les couvertures, puis dévêtit le garçon. Se relevant à nouveau, elle trempa le tissu dans le *vin aigre*. Puis elle retourna vers le lit, frotta la peau du garçon avec, replongea le chiffon dans le seau et recommença. Il ne comprenait rien à ce qu'elle faisait, mais cela avait un certain sens. Le *vin aigre* tuerait sûrement tout ce qu'il touchait. Quand Lìleas eut fini avec la potion, elle enleva le dessus de lit, et sans en demander la permission, elle ôta les couvertures du lit de sa mère pour envelopper le garçon dans quelque chose de sec.

— Aidan, s'il vous plait, le supplia Glenna une nouvelle fois. L'air de la nuit va pour sûr tuer mon fils !

Aidan hésita. Où diable était Una quand il avait besoin d'elle ?

Il ne pouvait pas se permettre de douter de la vieille femme, car il savait que plus que tout autre elle avait les intérêts de leur clan à cœur. Même s'il ne se fiait pas à cette fille de Padruig Caimbeul, il avait entièrement confiance en Una. Il poussa un soupir et secoua la tête, levant la main pour signaler à Glenna de se calmer.

— Laisse-la s'occuper du garsoncel, lui ordonna-t-il.

Il n'avait pas l'intention de parler sur un ton si dur et implacable, mais il avait du mal à réfléchir pour le moment.

Glenna obéit, mais ses lèvres tremblaient et elle baissa la tête en pleurant. Aidan jura dans sa barbe.

Lìli était reconnaissante de la confiance d'Aidan à son égard, mais son soulagement fut de courte durée : après avoir complètement déshabillé l'enfant et l'avoir lavé pour lui refroidir le corps, elle s'inquiéta soudain en pensant à la pochette. Laquelle Sorcha allait-elle sortir du coffre ? Elle n'était pas habituée à la perfidie et ne savait pas comment penser comme une conspiratrice ! Contrairement à Aveline, elle ne savait apparemment même pas comment se comporter en femme, car ni la robe que David lui avait donnée ni ses propres ruses n'avaient permis que le *laird* de Dubhtolargg la regarde autrement qu'avec dédain. Et pourtant, la façon dont il la regardait ne devrait pas avoir d'importance, car elle n'était pas plus satisfaite de cet arrangement que lui.

Mais elle serait encore moins heureuse, comme lui, si sa sœur revenait avec la mauvaise pochette !

Elle essaya de se rappeler exactement où elle avait placé le petit sac qu'elle avait envoyé Sorcha chercher et espéra qu'il se trouvait en haut du coffre. Elle avait beaucoup de pochettes semblables. Une seule l'enverrait au bûcher pour y être brûlée vive, car elle contenait le nécessaire pour tuer non seulement Aidan, mais toute sa famille aussi.

Et comme si cela n'était pas assez, il n'y avait pas moyen de justifier la présence de la bague à poison. C'était purement et simplement une arme meurtrière. En bronze et en forme de couronne à cinq pointes, la bague était conçue de telle sorte que celui qui la portait pouvait rapidement verser du poison dans une coupe sans avoir à la retirer de son doigt. Elle n'en avait jamais vu de telle. Incrustée de jolies gravures sur les côtés, elle semblait ancienne et délicate, mais elle était mortelle et ingénieuse.

Elle attendit avec impatience le retour de Sorcha, lavant le corps de l'enfant, tout en essayant du mieux qu'elle pouvait de ne pas penser à la mort par le feu. Son père avait jadis annoncé qu'elle finirait sur un bûcher, sorcière qu'elle était. Lìli déglutit avec difficulté, terrifiée que sa prophétie ne se réalise.

La mère avait dit que le garçon n'avait ni boutons ni lésions qui puissent indiquer une infection. C'était vrai. Ce qui l'affligeait était invisible. Il ne semblait pas souffrir, mais elle avait un peu d'écorce de saule s'il se réveillait et en avait besoin.

Mon Dieu, est-ce que Sorcha choisirait la bonne pochette ?

Lìli avait enfoncé l'autre au fond du coffre. La fille déciderait-elle d'explorer par curiosité ? S'interrogerait-elle sur la bosse dure si ses doigts la rencontraient au milieu des vêtements plus doux de Lìli ?

Sentant la présence d'Aidan dans son dos comme une menace dans la pièce, elle retint son souffle, les yeux fixés sur le visage pâle de l'enfant, le regardant respirer.

Pour l'amour du ciel, qu'est-ce qui arriverait à Kellen s'ils découvraient sa trahison ?

Il ne servirait plus à rien pour David et Rogan ne l'accepterait jamais vraiment. Il le considèrerait probablement plutôt comme une menace pour ses biens, des biens qu'il possédait désormais uniquement parce que Stuart était mort. Mais Kellen était l'héritier légitime du domaine de son père.

Lìli retint son souffle si longtemps que cela devint douloureux. Jusqu'au moment où la porte s'ouvrit violemment et Sorcha se précipita à l'intérieur, serrant le sac dans sa main. Lìli relâcha le souffle qu'elle avait retenu sans s'en rendre compte. Mordieu ! la jeune fille avait choisi la bonne pochette ! La lui prenant vite des mains, Lìli la serra un instant dans les siennes, remerciant Dieu, n'importe quel dieu, tous les dieux, pour le sursis qui lui était accordé. Elle se jura d'être désormais plus prudente.

Par chance, ce sac en particulier était rempli d'herbes diverses, y compris de romarin et de genièvre. En brûler aidait à purifier l'air. Le garçon ne pourrait pas boire sa concoction de *vin aigre* tant qu'il ne se réveillerait pas, donc cela devrait faire l'affaire pour l'instant. Le sac contenait d'autres choses, mais tant qu'elle ne connaîtrait pas ces gens un peu mieux, elle n'oserait pas pratiquer ses dons plus spéciaux.

Sous le regard des autres occupants de la maison, elle écrasa le genévrier et le romarin et les déposa dans un pot pour les brûler. Puis trouvant une autre poterie plus petite qui pouvait résister au feu, elle la remplit aussi et les alluma tous les deux. Elle n'osait pas croiser le regard de Glenna, tandis que de minces rubans de fumée montaient dans l'air. Au lieu, elle retourna au chevet de l'enfant. Elle se rendit compte que la porte s'ouvrit, laissant une fois de plus entrer un courant d'air froid, puis se referma en claquant. Quand elle se retourna pour voir qui était venu ou sorti, elle croisa deux regards horrifiés. Pas celui d'Aidan, mais ceux de Sorcha et de Glenna, telles des copies conformes.

# CHAPITRE 7

$\mathcal{A}$idan n'était plus très sûr de faire le bon choix en permettant à Lìleas de s'occuper du fils de Glenna. Il partit donc à la recherche de la seule personne qui pourrait l'aider à décider quoi faire : Una.

Il la connaissait assez bien pour savoir où elle pouvait se trouver. Elle seule osait passer du temps dans cette grotte qu'elle appelait le berceau de *Geamhradh* — l'hiver.

Plongé dans la confusion, il se dirigea vers la colline où les bergers veillaient sur leurs troupeaux. Aucun des membres de son clan ne se demandait pourquoi il y avait plus d'hommes que nécessaire à garder ces pauvres chèvres et moutons, ni pourquoi ces bergers portaient à la ceinture des claymores qui pouvaient découper un homme en deux presque sans effort.

*Ils ne se posaient pas la question, parce qu'ils savaient pourquoi.*

Il passa devant son capitaine, assis sur un rocher. La massive épée de Lachlann reposait à ses pieds, la lame reflétant les premiers rayons de lune. Il faisait presque nuit maintenant. Avec un couteau plus petit et brillant, il taillait quelque chose, Aidan ne voyait pas quoi. Sans doute l'une de ses sculptures en bois. Les autres « bergers » étaient postés à des points stratégiques sur la montagne, tous visibles les uns des autres, mais pas des étrangers qui ne connaîtraient pas bien leur terre ni les cavernes et les rochers qui la criblaient.

— T'as vu Una ? demanda Aidan.

— Ouais, répondit le guerrier robuste en pointant du doigt le haut de la colline.

— C'est bien ce que je pensais, grommela Aidan dans sa barbe.

La sacrée vieille ! Il était aux prises avec une nouvelle promise à cause d'elle et elle ne pouvait même pas rester un moment de plus pour s'assurer que tout se passait bien.

Il gravit la falaise en jurant. Elle était assez facile à escalader, mais la pente était raide. Il se demanda une fois de plus comment le corps frêle d'Una pouvait arpenter cette colline sans être à bout de souffle, surtout en hiver avec les rochers verglacés et périlleux. Une fois que la neige tombait, même les gardiens veillaient plus bas, mais Una allait et venait comme d'habitude.

Le long de la colline, il y avait un certain nombre de petites grottes, pas toutes aussi vastes. Une seule était adaptée aux besoins de leurs ancêtres, et elle semblait même avoir précisément été créée pour leur cause. Aidan s'avança vers elle, passant devant les plus petites ouvertures qui permettaient souvent aux enfants de trouver refuge pendant les orages d'été.

Ils gardaient leurs provisions pour l'hiver à l'entrée de la grotte principale. Toute la nourriture qui n'avait pas besoin d'air frais pour se conserver. Mais le tunnel ne s'arrêtait pas là. Ils stockaient les denrées plus périssables dans la grotte suivante, formée naturellement, pleine de brume et encore plus froide. Aux yeux des ignorants, cette grotte semblait marquer la fin des cavernes souterraines, avec la brume se levant de crevasses invisibles. Mais si on regardait attentivement ou si on savait exactement où chercher, on pouvait discerner un petit trou dans le sol et une échelle qui descendait plus profondément. C'est là qu'il trouverait Una. Et plus profondément encore se trouvait l'endroit où ils gardaient la pierre du destin.

Aidan descendit le long de l'échelle pour rejoindre le ventre de la montagne. Il trouva effectivement Una debout à sa table de travail, les yeux fixés sur sa *keek stane*, une pierre de cristal qui d'après elle pouvait révéler le passé et l'avenir. Comme toujours, la pièce était enveloppée de brume et assez froide pour lui geler le derrière sous son *breacan*.

En état de transe, Una avait oublié son bâton. Il était posé à côté d'elle. Pourtant, il quittait rarement sa main, même quand elle dormait. Sa *keek stane* reposait dans une boîte en bois, un cristal vert lumineux concave d'un côté et convexe de l'autre. Pour Aidan, ce n'était rien de plus qu'un morceau de cristal, car il n'avait jamais rien révélé d'autre que sa nature translucide en sa présence. Mais Una semblait percevoir dans sa pierre de voyance des choses que personne d'autre ne discernait. Parfois, Aidan pouvait *sentir* quelque chose dans l'air, comme un picotement sous sa peau.

Les yeux toujours fixés sur sa pierre, Una lui fit signe d'avancer.

— Entre, entre, l'invita-t-elle.

— Je suis venu pour…

— Je sais pourquoi t'es venu, idiot. Entre et assieds-toi, lui ordonna-t-elle.

Personne d'autre n'osait lui parler sur ce ton.

— Laisse-moi finir, poursuivit-elle, puis je te parlerai.

Aidan savait qu'il valait mieux ne pas la contredire. Même si sa sœur aînée Lael était acariâtre, ce n'était rien comparé à Una dans un accès de mauvaise humeur. Le caractère de la vieille femme faisait même trembler les grands guerriers, surtout s'ils se tenaient à portée de son bâton.

Lui faisant confiance et résigné à lui obéir, Aidan s'assit près d'elle à sa petite table de travail, sur la seule chaise disponible. Habituellement, la chaise était placée à côté de la torche et Una plissait les yeux pour lire ses manuscrits à sa lumière. Le fait que le siège était maintenant près de la table ne faisait que renforcer l'impression qu'elle attendait sa venue.

Évidemment qu'elle devait le savoir. Elle l'avait entraîné dans ce simulacre et elle le connaissait assez pour savoir qu'il allait lui demander conseil.

— J'ai besoin de savoir... Est-ce que le garsoncel va mourir ?

Comme pour la mettre à l'épreuve, il ne lui précisa pas qui. Il se demandait si elle était restée dans le village assez longtemps pour être au courant de la maladie de Duncan. Mais si elle savait que le fils de Glenna était malade, pourquoi n'était-elle pas allée à son secours ? C'était vers Una qu'ils se tournaient tous quand quelqu'un tombait malade, car malgré son comportement excentrique et sa mauvaise humeur, c'était une mine de connaissances en matière de guérison.

La main d'Una s'immobilisa sur la *keek stane*. Elle semblait l'avoir positionnée loin de la lumière pour mieux voir à l'intérieur du cristal ou, plus probablement, pour qu'Aidan ne se rende pas compte qu'il n'y avait tout simplement rien à voir. Elle lui jeta un regard désapprobateur, comme si elle avait lu dans ses pensées.

— Ah ! s'il meurt, cela t'épargnera la peine de te marier et te sauvera peut-être la vie en fin de compte, lui répondit-elle.

Aidan fronça les sourcils.

— Morbleu, qu'est-ce que tu insinues, la vieille ? Tu veux point dire que ma vie serait en danger !

Leur relation n'était pas simple. La femme l'avait tiré, les pieds en avant, du ventre de sa mère, et pour cela il l'aimerait et la respecterait jusqu'à sa mort. Mais il n'était jamais sûr de son humeur et elle ne le respectait pas quand il s'irritait de ses colères. Après avoir pris des dizaines de coups sur la tête, pour avoir élevé la voix ou manqué de le faire, il la traitait tout simplement comme elle le traitait. Et heureusement, elle ne le frappait jamais devant son clan. Elle lui administrait toujours en privé les châtiments qu'elle jugeait nécessaires. Aidan savait qu'elle le faisait avec amour, alors il se soumettait.

Elle lui jeta un regard las et leva les yeux au ciel.

— Ah, Aidan ! Ta vie est *toujours* en danger. Tu es le chef de ce clan, t'as oublié ? Ou est-ce que t'as déjà perdu la tête à cause de la séduisante jeune fille ? lui demanda-t-elle en colère.

— Bien sûr que non, mais tu m'as vanté cette femme comme la sauveuse de notre clan, et maintenant tu me dis qu'elle pourrait me causer la mort. Décide-toi, la vieille !

Elle leva un sourcil blanc.

— Qui a dit que les deux choses ne pouvaient pas être vraies ?

Les mots lui échappèrent et il les regretta presque aussitôt :

— Je commence à douter que c'était la bonne chose à faire.

C'était peut-être en fait la pire chose qu'il aurait pu dire. Una lui lança un regard noir et la brume autour d'eux sembla se lever et les envelopper, tant et si bien qu'il ne vit pas la femme se baisser pour récupérer son bâton. Quand la brume s'éclaircit, elle l'avait à nouveau à la main. La boule opalescente semblait lui faire un clin d'œil.

Il suivait les coutumes anciennes, mais cela ne voulait pas dire qu'il ne connaissait pas les histoires transmises par la Sainte Église. Moïse s'était servi de son bâton pour séparer la mer Rouge. Les magiciens de Pharaon avaient transformé leurs baguettes en serpents, puis tourné les eaux rouge sang à leur contact. Le bâton d'Una semblait parfois attirer une brume qui envahissait les Highlands. Juste au moment où il sentait sa foi se dérober, elle lui donnait la frousse avec ses tours et son regard borgne qui la faisait ressembler à la Mère de l'Hiver au visage bleu.

Una le regarda par-dessus la table. Elle ignora sa *keek stane* un instant et observa Aidan, toutes traces de la bonne humeur qu'elle avait d'abord manifestée maintenant effacées. Son œil anormalement vert semblait luire dans la pénombre, pâle et lumineux comme la *keek stane* en cristal. Elle brandit son bâton, ses doigts serrés devenant blancs comme pour s'accorder avec la couleur du bois de frêne.

— Le sang d'Alpin coule dans tes veines, tu es le premier dont le sang provient de moi et des miens ! prononça-t-elle sur un ton menaçant.

Ils étaient d'une noble lignée venant directement du roi Alpin qui avait jadis épousé une princesse picte. Mais Aidan fronça davantage les sourcils. Il avait de plus en plus de doutes.

— Et c'est ta réponse à ma question, Una ? Dans les veines de David coule aussi le sang de Kenneth MacAlpin, et pourtant tu le juges point digne de gouverner.

— Le sang de David est point si pur que le tien, répliqua-t-elle, plissant l'œil qui lui restait et baissant la voix.

Ses réponses cryptiques étaient loin de l'apaiser. En fait, elles lui embrouillaient encore plus les idées. Il se vexa.

— Morbleu ! Le sang de David est rouge comme le mien !

— David mac Maíl Chaluim est loin de ses origines, répondit-elle calmement. Il est comme un arbre aux racines exposées qui ne le nourrissent plus.

En colère, Aidan donna un grand coup de poing sur la table. Mais contrairement à la plupart qui auraient tressailli face à son mouvement d'humeur, Una resta impassible. Il fit un geste de la main pour écarter ses réponses. Il était de plus en plus en colère, car pendant qu'ils étaient assis là à pinailler, un enfant se mourait et il se pouvait bien qu'Aidan l'ait précipité vers la tombe.

— Tout cela a rien à voir avec ma question, lui dit-il. Je dois absolument savoir ! Est-ce que j'ai fait le bon choix en permettant à Lìleas de s'occuper du fils de Glenna ?

Una détendit la main qui cramponnait son bâton. Elle le reposa sur la table et déclara, comme si elle rapportait des ragots au lieu de parler de trahison :

— Ta promise scot te trahira peut-être au moins une fois avant de trouver sa véritable voie, mais je sais point quelle forme prendra sa trahison.

— Las ! Tu veux dire que Dunc pourrait bien mourir ?

Elle se redressa et la brume se leva de nouveau.

— J'ai point mâché mes mots, Aidan dún Scoti !

Un air froid tourbillonna dans la pièce, comme des doigts glacés sous son *breacan*. Sachant à quel point cette pique le blesserait, un faible sourire se dessina sur ses lèvres. C'était une chose pour Lìleas d'utiliser cet épithète, c'en était une autre pour Una de le brandir comme une arme.

*Mo chreach !* Si cela voulait dire qu'il devait se fier aux choses qu'il ne pouvait pas voir et aux paroles qu'il ne pouvait pas comprendre pour être un authentique Picte, peut-être bien qu'en vérité, il était davantage Scot. Il ne semblait pas capable de voir la vérité ou de trouver la paix dans les paroles d'Una. Il se leva, se demandant quels dégâts avaient déjà été commis en son absence. S'il partait maintenant, peut-être pourrait-il empêcher que l'enfant en subisse davantage ?

Il ne savait que dire, car il se sentait stupide maintenant d'être venu trouver Una et de ne pas avoir fait confiance à la seule chose qui l'avait si bien servi tout au long de sa vie : son intuition. Mais il ne pouvait se résoudre à partir sans un mot gentil, car Una avait été leur gardienne dès l'instant où il avait poussé son premier vagissement.

— Merci, dit-il, sur un ton empreint d'inquiétude en se préparant à partir.

— Aidan, lui lança-t-elle, après qu'il ait posé le pied sur le premier barreau de l'échelle.

Troublé par ses pensées, Aidan se retourna et croisa le regard lumineux d'Una de l'autre côté de la pièce brumeuse.

— Celui qui ne doute jamais de son chemin est souvent aveuglé par la vue de ses propres pieds, dit-elle.

Aidan hésita, fermant un œil comme pour mieux appréhender ses conseils. Mais cela lui fit mal à la tête. Aussi incertain que cela puisse paraître, il y avait presque toujours une raison à sa folie. Cette fois cependant, il n'arrivait pas à reconnaître la sagesse dans ses paroles.

— Regarde les étoiles pour soutenir ta foi, ajouta-t-elle.

Même s'il n'avait aucune idée de ce qu'elle pouvait bien raconter, Aidan fit oui de la tête et la laissa à sa table de travail. Sans un mot, elle retourna à sa *keek stane* tandis qu'Aidan grimpait à l'échelle pour sortir de son taudis sépulcral. Comme toujours, il sentit le froid diminuer un peu en montant. En sortant des tunnels, il s'empara d'une roue de fromage, se disant que si une chose pouvait le soutenir, c'était le fromage de la vieille Morag.

Morag avait disparu depuis longtemps, mais ses fromages remplissaient toujours leurs cavernes. Ils les avaient engrangés avec avidité, sachant que de longues années s'écouleraient avant que sa fille n'apprenne à le faire aussi bien que sa mère. Protégées par une couche de cire d'abeille et stockées dans la profondeur des cavernes, la plupart des roues restantes de Morag avaient près de sept ans maintenant. Quelques-unes étaient presque aussi vieilles qu'Aidan.

Passant la petite roue d'une main à l'autre, il repensa aux paroles d'Una : « Regarde les étoiles », avait-elle dit. Que diable voulait-elle dire par ces mots si étranges ?

Il avança dans la nuit. Une mince couche de brume tourbillonna à ses pieds, fine comme son haleine par un matin d'hiver. La brume le suivit hors de la grotte dans un souffle d'air avant de s'installer comme un drap au-dessus du paysage. Comme si tout le brouillard qui couvrait la *Mounth* était né dans les profondeurs de la grotte d'Una.

Il pensa à leurs premiers ancêtres venus ici, aux histoires transmises de génération en génération. D'après les contes, son clan s'était frayé un chemin à travers ces montagnes désolées, et tandis qu'ils pénétraient davantage dans la *Mounth*, les *corries* s'étaient dressés derrière eux pour les empêcher de faire marche arrière. Dans le ciel nocturne, on disait que des fées les avaient guidés et conduits dans une vallée verdoyante et fertile, malgré les monticules de pierres qui l'entouraient. Jusqu'à ce jour, on racontait qu'elles montaient la garde sur la crête dominant la vallée. Leurs os reposaient dans le cairn ancien situé au point le plus haut de la crête. Ce même cairn veillait aussi sur le val des Fées au-delà, un champ qui fleurissait même sous la neige la plus glaciale.

Un brin de vérité était enfoui dans cette histoire,

mais Aidan avait compris que le reste, tout comme la cire entourant le fromage qu'il tenait à la main, était bon à mettre au rebut. Les fleurs dont on parlait dans ce vallon n'étaient que de simples signes avant-coureurs du printemps, les robustes crocus au cœur jaune et aux pétales lavande, presque de la couleur des yeux de sa promise.

Il faisait maintenant nuit noire, même si le ciel était clair, aussi clair que cette *keek stane* qui ne semblait jamais vraiment donner de visions, d'après ce qu'Aidan en savait. Il soupira. Ce n'étaient que des divagations de vieille femme. Ce qui était vrai, c'était la roue de fromage dans sa main droite maintenant. Et le fait que le petit Dunc était aux portes de la mort à cet instant et qu'il avait laissé une étrangère s'occuper de lui, la fille de leur ennemi par-dessus le marché. Peu importe si elle allait bientôt devenir sa femme.

Si le garçon mourait, comment pourrait-il se le pardonner ?

Comment Glenna pourrait-elle jamais lui pardonner ? Il aurait échoué en tant que chef, car il avait fait le serment de la protéger, elle et tous les autres, jusqu'à son dernier souffle.

Dieu merci, Sorcha était restée avec eux pour maintenir la paix. Dès qu'il franchirait la porte, il renverrait Lìleas de la maison de Glenna. Voilà ce qu'il fallait faire. Ces yeux violets avaient affaibli sa détermination. Mais plus maintenant. Il était le chef ici et il devait faire ce qui était le mieux pour les siens. Rien de moins. Jamais.

Il regarda la roue de fromage qu'il tenait à la main.

Morbleu, comment pouvait-il profiter de ce plaisir pendant que Glenna pleurait ?

Peut-être qu'il lui donnerait le fromage ? Mais que ferait-elle avec une roue de fromage si son fils était mort ? Sacrebleu, son chemin semblait devenir plus difficile chaque jour.

Il se rendit soudain compte qu'il avait les yeux fixés sur ses bottes. Pourtant, il ne pouvait rien voir à cause de la couche de brouillard qui avait enveloppé ses chevilles. Il connaissait ce chemin de montagne comme sa poche et avait le pied assez sûr. Il n'avait jamais trébuché dans ces collines quand il était gamin, courant les jupons.

« Celui qui ne doute jamais de son chemin est souvent aveuglé par la vue de ses propres pieds. »

Ou plutôt par le brouillard, se dit-il en riant et en secouant la tête.

« Regarde les étoiles », avait-elle aussi dit.

Scrutant le ciel sans nuages, son regard se porta vers le sud, là où les *corries* étaient le plus raide. On disait que la *Mounth* avait été formée par Cailleach Bheur elle-même : sur son passage, elle avait laissé tomber des pierres de son tablier et à leur place s'étaient dressées les collines des Highlands. On disait aussi qu'elle tenait un marteau à la main pour taper sur les collines quand elles s'élevaient trop haut, pour les façonner à sa guise et protéger les habitants de son royaume. Des contes de fées, pour sûr, mais il pensait qu'ils devaient contenir une part de vérité. Mais il y avait certaines choses qu'il ne pouvait pas prendre au pied de la lettre, car pour cela il devrait rejeter toute logique.

Sa mère aimait lui raconter ces histoires.

Ce soir, le ciel semblait plus clair au nord. Les étoiles scintillaient de mille feux. Elles lui firent penser aux yeux de sa mère, ce qu'il pouvait s'en rappeler. Ils pétillaient à chaque fois qu'elle regardait ses enfants. Cette étincelle avait presque disparu après la mort de leur père, puis s'était entièrement éteinte au cours de ses dix derniers mois sur terre, enceinte du gosse d'un étranger. Le jour où on l'avait enterrée, elle avait fixé Aidan de son regard vide. Mais il avait eu néanmoins du mal à la laisser partir.

S'ils enterraient tous ceux qui avaient vécu à un moment ou un autre dans cette vallée, chaque centimètre carré serait marqué d'une tombe, mais hélas ce n'était pas le cas, sauf pour une personne : sa mère.

Même si sa petite sœur avait le même père que Lìleas, Aidan n'avait jamais regardé Sorcha avec le même mépris qu'il ressentait pour sa promise. Pourrait-il jamais voir Lìleas sous un meilleur jour, quand elle avait été élevée par le boucher qui avait tué son père ?

Il réfléchit à cela en descendant la colline. Il aperçut soudain une étoile filante, puis une seconde, suivie d'une troisième. Les unes après les autres, elles traversaient le ciel nocturne comme des projectiles en feu. Il avait les yeux tellement fixés sur elles qu'il trébucha, n'ayant visiblement pas le pied tout à fait aussi sûr qu'il le croyait. Avec un cri de surprise, il buta contre une pierre et roula au bas de la colline, s'arrêtant à un endroit particulièrement rocheux. Des cailloux tranchants lui transperçaient le derrière et le dos.

— *Mac Bhàdhair fhuileach thu !* s'exclama-t-il. *Par tous les dieux !*

Un silence de mort régna soudain dans la nuit.

Puis de l'autre côté de la colline, il entendit Làchlann l'appeler de sa voix grave :

— Aidan ?

Embarrassé, Aidan se releva et regarda autour de lui pour voir qui avait pu être témoin de sa chute. Tout le monde avait probablement entendu son juron, mais il n'était pas obligé de s'expliquer. Le brouillard était trop épais, personne n'avait pu le voir. Il pouvait donc poursuivre son chemin sans un mot. Le brouillard se faisait plus épais maintenant, obscurcissant la vue. Mais il ne voulait inquiéter personne de peur qu'ils ne se précipitent en brandissant leurs épées. Il cria donc :

— Tout va bien !

Mais non, tout n'allait pas bien. Il était si ébranlé

par le rare spectacle céleste et sa chute au bas de la colline qu'il en oublia de rechercher la roue de fromage de
la vieille Morag. Secoué, il se dirigea tout droit vers la
hutte de Glenna, ne pensant qu'aux paroles d'Una.

« Regarde les étoiles pour soutenir ta foi. »

# CHAPITRE 8

$S$i la chute ne l'avait pas encore assez déconcerté, la vue qui s'offrit à lui quand il entra dans la maison de Glenna lui fit penser qu'il avait complètement perdu la tête. Il ne pouvait pas avoir été absent plus d'une heure. Il ne s'attendait donc certes pas à trouver Lìleas et Glenna main dans la main près du lit où reposait le jeune Duncan. Sa sœur Sorcha n'était plus là.

L'air était imprégné de l'odeur de pin brûlé ou de quelque chose de semblable. L'une des bougies au chevet de l'enfant était éteinte, plongeant la pièce un peu plus dans l'obscurité. Mais il était sûr que ses yeux ne lui jouaient pas de tours.

Lìleas se tourna vers lui à son arrivée, l'air maintenant plus inquiète qu'avant son départ.

— Où est ma sœur ? demanda-t-il en refermant doucement la porte derrière lui.

— Elle est allée vous chercher.

Sous le coup de l'anxiété, il ressentit une tension dans sa nuque. Il regarda aussitôt l'enfant gisant sur le lit.

— Est-ce qu'il est...

— Non... il dort.

Soulagé, il sentit son dos se détendre.

— Bien, commenta-t-il avant de s'effondrer sur une chaise près de la table, abasourdi.

— Pourquoi est-ce que ma sœur me cherche ?

Lìleas haussa les épaules, fuyant du regard la tête sombre de Glenna. La femme s'était clairement endormie contre sa volonté, car elle se trouvait dans la position la plus condamnable, allongée en travers du lit pour saisir la main de Lìleas.

*De force ?*

Lìleas soupira en remarquant la direction du regard d'Aidan.

— Je sais ce que c'est de craindre pour un bébé malade, offrit-elle.

Le ton de sa voix était tout autant révélateur que ses paroles. Aidan regretta l'accusation dans sa question plus tôt dans la journée. Il était clair maintenant qu'elle avait laissé son fils dans son village contre son gré, car elle avait un véritable cœur de mère.

— Duncan est plus un bébé, contesta-t-il doucement. Le garsoncel doit avoir à peu près huit ans, mais je sais ce que tu veux dire.

Il parlait tout bas, mais sa voix était empreinte d'étonnement, car il ne comprenait toujours pas comment sa promise avait réussi à convaincre la redoutable Glenna en si peu de temps. Il n'y avait qu'une explication possible : elle avait dû assez baisser sa garde pour s'endormir, épuisée ou pas, et avait volontiers donné la main à la fille de Padruig en signe d'amitié.

*À moins que… ?*

Ses yeux se portèrent une fois de plus vers leurs mains jointes sur le lit, doutant de ce qu'il voyait, même s'il fixait du regard leurs doigts si intimement entrelacés.

Morbleu, il s'était à moitié attendu à ce que Glenna arrache les cheveux de Lìleas à la première occasion. Et peut-être même qu'il l'avait espéré, parce qu'il ne voulait pas désirer cette femme.

Le père de Glenna avait été l'une des victimes de la trahison de Padruig. Et plus tard, elle avait aussi perdu son mari, un homme bon, quand Alasdair mac Mhaoil Chaluim régnait sur le Nord et son frère David sur les terres situées au sud du Forth. Alasdair l'avait harcelé pour l'obliger à se joindre à lui et réprimer la rébellion de son jeune frère, car l'armée de David était nettement supérieure à la sienne en nombre. Quand Aidan avait refusé de se mêler de la politique de la Scotia, Alasdair avait réagi avec des raids dans leur vallée, sans jamais bien sûr avouer sa responsabilité. Au lieu, il avait blâmé son frère David. Pourtant, ce dernier était innocent de ce crime au moins. Aidan le savait. David avait fort à faire avec le contrôle de ses territoires à l'extrême sud du pays. Le plus jeune fils de Malcolm Ceann Mohr n'était pas très apprécié par les Scots, surtout pas par les Highlanders qu'il essayait si fort de gouverner, car il avait passé presque toute sa vie sous l'influence des rois anglais. Glenna avait donc de bonnes raisons de détester les étrangers. Et Aidan était revenu avec l'intention de se conformer pleinement à ses souhaits et d'expulser la promise scot de sa maison. Si la femme en venait à perdre son fils, ce geste de respect semblait la moindre des choses qu'Aidan puisse faire.

Apparemment, cela n'était plus nécessaire.

D'une façon ou d'une autre, Lìleas avait réussi à construire un pont entre elles, grâce au garçon, sans aucun doute. Elles étaient toutes deux des mères, pensa-t-il. Et seule une mère peut vraiment connaître la douleur d'une autre mère ou sa peur de perdre son enfant.

Il se rendit compte que Lìleas ne faisait plus attention à lui. Son attention était centrée sur l'enfant. Aidan resta assis en silence à la regarder s'occuper du jeune garçon. Il était profondément affecté par ses pensées contradictoires. Una lui avait dit que Lìleas le trahirait au moins une fois avant de trouver son vrai chemin. À la regarder, elle ne semblait pas capable de tuer un enfant.

Alors diable, qu'est-ce qu'Una avait voulu dire ?

La pièce était plongée dans le silence, à part les faibles ronflements de Glenna. Au bout d'un moment, Lìleas lâcha sa main et se leva. Elle retira son *arisaid*, fit le tour du lit et alla le placer sur les épaules de Glenna, couvrant la mère endormie du mieux possible. Aidan se réjouit qu'elle ne porte pas les couleurs des Caimbeul. Elle l'avait fait sans lui dire un mot ni même jeter un coup d'œil pour voir s'il avait remarqué. Cela l'émut si profondément qu'il ne pouvait plus penser clairement en sa présence. Un simple acte de bonté de sa part ne devrait pas le faire baisser sa garde. Nenni ! Il ne *devait* pas laisser cela arriver. Le risque était bien trop grand pour son clan. Sans un mot, il se leva et sortit de la hutte, laissant Lìli s'occuper de l'enfant en paix. Au moins pour le moment.

Il avait besoin d'air.

Ou plutôt il avait besoin d'un moment loin du trop joli visage de sa promise et de ses boucles soyeuses qui s'étaient échappées de sa tresse noire, lui donnant envie de les repousser de son visage fatigué. Comme elle l'avait clairement fait avec Glenna, en quelques heures seulement, elle avait déjà commencé à l'ensorceler.

Son père disait souvent que seuls les imbéciles étaient sûrs d'eux-mêmes. Que les sages étaient remplis de doutes. Si c'était vrai, Aidan était à cet instant l'homme le plus sage au monde.

Au loin, il aperçut la lueur du feu de joie. La musique et les rires remplissaient la nuit, indiquant claire-ment que personne n'avait encore la tête sur une pique.

D'un autre côté, les têtes de leurs *invités* scots sur

des piques seraient en fait une bonne source de divertissement pour ses hommes. Mais il les connaissait assez pour savoir qu'ils ne lui désobéiraient jamais, pas même pour le plaisir de la vengeance. Nenni, leurs *invités* devraient faire quelque chose d'abominable pour mériter ce sort. Et même alors, ses hommes viendraient d'abord à lui en courant. Il était plus probable que, sachant que ses guerriers assureraient leurs arrières, les membres de son clan aient bu assez d'*uisge* pour ignorer les détestables Scots présents parmi eux.

D'autres rires tapageurs lui parvinrent. Il se détendit un peu, repensant aux étoiles filantes qu'il avait observées plus tôt, se demandant si c'était ce à quoi Una avait fait allusion. Sa mère avait été nommée d'après ces étoiles. Mais elle était maintenant morte depuis longtemps et n'avait plus rien à lui dire. Certes, il avait vu beaucoup d'étoiles filantes avant cette nuit, mais jamais trois à la fois. Mais même si c'était un signe divin, que pouvait-il bien vouloir dire ?

Rien, conclut-il. C'étaient juste des étoiles, des étoiles tombées en disgrâce.

*Comme sa foi.*

Il resta là un moment, jouissant de la mélodie du roseau et de l'air frais de la nuit. C'était bientôt l'automne et il ressentit la morsure du froid. Dans peu de temps, les fleurs des champs se faneraient et l'herbe brunirait. Peu importe si cela annonçait l'arrivée de l'hiver, car c'était sa saison préférée, avec des nuits où un homme pouvait être reconnaissant d'avoir une belle femme dans son lit...

Il frissonna involontairement à la pensée de Lìleas. Pas de dégoût, admit-il avec surprise. Une sensation d'anticipation commença à l'envahir et à le mettre sur les nerfs.

Est-ce qu'elle pensait aussi à leur première nuit ensemble ?

Sûrement, car c'était une adulte, avec un enfant déjà et un mari décédé. Elle saurait exactement à quoi s'attendre une fois la cérémonie accomplie.

Est-ce qu'elle allait le haïr ou l'étreindre et jouir de leur nuit ? Ce regard dans ses yeux... Il ne savait pas ce que c'était, mais à coup sûr pas de la révulsion.

Ces yeux violets avaient le pouvoir de lui ôter son courage.

Aspirant l'air frais de la nuit, il sentit l'odeur du feu. Finalement, bien trop tardivement d'après lui, il pensa à sa sœur Sorcha et se résigna à aller à sa recherche pour être sûr que tout allait bien.

Quant à ces deux autres laquais de David... il n'avait aucun doute qu'ils avaient déjà repéré les hommes qu'il avait assignés pour leur garde, mais il voulait s'assurer qu'ils avaient aussi senti sa présence. Au moindre signe de trahison, il les égorgerait avant qu'ils aient le temps d'ouvrir la bouche pour crier. Y compris la servante.

Un traître était un traître.


DANS LE SILENCE de la pièce, Lìli baissa la tête et pria, rassurée que le garçon semble désormais respirer avec moins de difficulté. Elle avait fait tout ce qu'elle pouvait pour lui. Il ne leur restait plus qu'à attendre. Elle prononça cette prière :


TRÈS SAINTE TERRE-MÈRE, notre Mère à tous

Aide-moi à être forte en esprit et douce de cœur

Permets-moi d'agir avec sagesse, de vaincre la peur et le doute...

Dans la pénombre, elle se tourna pour observer la mère du garçon. Glenna était jeune, peut-être pas plus vieille qu'elle. Le sommeil avait adouci ses traits de sorte qu'elle ressemblait presque à une enfant elle-même. Les cheveux noirs et le teint plus foncé que le sien, elle ne semblait pas tellement différente d'elle.

Lìli parcourut la pièce du regard. Dans un coin se trouvait un métier à tisser et à côté de lui une pile de peaux de moutons à laver. Elle reconnut différentes teintures sur les étagères, peut-être pour sa laine ? Une bande de tartan à demi tissée était posée sur le dos de la chaise près du métier et une autre était pliée par terre. Lìli reconnut qu'elle était du même style que la couverture sur le lit dans la maison qu'on lui avait assignée. C'étaient les couleurs de la tribu d'Aidan, rouge sang et vert forêt.

Les bougies semblaient familières aussi. Elle en souleva une qui avait déjà brûlé pour voir la marque en dessous. Elle trouva le symbole que Cailin lui avait montré et se dit que ces gens vivaient comme s'ils étaient un, partageant leurs compétences et échangeant leurs marchandises.

À Keppenach, même si Lìli n'avait jamais vraiment fait face à de la mauvaise volonté, tous les villageois étaient toujours à réclamer, avides de leur part. Au temps de la récolte, Stuart avait écouté plus d'un grief, réglant des dettes pour des hommes guère disposés au compromis. Plus vraisemblablement, si un villageois n'avait pas assez d'or pour acheter quelque chose, il s'en passait en attendant d'avoir assez pour se le procurer. Ou il le volait.

C'était trop tôt pour savoir avec certitude, mais Lìli sentait que c'était différent ici, comme si ces gens étaient vraiment un clan uni.

Elle frissonna. Ses yeux se portèrent de nouveau vers la forme endormie de Glenna et son propre *arisaid* drapé sur les épaules de la femme.

La nuit était devenue froide.

Lìli était gelée.

Se relevant, elle se dirigea vers l'âtre où le feu commençait à baisser. Elle décrocha le pot et le posa par terre. Puis elle ajouta du bois et le remua, ravivant les flammes. Il n'était pas nécessaire de garder le *vin aigre* chaud. Elle le laissa donc refroidir là où il était, espérant que le garçon se réveillerait bientôt. Elle désirait fort voir la couleur de ses yeux. Étaient-ils gris comme ceux de sa mère ou noirs et profonds comme ceux de son propre fils ? Ou verts comme ceux d'Aidan et de ses frères et sœurs ? De toute sa vie, elle n'avait jamais vu autant d'hommes et de femmes aux yeux verts en un seul endroit.

Elle était certaine que Glenna aurait faim. Elle se mit donc à préparer un repas en se servant dans son garde-manger, pour qu'il soit prêt quand les deux se réveilleraient. Glenna ne serait pas en mesure de s'occuper de son enfant si elle ne se nourrissait pas d'abord.

En vérité, tant de choses s'étaient passées depuis leur arrivée que Lìli avait l'impression d'être là depuis une semaine déjà. Elle ne s'était jamais sentie aussi lasse, mais il y avait quelque chose de foncièrement sain dans ce qu'elle faisait. Elle ne s'interrompit pas pour se demander pourquoi elle se sentait tellement chez elle, car cela la remplissait de culpabilité.

Aidan l'avait laissée seule avec Glenna. Cela voulait-il dire qu'il lui faisait confiance ? Est-ce qu'elle avait en quelque sorte passé un test avec succès ?

Si oui, elle en était à la fois reconnaissante et mortifiée, parce que s'il y avait une chose qu'Aidan ne devrait jamais faire, c'était se fier à elle.

# CHAPITRE 9

Grognant de satisfaction, Rogan décolla un petit caillou de son derrière et le jeta au loin, puis en retira un autre de dessous son omoplate. Mordieu, ces gens vivaient comme des sauvages, forçant un homme à trouver son plaisir derrière des rochers dans les champs jonchés de pierres. Au moins, le brouillard bas leur donnait un peu d'intimité. Il reposa sa main sur celle d'Aveline, sur sa poitrine, et la serra doucement.

— Si elle peut point le faire, tu dois le faire pour elle, lui ordonna-t-il.

Parbleu, il y avait beaucoup trop d'enjeux pour laisser Lìleas échouer : une fois l'acte accompli, il hériterait également des terres de Caimbeul par son mariage avec Lìli. Lui et Padruig avaient réglé l'affaire en sortant du conseil du roi. Le vieil homme ne vivrait pas éternellement et il n'avait pas de fils encore en vie, seulement une fille. Sa bonne fortune s'était volatilisée avec la malédiction de sa fille. En échange, Rogan avait accepté de lui verser une somme considérable en or. Maintenant, entre le pot-de-vin de Rogan et le paiement du roi David, Padruig Caimbeul avait sans aucun doute les moyens de s'acheter la loyauté de beaucoup.

Mais Rogan s'en fichait si ce dernier faisait la guerre contre David étant donné que lui-même hériterait de tout ce que le vieux vicelard avide s'approprierait désormais.

D'un autre côté, le père d'Aveline risquait de perdre beaucoup si Padruig avait les doigts qui le démangeaient de toucher à son territoire s'étendant juste au sud des terres de Caimbeul. Teviotdale était vieux et faible, et l'unique frère d'Aveline était une poule mouillée attirée par de beaux hommes.

Mais il n'y avait aucune raison qu'Aveline sache cela. Pour l'instant, il lui convenait que la stupide jeune fille croie qu'il l'épouserait un jour. Son père avait risqué la vertu de sa fille en l'envoyant vivre à Keppenach sans promesse de mariage. Mais Rogan s'en fichait, cela prouvait l'idiotie de ce seigneur frontalier. Il était juste surpris de ne pas encore avoir engrossé Aveline, car il l'avait labourée sans relâche depuis son arrivée à Keppenach.

Et s'il ne pouvait pas engendrer de fils ? L'idée de laisser tout ce qu'il possédait au fils à moitié muet de Stuart était loin de lui plaire. L'enfant pouvait parler, certes, mais même quand il le traitait avec bonté, dans l'intention de convaincre sa mère, le bâtard se contentait de le regarder fixement de ses yeux couleur noisette qui causaient une sensation indésirable de malaise chez Rogan.

— T'inquiète point, Rogan. Je vais point te décevoir, lui promit Aveline.

Elle écarta ses doigts sur sa poitrine nue. Elle parlait comme une héritière de bonne famille, se dit Rogan. Dommage qu'elle ait le nez trop long et les yeux caca d'oie.

Ils avaient découvert un endroit tranquille pour forniquer. Maintenant qu'il était satisfait, il lui accorda le privilège de poser sa tête sur sa poitrine. Cela lui convenait aussi, car il commençait à sentir une légère brise maintenant que son ardeur s'était refroidie. Aveline n'était pas Lìleas, mais elle savait comment satisfaire un homme, il devait le reconnaître.

S'il s'avérait qu'Aveline était stérile, il la garderait peut-être même après avoir épousé Lìleas. Juste au cas où la femme de son frère se montrerait aussi froide dans un lit que dans son comportement.

Puterelle de Lìleas, c'était une reine de glace qui le repoussait à chaque occasion !

Cela le réconfortait néanmoins de savoir que Stuart n'avait pas pu tirer grand-chose de son épouse frigide. Il n'avait jamais été témoin d'affection entre eux, même si Stuart s'était adouci envers la fille. Comment son fichu frère avait pu l'engrosser était un mystère pour Rogan, car il ne pouvait pas imaginer Lìleas écarter volontiers les cuisses pour un homme. Mais il la labourerait pour de bon et souvent, une fois qu'elle serait finalement sienne, au diable les malédictions ! Bah, il ne croyait pas aux sorcières ni à la magie ! Et si quelqu'un pouvait poser des questions à son frère mort, Stuart serait d'accord. Ces imbéciles n'avaient même pas pris la peine de vérifier à qui appartenait la flèche qu'ils avaient retirée de l'œil de son frère. Tout ce qui monte doit bien sûr retomber, et Stuart n'avait pas été le seul à envoyer une flèche en l'air ce jour-là.

Ce soir, les étoiles brillaient. Il soupira, imaginant l'or qu'il gagnerait par la faveur de David.

— Tu sais que je ferais n'importe quoi pour toi, jura Aveline tout en tirant doucement un poil de sa poitrine.

Cela l'agaça, mais il ne dit rien. Il avait besoin qu'elle continue de le servir pour le moment. Il ne mentionnerait donc rien qui puisse refroidir son ardeur, surtout maintenant qu'il serait contraint de la quitter une fois le mariage célébré. C'était l'accord. L'un d'entre eux seulement pouvait rester avec la belle Lìli, et ce devait être Aveline.

Elle souffla dans les poils de sa poitrine.

— Je t'aime, Rogan, dit-elle dans un murmure.

Ces mots retournèrent l'estomac de Rogan, mais il se força à les répéter et considéra le fait qu'il n'avait vraiment pas besoin de l'amour de Lìleas. Padruig y avait droit. Il n'avait pas l'intention de devenir la proie de ses charmes comme son frère l'avait fait. L'aimer n'était pas nécessaire pour atteindre son but. Tout ce qu'il avait à faire pour redresser sa queue était de regarder son visage, car jamais de sa vie il n'avait vu une femme aussi jolie que Lìli. Et c'était son visage qu'il voyait quand il couchait avec Aveline. C'était son corps dans lequel il répandait sa semence, ses tremblements qu'il imaginait sous lui. Mais l'amour n'avait rien à voir avec ça.

Quant aux terres de son père, c'était une tout autre affaire. Elles, il pouvait les aimer. En fait, l'idée de régner en maître à la fois sur les terres de Stuart et sur celles de Padruig le remplissait d'un désir fougueux que pas même le corps de Lìleas ne pouvait susciter.

Aveline continuait de lui arracher les poils de la poitrine. Il couvrit sa petite main de la sienne pour l'arrêter et leva les yeux vers les étoiles. Il aperçut une étoile filante, puis une seconde et une troisième. Son sexe s'agita avec enthousiasme. C'était un signe de Dieu que ses objectifs étaient justes.

— T'as vu ? demanda-t-il.

— Nenni, répondit-elle en levant la tête. C'était quoi ?

Rogan se sourit à lui-même. Les étoiles étaient uniquement pour lui, se dit-il, et il choisit de ne pas partager ce qu'il avait vu.

— Rien, dit-il en mentant.

Il la retourna sur le dos et roula sur elle, la regardant avec joie.

— Quand tout sera fait, tu manqueras de rien, jura-t-il. Je te récompenserai généreusement, Aveline.

— C'est toi ma récompense ! déclara-t-elle, levant les yeux vers lui avec un regard plein de dévotion.

Rogan sourit jusqu'aux oreilles. Elle devait rester ainsi dévouée pour qu'il parvienne à ses fins.

La pensée de tout ce qu'il posséderait une fois l'acte accompli lui donna la trique. Il glissa son corps pour libérer son sexe et se positionna à l'entrée de son maigre corps, prenant grande satisfaction dans la façon dont Aveline rejetait la tête en arrière, ses petits seins s'élevant pour le supplier. Elle gémit doucement. Il pensa à cet instant combien il serait facile de lui briser le cou s'il en avait envie. Et c'est peut-être bien ce qu'il ferait quand tout serait fini. S'il décidait de se passer de concubine.

Il avança ses mains le long de ses bras et lui saisit les poignets, les clouant au sol pierreux. Pendant ce temps, elle gémissait et se tortillait sous lui comme une chatte en chaleur, réagissant sans contrôle à son toucher comme si cela ne lui faisait rien que les galets lui éraflent le dos. Une fois les mains d'Aveline immobilisées, il plongea en elle, se délectant du cri qu'elle poussa, encore plus heureux qu'elle ne le regarde pas. Au clair de lune, la tête tournée et les cheveux noirs étalés sur le visage, il pouvait s'imaginer que c'était sainte Lìleas au lieu d'Aveline. *S e luid a th'annad*, rugit-il, son plaisir accru par le fait qu'elle ne comprenait pas la langue ancienne. C'était juste une garce et une salope des Lowlands.

— T'AS DÉJÀ PERDU ta promise ? demanda Lael, relevant le front d'un air critique quand elle aperçut Aidan seul.

Aidan ne répondit pas, mais il vint se placer à côté d'elle. Il croisa les bras et chercha ses *invités* du regard. À part quelques personnes, tous les membres de son clan semblaient présents ce soir, jouissant de l'*uisge* et du beau temps. Ce serait bientôt l'hiver, alors la menace des Scots ou de possibles maladies ne les décourageait pas. Les Scots étaient trop peu nombreux, ils pouvaient les ignorer. Quant à la maladie, ils étaient bien déterminés à ne pas en tenir compte. C'était beaucoup plus facile de l'oublier que de reconnaître la présence d'un fléau parmi eux. Mais le pauvre Dunc porterait le nombre de morts à quatre maintenant. Aidan s'en inquiétait.

Sa sœur n'était pas du genre à laisser tomber un sujet. Comme un chien après un os, elle s'acharnait tant qu'il y avait quelque chose à ronger.

— Je croyais jamais voir le jour où mon frère courrait après une Scot comme un chien en rut !

Il la réprimanda du regard, mais la laissa exprimer son mépris. Il comprenait exactement ce qu'elle ressentait et pourquoi. Il éprouvait la même chose et était dégoûté par toute la situation. Cela l'affectait passablement de défendre Lìleas, mais il se sentit obligé de le faire après ce qu'il avait vu.

— Je l'ai laissée s'occuper de Duncan, dit-il, ne souhaitant pas en révéler davantage.

— C'est ce qu'a dit Sorcha, mais elle a aussi ajouté que t'as laissé Lìleas et Glenna s'occire en ton absence. Est-ce que cela serait pas plus simple de renvoyer ta promise scot chez elle si t'en veux point ?

Aidan ne savait pas ce qu'il voulait.

— Je l'ai laissée avec Sorcha et je suis allé chercher conseil chez Una. En fait, c'est Sorcha qui les a laissées seules, point moi, répondit-il à Lael en lui lançant un regard critique.

Elle le fixait. Mal à l'aise, il détourna le visage.

Lael l'observait de ses yeux verts rusés et implacables. De tous ses frères et sœurs, c'était elle qui le connaissait le mieux. Il ne pouvait quasiment rien dissimuler à son regard pénétrant.

— Elle pensait que tu étais peut-être inquiet et voulait te rassurer. Apparemment, Lìleas et Glenna s'apprécient.

Aidan la dévisagea. Il constata que son expression était aussi sincère que le ton de sa voix. Il était reconnaissant de ce répit. Ce dont il avait besoin en ce moment, c'était d'un vrai conseil de sa sœur, pas d'un trublion acharné à le voir se tortiller d'embarras.

— J'ai remarqué, observa-t-il, toujours émerveillé du fait. Et les autres ?

— Le frère et la *siùrsach* sont accouplés dans le champ comme des lapins en rut. Fergus les regarde de loin, rétorqua-t-elle sur un ton à nouveau tendu.

Aidan rit à la pensée de l'ancien guerrier au sexe ratatiné épiant leur accouplement. Fergus, ce vieux cochon, ne détacherait jamais ses yeux d'eux une seconde, et sa sœur le savait. Mais ce qu'il pourrait faire là-bas tout en les regardant, Aidan n'osa pas y penser.

— Et le prêtre et les autres ?

— Ils sont là-bas, répondit-elle en pointant du menton. Le prêtre a point quitté son poste près du feu. Il est assis avec son chapelet, les yeux fixés sur les flammes. Sûrement à intercéder pour nos âmes. Les trois autres sont restés à ses côtés toute la soirée.

— Ils ont l'air de se sentir encerclés par les loups.

Lael se pencha pour lui parler, soudain un grand sourire aux lèvres :

— Ah, mais ils le sont bellement, n'est-ce point ?

Bien que les étrangers le surnomment dún Scoti,

son esprit animal était le loup. Et c'était le nom que son père leur avait affectueusement donné, à lui et à ses frères et sœurs. Comme son père l'avait dit, c'était lui le plus fort de ses louveteaux. Mais il avait du mal à se souvenir de son père sans colère. Il préférait donc ne jamais y repenser trop longtemps, surtout pas maintenant quand il s'efforçait de se faire accueillant envers cette Scot qu'il avait acceptée au nom de la paix.

— Où est Sorcha maintenant ?

Le sourire de Lael s'effaça.

— Qui sait ? Elle te cherchait, alors elle est probablement avec Una. À moins qu'elle soit retournée chez Glenna ?

Là où il devrait être lui-même, réalisa Aidan alors qu'il observait Cailin et Keane faire les idiots près des tonneaux d'*uisge*. Il voyait à leurs regards et à leurs mouvements furtifs qu'ils préparaient un mauvais coup. Il fit un geste dans leur direction.

— Assure-toi que ce que ces deux-là sont en train de manigancer conduise point nos hommes à se battre devant nos *invités*.

Au moment même où il prononça ces mots, Keane retourna là où leur sœur Cailin se cachait, un bâton enflammé à la main. Par expérience, ils savaient que l'*uisge* était très inflammable. Si quelqu'un en doutait, il n'avait qu'à le demander à Fergus. Il n'avait plus un poil sur un côté de son visage, parce qu'il avait commis l'erreur de mettre une bougie près de sa coupe pour récupérer un cheveu qui nageait dans sa boisson. Il ne trouva jamais le cheveu et perdit la moitié de sa barbe.

— L'imbécile ! s'écria Lael courant déjà à toutes jambes dans leur direction, tandis que son petit frère mettait le feu à une mèche en tissu derrière l'un des barils.

Ils entreposaient heureusement les tonneaux sur la plage, près de l'eau. Aidan observa le garçon avec qui il avait partagé sa boisson plus tôt dans l'après-midi. Il fronça les sourcils. Avait-il vraiment cru que Keane était déjà un homme ? Cet instant lui révéla clairement combien il s'était trompé. Son frère était encore un gamin espiègle. Et Cailin, même si elle semblait adulte, était presque aussi malicieuse que son frère. Aidan resta sur place pour s'assurer que Lael arrive à temps vers les enfants. Ils la virent arriver et s'esquivèrent, craintifs. Heureusement pour la suite de la soirée, la mèche était longue. Lael l'atteignit à temps et la piétina pour l'éteindre. Puis elle poursuivit les fuyards. Leurs *invités*, tournant le dos aux tonneaux, n'étaient absolument pas conscients des idioties de son frère et de sa sœur.

Aidan grimaça, se rendant compte qu'ils avaient été à deux doigts de perdre de bons barils d'*uisge*. Et pourtant, s'il était honnête avec lui-même, il devait admettre qu'il aurait bien aimé voir les quatre Scots bondir en avant, au lieu de se tenir raides comme s'ils avaient une claymore coincée dans le derrière. Tandis que les siens faisaient la fête autour d'eux, ils ressemblaient à un groupe de statues de pierre. Mais même si les enfants avaient pensé faire une pitrerie, cela aurait pu conduire à bien pire que de voir quatre hommes détaler pour se réfugier quelque part. Il secoua la tête face à la stupidité de son frère, car il savait ce qui pouvait passer par la tête de Keane.

Il aurait une autre conversation avec le gamin demain pour lui faire comprendre que ce n'était pas une plaisanterie. La paix de leur clan était maintenant en jeu. Se rappelant cela à lui-même, il se dirigea à nouveau vers la hutte de Glenna.

# CHAPITRE 10

$S$e ruant au bas de l'échelle, Sorcha appela Una.

Il semblait toujours faire tellement plus froid dans la grotte d'Una que partout ailleurs dans les collines. Sorcha était sûre que l'hiver lui-même était né dans ce lieu. Du moins c'est ce que son frère disait pour plaisanter.

— Enfin ! s'exclama Una. Tu m'as apporté mon *uisge*, ma petiote ?

— La voilà, annonça Sorcha, levant la main pour la lui montrer.

Et elle faillit tomber avant d'atteindre les deux der-niers barreaux.

— Prends garde ! la réprimanda Una.

Une fois Sorcha les deux pieds par terre, la vieille femme l'invita à venir s'asseoir près du feu, tandis qu'elle travaillait à sa table avec un mortier et un pilon.

Sorcha posa la pinte d'*uisge* sur la table d'Una. Puis elle resta debout à la regarder travailler, examinant la poudre brunâtre dans le mortier en pierre.

— Qu'est-ce que tu fais ?

— Je prépare de la violette de sorcier ! révéla Una, sur son ton théâtral habituel. Cueillie dans la vallée des Fées le treizième jour lunaire !

L'enthousiasme de la vieille femme était contagieux.

— Ah ! t'es allée dans la vallée des Fées ?

Una acquiesça de la tête.

— Si fait ! Le treizième jour lunaire, répéta-t-elle avec un clin d'œil complice.

Seule Una visitait habituellement cet endroit sur la crête de la colline. Mais au printemps dernier, elle avait un jour emmené Sorcha avec elle, l'avertissant que seuls les cœurs purs pouvaient s'y aventurer. Cailin et Keane disaient que c'était juste un stupide champ de fleurs, mais Una le jugeait spécial. Sorcha avait tendance à croire tout ce qu'Una disait. Même si cela n'avait parfois aucun sens, Sorcha pensait que c'était la personne la plus sage qu'elle ait jamais connue.

— Et qu'est-ce que tu vas faire avec de la violette de sorcier ?

Le bon œil d'Una pétilla de malice.

— Je vais l'écraser et la servir à Aidan et à Lìleas sur de la joubarbe remplie de vers !

Sorcha fit une grimace de dégoût.

— Beurk. Je crois point qu'ils vont en manger.

— Ils en mangeront s'ils veulent des épousailles heureuses, dit la vieille femme avec conviction.

Sorcha imagina le plat grouillant de vers, recouvert d'une fine couche de poudre brune. Elle se dit qu'elle préfèrerait la discorde conjugale à un plat aussi dé-goûtant.

— Oh, je crois point que tu arriveras à convaincre Aidan d'en manger, déclara-t-elle. Il aime même point sa promise scot !

— Il l'aime assez, renchérit Una. Et c'est précisé-ment pourquoi je dois m'assurer qu'il en mange, ma petite.

Elle ne comprenait pas la vieille femme parfois, mais Sorcha aimait la regarder travailler.

Le sourire aux lèvres, Una continua de piler la mixture dans son mortier. Elle en obtint une poudre si fine qu'elle ressemblait à de la poussière brune sous son pilon. Elle prit une pincée de quelque chose d'autre et l'y ajouta.

— Ta maman aussi aimait bien me regarder travailler, annonça-t-elle.

Sorcha se mit à genoux, le menton posé sur la table de travail.

— Avant d'avoir des enfants ?

— Si fait, répondit Una en haussant un sourcil blanc. Bien avant d'épouser ta brute de père. Après, une vieille et son art ne l'intéressaient plus.

Sorcha savait qu'elle ne se plaignait pas, car Una racontait souvent des histoires avec l'ancien chef et sa maman, combien ils s'étaient aimés. Et à chaque fois qu'elle parlait d'eux, les larmes lui montaient aux yeux. Una avait aimé sa maman et son papa. Elle pleurait amèrement quand elle évoquait leur mort. Sorcha l'avait même trouvée un jour en train de pleurer près de la mare de Caoineag. Elle avait suivi le bruit, pensant pouvoir *enfin* surprendre les lamentations de la Pleureuse, mais c'était juste Una.

Sorcha regrettait de ne pas avoir connu sa maman. Son papa avait été assassiné l'année avant sa naissance et sa mère était décédée en la mettant au monde. Elle s'en sentait parfois très coupable.

Tandis qu'Una bavardait, Sorcha se releva et se pencha sur la table pour sentir la préparation.

— Ça sent le myrte, dit-elle.

Una fit oui de la tête.

— T'as un bon nez, la complimenta-t-elle. Je suis ravie que tu t'intéresses à ces choses et que tu sois douée, parce que malgré ce que les gens croient, je vais point vivre éternellement ma fillotte. Tu me remplaceras peut-être un jour ?

Sorcha se remit à genoux.

— J'aimerais bien, mais j'ai point de pouvoirs magiques, protesta-t-elle. Comment est-ce que je pourrais te remplacer sans cela, Una ?

— Oh, si tu en as ! reprit la vieille femme. C'est juste que tu fais point attention à ta vraie nature, ma petiote.

Sorcha paraissant perplexe, Una poursuivit :

— Tu sais que Lìleas est bonne et gentille, n'est-ce point ?

Sorcha acquiesça de la tête.

— Comment le sais-tu ?

Sorcha haussa une épaule.

Una sourit patiemment.

— Tu le sais. Tu as le savoir, ma fille, et je t'apprendrai le reste. Si tu veux bien.

Sorcha sourit en retour.

— Tu m'apprendras aussi à soulever les *corries* ? ajouta-t-elle en plaisantant.

Tout le monde savait ce qu'on chuchotait sur Una. Elle-même en était consciente plus que quiconque, sans jamais confirmer ni contredire les rumeurs.

Elle se contenta de faire un clin d'œil à Sorcha.

— Si tu veux vraiment apprendre, il y a beaucoup de choses à connaître. Lìleas le sait aussi. Je sens que les coutumes de jadis l'attirent.

— Comment tu sais ?

Una releva le menton.

— Peut-être parce que je suis vieille, suggéra-t-elle. Nous les vieux, nous avons nos façons de faire. Ou peut-être aussi parce que j'ai le savoir. Mais si tu veux trouver une raison à tout sous le soleil, il y a des réponses qui t'échapperont toujours.

Sorcha considéra brièvement cet avertissement, puis ses pensées retournèrent immédiatement vers la jolie promise de son frère.

— Tu crois qu'Aidan va la garder ?

Una réagit si fort à la question qu'elle envoya un nuage de poussière de myrte dans le visage de Sorcha.

— Ah, ma fille, tu crois qu'elle est une fille ou un chien ? Nenni, Sorcha, la question est point si Aidan va la garder ou point.

Elle fit une légère pause, peut-être pour voir si Sorcha allait lui donner la réponse. Mais celle-ci ne semblait pas comprendre ce qu'elle devait dire.

— La question est de savoir si Lìleas va rester, ajouta-t-elle enfin.

Sorcha réfléchit à la question, puis repensa à la malédiction. Certes, elle aimait déjà bien Lìleas, mais elle ne souhaitait pas perdre son frère à cause d'une stupide imprécation. Cat maintenant partie, Aidan était le seul de ses frères et sœurs à qui elle pouvait vraiment parler. Keane et Cailin aimaient beaucoup trop la taquiner, et Lael était toujours occupée à aiguiser ses armes.

— Si fait, Una, mais si Aidan se met à aimer Lìleas, est-ce qu'il va point aussi trépasser ?

Una commença à hocher la tête, comme elle le faisait toujours quand elle réfléchissait.

— Ah, eh bien... à ce propos... je crains que les paroles de la malédiction soient très très fortes. Elles ont été forgées au feu de la colère. Mais il y a quelque chose de beaucoup plus puissant que la haine, ma fille, qui contient bien plus de magie qu'une vieille femme pourrait invoquer.

— L'amour ? avança Sorcha, connaissant en quelque sorte la réponse.

Una l'examina plus attentivement, en hochant un peu la tête à nouveau, l'air pensif.

— Si fait, dit-elle enfin, mais ce doit être un véritable amour. Autrement il marche point.

Sorcha pesa les paroles de la vieille femme. Elle se prépara à demander comment ils sauraient si leur amour était vrai, mais au fond de son cœur, elle pensait connaître déjà la réponse, même si elle ne pourrait jamais expliquer pourquoi. En plus, Una allait sûrement lui répondre avec d'autres énigmes plus déroutantes.

— Una... t'as dit que Lìleas serait notre sauveuse... Est-ce que c'est à cause de la maladie ? demanda-t-elle.

Elle avait entendu la prière pleine de crainte de Glenna, que « la terrible suette ne revisite point leur clan ». Jadis, de nombreuses années avant la naissance de Sorcha, ils avaient subi un fléau semblable qui s'était répandu dans leur vallée comme un feu de poudre, décimant la moitié de leur clan. Mais c'était arrivé bien avant la naissance d'Aidan. Tout le monde semblait l'avoir oublié. Sauf Una.

La vieille femme sembla à nouveau perdue dans ses pensées. Elle soupira profondément.

— Véritelment, dit-elle après un moment, j'avais point pensé à cela... Mais il y a un fléau bien plus dangereux parmi nous... Un pour lequel Lìleas est peut-être la seule cure. Mais ce fléau dont je parle touche point la chair, Sorcha. Il affecte le cœur et l'esprit.

- Je vois, dit Sorcha, se mettant aussi à hocher la tête.

Alors qu'elle réfléchissait à cette situation critique, elle pensa à Duncan et sentit que tout se terminerait bien pour lui. Ce n'était ni une vision ni une prophétie, juste une intuition profonde, un immense sentiment de paix intérieure quand son visage lui revint à l'esprit.

La vieille femme se pencha vers elle et lui sourit soudain, avec son air complice habituel.

— En effet, il va recouvrer sa santé, lui dit-elle, même si Sorcha ne lui avait pas fait part de ses pensées. Maintenant, ma petiote, verse-moi une petite coupe et va me chercher mon livre. Il est sur ma chaise, mets-le sur la table.

— D'accord ! s'écria Sorcha, et elle courut chercher le livre.

En peau de mouton et relié de cuir, on ne devait jamais le toucher sans la permission d'Una, car il était vieux et aussi fragile qu'une toile d'araignée. D'ailleurs, il n'avait pas grand sens s'il n'était pas accompagné des histoires d'Una. Sorcha saisit le livre avec précaution. Il s'ouvrit de lui-même à la page à laquelle il semblait toujours s'ouvrir pour elle, au symbole du loup.

— Le compagnon du dieu de la forêt, se rappela-t-elle, le doigt posé sur le symbole ancien.

Una lui avait dit un jour que tous les symboles du livre avaient été peints avec du sang. Ses frères et sœurs étaient tous nés sous le signe du loup. Aidan avait souvent une tête de loup hurlant peinte audacieusement sur la poitrine.

La vieille femme acquiesça calmement.

— Courageux et avec un grand sens de l'honneur, mais parfois aveuglé par sa loyauté.

Distraite, Sorcha fronça les sourcils.

— Una... pourquoi est-ce que tous mes frères et sœurs sont des loups, mais moi je suis un corbeau ?

Una serra les lèvres et elle mania son pilon avec une ardeur renouvelée.

— Las, ma fille, c'est une histoire pour un autre jour.

Sorcha se contenta de cette réponse. Elle connaissait maintenant assez Una pour savoir que la vieille femme ne révèlerait ses secrets que quand elle le jugerait bon. Elle s'installa confortablement avec le livre près du feu et écouta Una lui raconter des histoires. Elle finit par s'endormir sur le tapis en peau de loup, enveloppée dans son manteau de laine.

C'est Glenna cette fois qu'Aidan trouva éveillée à son retour.

La mère de Duncan était assise près du lit de l'enfant, en train de boire un bol de bouillon fumant.

En plus de l'odeur âcre du *vin aigre* toujours présente, la hutte sentait aussi le chou. Aidan réalisa qu'il n'avait rien mangé ni bu de toute la journée, hormis quelques gorgées d'*uisge*. Son estomac protesta.

Dormant à son tour, Lìleas était allongée à côté de Duncan, un chiffon humide encore à la main. Elle avait des cernes sous les yeux, visibles même dans son sommeil.

— Est-ce que vous avez faim, *laird* Aidan ? demanda Glenna.

Aidan fit oui de la tête, mais il lui fit signe de la main de rester assise à côté de son fils.

— Je peux me servir moi-même, lui assura-t-il.

Mais Glenna l'ignora. Reposant son bol sur la table, elle se précipita pour aller l'aider.

— Nenni, Lìli a point encore mangé non plus. Je vais vous rassasier tous les deux. Asseyez-vous s'il vous plait, insista-t-elle.

Sidéré par le nom familier qu'elle avait donné à la femme étendue sur le lit de son fils, Aidan s'assit.

— Elle semble point prête à manger, avança-t-il en se grattant le menton.

Glenna rit doucement et versa une autre louche généreuse dans un bol.

— Elle vient juste de s'endormir. La fièvre de Duncan est tombée ! dit-elle, sur un ton bien plus joyeux que ce qu'il avait entendu d'elle depuis longtemps, depuis la mort de son mari Ranald en fait. Il a ouvert les yeux et bu un peu de bouillon ! poursuivit-elle, une lueur d'espoir dans le regard.

Elle tendit le bol fumant à Aidan et regarda le bouillon.

— Je dois lui demander la recette. Il y avait point grand-chose dans mon garde-manger, mais cette soupe est très bonne !

La cuillère d'Aidan s'arrêta à mi-chemin entre le bol et sa bouche. Il leva la tête, l'air surpris.

— Lìli a préparé ce bouillon ?

Elle n'y avait apparemment pas ajouté de poison, Glenna en était la preuve. Cette dernière remplit un autre bol pour Lìli. Elle hocha la tête et le regarda l'air penaud.

— Je me rends compte après tout... qu'elle est point son père, avoua-t-elle comme pour s'excuser.

*Sapristi*, se dit Aidan. Elle avait donc non seulement assumé le rôle de sauveuse dans cette maison, mais aussi de chef cuisinière. Pas étonnant que Glenna se soit adoucie envers la jeune fille. Et ça faisait seulement un jour qu'elle était là. Une seule journée et elle avait déjà conquis Glenna et apparemment Sorcha aussi. Ah ! c'était sûrement une sorcière. Ou une sainte. Il n'était pas encore tout à fait prêt à décider laquelle des deux. Mais il savait pour sûr qu'elle méritait une bonne nuit de repos, suivie d'un copieux petit-déjeuner. Il avait pleinement l'intention de lui donner les deux, une fois son bouillon avalé. Ayant cela à l'esprit, il se hâta de finir sa soupe, insistant pour que Glenna ne lui en resserve pas, parce qu'il devait veiller aux besoins de Lìleas.

Il reposa son bol sur la table et souhaita une bonne nuit à Glenna, lui faisant promettre de lui donner des nouvelles de Duncan le lendemain matin à la première heure. Puis apercevant l'*arisaid* par terre, là où Glenna avait dormi, il ôta son propre *breacan*, tout en sachant qu'il ferait froid dehors, et en couvrit Lìleas. Et il la souleva dans ses bras.

Trop fatiguée pour protester et à moitié endormie, elle marmonna et jeta ses bras autour de son cou.

— Brûle l'autre, ordonna-t-il à Glenna sans regarder derrière lui. Elle va plus en avoir besoin.

Parbleu, il allait pas laisser sa femme porter le plaid d'un autre !

# CHAPITRE 11

Un bruit de clapotis vint gentiment secouer l'esprit de Lìli tandis qu'elle se réveillait. Elle ouvrit les yeux, désorientée, car ce n'était pas un son qu'elle avait l'habitude d'entendre.

Des grains de poussière dansaient dans les rayons de lumière pénétrant à travers les volets en bois. Pendant un instant, elle se demanda comment elle était arrivée dans cette pièce. Mais elle avait la vague impression qu'un homme l'avait portée dans l'air frais de la nuit, et qu'elle s'était cramponnée à son corps chaud.

Son visage rougit un peu à ce souvenir.

Elle était seule pour l'instant, mais un coup d'œil autour d'elle lui révéla que quelqu'un lui avait apporté ses coffres pendant son sommeil. Elle n'était pas assez naïve pour ne pas comprendre immédiatement à qui appartenait la chambre dans laquelle elle dormait.

C'était la chambre du *laird*.

Les affaires d'Aidan étaient partout : des couvertures de laine aux riches couleurs rouge et vert de son plaid, une collection de poignards accrochés à un mur et une tapisserie avec un loup hurlant en son centre. Tout dans la chambre reflétait l'homme qui y habitait. Il n'y avait rien de doux ici, pas d'ornements inutiles. Ses propres coffres se trouvaient à côté du lit. La chambre était impeccable, même si les murs et les planchers en bois lui donnaient une impression fruste que rien ne pouvait dissiper, pas même le grand lit ornementé qui trônait sur une estrade au milieu de la pièce. Il semblait positionné de sorte qu'Aidan puisse plus facilement surveiller la porte. Elle se demandait s'il dormait avec sa claymore sous son lit. La couche, garnie d'épaisses couvertures, était assez grande pour quatre personnes. Les joues brûlantes, Lìleas se demanda si le *laird* de Dubhtolargg avait couché près d'elle. C'était tout à fait possible, car la couche était énorme. Ils avaient pu dormir chacun de son côté sans jamais se toucher.

Cette seule pensée la fit descendre du lit en se précipitant. La dernière chose qu'elle voulait était qu'Aidan la trouve encore au lit et prenne cela pour une invitation. Coucher ensemble après la cérémonie était déjà bien assez tôt !

Abandonnant la chaleur des couvertures, elle affronta la fraîcheur matinale. Elle se sentit aussitôt attirée par la fenêtre, où la promesse du soleil perçait à travers les volets. Elle les ouvrit et découvrit que, comme elle s'y attendait, elle était quelque part dans l'habitation construite sur l'eau. La vue lui coupa le souffle.

C'était étrange, mais très agréable de voir le *loch* si près de sa fenêtre, avec le soleil se réfléchissant sur la surface lisse. En vérité, c'était loin d'être un horrible spectacle au réveil... et cela ne lui déplairait pas du tout... hormis une petite complication...

*Aidan dún Scoti.*

Son regard revint vers le lit. Elle inspecta l'autre côté du meuble gigantesque, passant la main sur les couvertures là où il avait dû dormir. Les draps étaient froids, ne lui donnant aucune indication sur le fait qu'il ait passé la nuit là ou pas. Juste qu'il avait dû se lever longtemps avant elle.

Elle était remplie d'émotions contradictoires, car c'était son promis, un homme craint par David de Scotia. Et elle devait trouver le moyen de mettre fin à sa vie. Et pourtant il l'avait traitée avec douceur la nuit dernière, l'apportant ici au lieu de la jeter dans ce lit minuscule avec cette malpropre d'Aveline. Il lui avait permis de se reposer dans le confort et la chaleur. Sans la toucher. Ses vêtements étaient intacts, il lui avait juste retiré ses chaussures. Ce n'étaient pas là les gestes d'un barbare.

Elle essaya de se convaincre que ce qu'elle faisait était pour le bien de la Scotia. David semblait croire qu'Aidan était une menace pour la paix des clans. À travers ses histoires, elle s'était en fait représenté Aidan comme une grande brute peinte aux cheveux sales et aux vêtements tachés de sang. Et son peuple comme des monstres belliqueux et sanguinaires qui rongeaient des os. C'était le portrait que David avait dressé et que Rogan avait jugé bon d'exagérer.

Mais ce n'était pas la vérité.

Ces gens n'étaient pas différents des siens. Ces histoires étaient toutes des mensonges. C'étaient peut-être des gens simples, mais hormis cela semblables à n'importe quel autre clan.

Cette vérité la perturba, car cela voulait dire que ce qu'elle était sur le point de faire était beaucoup plus égoïste qu'elle ne voulait bien le croire. Et pourtant... pour son fils, elle déplacerait les *Am Monadh Ruadh* elles-mêmes.

Elle aperçut près du feu un petit broc rempli d'eau propre et un bol. Elle alla s'asperger le visage, espérant que cela la sortirait de ce cauchemar et qu'elle se retrouverait dans son lit à Keppenach, les douces petites mains de son fils lui caressant les joues pour la réveiller.

*Kellen, mon petit Kellen, comment va-t-il ?*

L'eau du broc était glacée. Elle lui picota la peau, mais elle accepta volontiers la sensation. Elle se demanda s'il y avait un endroit privé le long du lac où elle pourrait se baigner. Elle n'osait pas se déshabiller ici de peur d'être vue. Quant à son *arisaid*, il n'était nulle part. Elle se dit qu'elle avait dû le laisser chez Glenna et s'inquiéta à nouveau pour son enfant, se demandant comment il allait lui aussi.

Après le départ d'Aidan, elle et Glenna avaient longuement discuté. Surtout de leurs enfants. Lìli avait pleuré, pourtant déterminée à ne pas le faire. Les larmes ne pouvaient rien changer, elle le savait. En fait, elles avaient trompé la pauvre femme, car les péchés de Lìli étaient beaucoup plus grands que le simple fait d'abandonner son fils. Ce matin, elle se sentit coupable en se rappelant les paroles aimables et les remerciements que Glenna lui avait offerts.

Est-ce qu'elle la remercierait aussi plus tard ? Une fois son chef mort ?

Sûrement pas, car il était clair que ces gens aimaient leur *laird*, ce que Lìli ne devait jamais se permettre de ressentir pour lui. Elle endurcit donc son cœur, pour le bien des siens. Elle avait une tâche à accomplir ici et s'adoucir envers ces gens n'était pas à son avantage.

Et pourtant... elle n'aurait pas pu ni n'aurait voulu traiter Duncan différemment. Les enfants étaient innocents.

La porte s'ouvrit brusquement. Lìli se retourna précipitamment, lissant sa robe autour de ses hanches, se sentant plus déconcertée que jamais en présence d'un homme. Elle était coupable, même si personne ne l'avait encore accusée de rien.

·  ·  ·

AIDAN RETINT SON SOUFFLE.

Il avait été sûr de la trouver au lit, vu qu'il était encore tôt. Mais elle avait ouvert les volets et était debout, le dos au soleil matinal. Sa lumière dorée l'entourait d'un halo scintillant. Il ne s'attendait pas du tout à la voir ainsi.

Elle lui fit penser à un kelpie, cet esprit mi-femme mi-cheval qui invitait les hommes à le chevaucher en les séduisant par sa beauté, puis les plongeait dans le *loch* pour les noyer.

Il se noyait dans ces yeux violets, même s'il se tenait sur la terre ferme.

Réalisant à quel point elle devait être épuisée, il l'avait laissée dormir et s'était levé pour vaquer à ses occupations. Il était maintenant grand temps qu'elle rompe son jeûne, mais il avait déjà donné la permission aux servantes de ranger les tables et de nettoyer la salle. Il lui avait donc apporté un plateau de nourriture : du pain, du fromage, des œufs durs et des baies. C'était la première fois de sa vie qu'il s'était senti obligé de servir quelqu'un de cette façon. Le plateau dans ses mains lui semblait gênant et lourd.

— T'es réveillée, dit-il bêtement.

Le son de sa propre voix l'irrita.

Elle fit oui de la tête. Elle ressemblait à une jolie biche effrayée, face à un chasseur et à son arc. Elle posa immédiatement son regard sur le plateau qu'il tenait. À son grand dam, Aidan se mit à rougir. Il ressentit un vif désir de lui laisser le plateau et de s'en aller. Mais il résista. Il tint bon, brave comme un guerrier face à la mort.

Elle était loin de ressembler à la mort. Elle était la beauté incarnée, même les cheveux ébouriffés et la robe froissée après avoir dormi dedans toute la nuit. La laine bleue embrassait tendrement ses courbes comme le toucher d'un amant.

Il aimait beaucoup mieux cette robe que le costume de cour dans lequel elle était arrivée. Il savait ce que c'était, parce que la première fois que David était venu à Dubhtolargg pour essayer d'obtenir la loyauté d'Aidan, après la mort de son frère Alasdair, il avait amené avec lui Maud, son épouse anglaise. Ils n'étaient restés qu'une seule nuit, la comtesse de Huntingdon n'ayant pas été très impressionnée par la simplicité de leur mode de vie. Elle avait forcé son mari à la ramener au plus vite dans sa maison bien-aimée au sud de la frontière.

La nuit dernière, il s'était couché à côté de Lìleas, l'espace entre eux large comme un fleuve et pourtant si étroit qu'il l'avait torturé. Ses cheveux soyeux l'avaient invité à les caresser de ses mains calleuses, à défaire ses tresses et à les étaler autour de sa tête comme un oreiller de velours. Et pourtant, il n'avait pas osé, car la toucher aurait pu provoquer sa chute. Il n'avait jamais désiré à ce point coucher avec une femme, surtout après ce qu'il avait vu la veille, sa bonté envers sa sœur, envers Glenna et son garçon.

Ce matin, sa tresse était défaite et elle avait les cheveux en désordre, entourant son visage de vagues châtain foncé. Elle avait les joues roses et les yeux violets, lumineux et envoûtants, comme la couleur de la robe qu'elle portait maintenant, un détail qu'il n'avait pas remarqué la nuit dernière chez Glenna dans la pénombre.

Il réalisa qu'il la fixait et détourna son regard. Il se dirigea vers le lit pour y poser son plateau.

— J'ai pensé que tu souhaiterais rompre ton jeûne, lui dit-il en lissant les couvertures autour du plateau.

Il se sentait maladroit comme un enfant, comme son frère Keane, et il n'appréciait pas particulièrement cette sensation.

— Merci, dit-elle, mais sans avancer, le regard fixé sur lui comme un animal figé de peur, prêt à s'enfuir.

S'il disait ce qu'il ne fallait pas, elle pourrait bien disparaître devant ses yeux.

Elle était probablement habituée au langage recherché et aux gens bien, et il n'était qu'un homme simple.

En plus, il n'avait jamais vraiment courtisé une femme avant, et il n'était même pas sûr de vouloir le faire, même si elle y était ouverte.

Toute la situation était déroutante.

— J'ai fait brûler ton *arisaid*, lança-t-il, faute de savoir quoi dire.

Il voulait lui faire comprendre qu'elle était sa promise maintenant, et qu'il entendait bien tenir son engagement. En fait, il envisageait de l'épouser dès que possible. Ce soir même, s'ils n'avaient pas d'enfant à enterrer. Et il semblait que, grâce à Lìleas, le petit Dunc allait recouvrer sa santé.

À ces mots, Lìli cligna des yeux.

*IL AVAIT BRÛLÉ SON ARISAID ?*

Comme une petite fille effrayée, elle était restée figée sur place, attendant qu'il parle. Mais elle n'était pas du tout certaine de l'avoir compris correctement.

Par la croix, pourquoi est-ce qu'un adulte ferait quelque chose de si enfantin ? Si cela n'était pas un comportement barbare, qu'est-ce qui pouvait l'être ! Elle chérissait ce manteau, et on ne devrait jamais gâcher de la bonne laine, quelles que soient ses couleurs.

— Pourquoi diable avez-vous fait cela ?

Les mains dans le dos, l'air farouche et les yeux verts étincelants, il se tourna vers elle.

— Parce que... je veux point que ma *promise* porte les couleurs d'un autre. Tu comprends, ma petite ?

Il parlait calmement, sans la moindre trace de colère, mais son ton possessif lui donna froid dans le dos.

Elle se hérissa.

— Je suis *point* votre possession, ni même votre épouse, mon seigneur, tant que vous avez point prononcé les paroles !

— Aidan, insista-t-il. Tu as passé tellement de temps avec les foutus Anglais que tu as aussi embrassé leurs coutumes et leur langue ?

Lìli releva le menton.

— J'ai *point* passé de temps avec les Anglais. Au cas où vous ayez oublié, c'est du sang Caimbeul qui coule dans mes veines ! Je suis autant Scot que vous !

Elle se rendit compte trop tard que c'était la pire chose qu'elle aurait pu lui dire. Il se redressa tout à coup, furieux, la mâchoire serrée, mais sans rien répondre d'abord.

— Je suis *point* Scot, précisa-t-il quelques secondes plus tard en énonçant lentement.

Regrettant son accès de colère, Lìli essaya d'adoucir ses paroles et de lui rappeler qu'elle avait le choix dans cette affaire. Même si en fait non, elle n'avait vraiment pas le choix.

— Mais *moi* je le suis, jusqu'à la moelle, et je dois vous rappeler qu'en tant que telle, je suis libre de choisir mon époux !

Il plissa les yeux. Les muscles de ses bras tremblaient sous sa tunique, comme s'il avait les mains attachées dans le dos.

— Ah, mais est-ce point pourquoi tu es ici, Lìleas Caimbeul ? Parce que tu as *choisi* de te sacrifier à l'odieux Scot des montagnes pour garantir la paix ?

Son attitude posée ne la trompait pas. En fait, il avait l'air beaucoup plus dangereux à cet instant qu'à aucun moment depuis qu'elle l'avait rencontré. Même s'il s'était débarrassé de ses peintures de guerre et de sa claymore.

Pendant un moment, Lìli ressentit une vraie crainte sous son regard pénétrant.

— Nenni, poursuivit-il, la mâchoire toujours serrée.

Il s'avança d'un pas, réduisant l'écart qui les séparait. Il la transperça du regard plus sûrement que tous les poignards accrochés au mur auraient pu le faire.

— En fait, qu'est-ce que David a prétendu désirer ? Non seulement la paix entre nos clans, mais entre *tous* les Highlanders, dont je suis, même si je peux point supporter l'idée de fraternité avec la Scotia !

Lìli gardait le silence, alors il ajouta :

— Te rends-tu compte que c'est un foutu Caimbeul qui a regardé Giric occire son roi de sang-froid, sans rien faire ?

Lìli secoua la tête, ne sachant pas très bien de quel roi il parlait. Elle ne connaissait rien à la politique des hommes. Mais David était vivant la dernière fois qu'elle l'avait vu.

— Si fait, ils chuchotaient à l'oreille d'Aed comme des amis, mais prêts à lui enfoncer un poignard dans le dos...

Lìli réalisa soudain qu'il parlait d'une trahison qui avait eu lieu plus de deux siècles auparavant. Pas étonnant que ces hommes n'arrivaient pas à s'entendre, ils se cramponnaient à des blessures passées comme si c'étaient des blessures fraîches ! Pourquoi ne pouvaient-ils pas tout simplement laisser le passé derrière eux ?

— Alors me rappelle point quel sang coule dans tes veines, parce que sinon je vais aussi me souvenir que la trahison est ta vraie nature, persista-t-il.

Il baissa les yeux vers le plateau de nourriture qu'il lui avait apporté. Il était dégoûté, comme s'il regrettait son geste.

Lìli essaya de raisonner avec lui :

— Vous me parlez d'histoires anciennes, Aidan ! Il est grand temps de laisser ces affronts de côté.

— Tu appelles cela des histoires anciennes ? Des affronts ?

Il ramena ses mains de derrière son dos et serra les poings le long de son corps, tout en avançant vers elle en colère. Lìli eut aussitôt l'impression que si elle avait été un homme, elle se serait retrouvée à plat ventre par terre.

— Peut-être as-tu oublié que c'est ton père qui est reparti d'un banquet amical avec le sang des miens sur les mains ?

Lìli écarquilla les yeux avec horreur.

— Il nous a fallu des années pour laver les taches de sang de notre salle, ajouta-t-il amèrement.

De tous les scénarios que Lìli avait envisagés, celui-là n'en faisait pas partie. Elle s'était toujours représenté son père dans une bataille avec le père d'Aidan, pas à un souper à leur table. Quand on invitait un homme dans sa salle, on devait considérer que la loi du sanctuaire s'y appliquait. Elle comprenait maintenant pourquoi Glenna l'avait reçue de cette façon, avec tant de hargne.

Et pourtant, elle ne pouvait se résoudre à croire à cette version sans la remettre en question. Quelque fourberie *avait dû* pousser son père à cela. Même Padruig ne trahirait pas un pacte si ancien.

— Tu ferais mieux de te rappeler que je suis point Scot, lui conseilla-t-il. Et que j'en serai jamais un. Et c'est quelque chose que tu dois accepter pour être mon épouse, précisa-t-il, les yeux brillant d'une sombre promesse.

Lìli ne pensait pas pour l'instant que les blessures commises par les deux parties puissent être si facilement guéries par leur union. Ce n'était pas près d'arriver, étant donné que son mariage avec cet homme n'allait faire que creuser le fossé qui séparait leurs clans.

Mais s'il la répudiait maintenant, un espoir demeurait peut-être.

— Mais je suis Scot, moi, riposta-t-elle, et vous pouvez point me transformer en quelque chose que je suis point ! Peut-être qu'après tout, vous devriez me renvoyer chez mon père ?

Il la dévisagea un long moment. Lìli retenait son souffle en attendant sa réponse. S'il la renvoyait... avant même la cérémonie, peut-être serait-elle libérée de son fardeau ? Ou est-ce que David la blâmerait parce qu'à cause d'elle ses plans allaient mal tourner ? Et qu'est-ce qui arriverait à son fils ? Elle voulait désespérément connaître sa réponse et en même temps craignait dans les profondeurs de son âme qu'il la renvoie.

Les yeux d'Aidan brûlaient de colère.

— Est-ce que tu as choisi cette union de ton plein gré, Lìleas ?

Lìli retenait sa langue. Non, elle n'avait pas eu le choix. On lui en avait donné l'ordre, mais elle ne pouvait pas révéler cela. De ces mains qu'il tenait le long de son corps, avec lesquelles il venait de lui apporter l'offre de paix maintenant posée sur le lit, il pourrait sans peine lui rompre le cou s'il soupçonnait la véritable raison de ce mariage.

Quelque chose dans son expression avait dû le mettre en colère, car ses yeux étaient encore plus noirs.

— Est-ce que tu as choisi d'être mon épouse ? insista-t-il.

— Si fait ! Assurément ! céda-t-elle.

De ses doigts agiles, il défit vite son *breacan* et le lui lança.

— Alors ton manteau est celui-ci et point un autre. Si j'ai le moindre doute sur toi, Lìli, je te renverrai chez toi avec un message pour ton père. C'est ma promesse.

Alors prépare-toi. Ce soir, nous nous présenterons devant ton prêtre et le mien et nous prononcerons les mots que tu prétends vouloir dire. Après, tu me parleras plus jamais de ton sang Caimbeul, car demain quand tu te réveilleras, tu seras mon épouse, la dame de Dubhtolargg !

Il lui tourna brusquement le dos et se dirigea vers la porte, la laissant seule.

# CHAPITRE 12

Au nom de tous les dieux, Aidan aurait dû la renvoyer chez elle.

Dans cet instant de rage, il en avait été à deux doigts, surtout quand il se rappelait les mots d'Una, qu'elle pourrait être la cause de sa mort. Mais quelque chose l'en avait empêché. La peur sur son visage ou quelque chose d'autre, il ne le savait pas vraiment, mais à dire vrai, sa décision n'avait pas été entièrement dés-intéressée ni même sensée.

*Il la voulait.*

C'était de la folie pure, compte tenu de ce qu'il sa-vait sur son père, et le risque qu'il prenait en la gardant chez lui. Mais il voulait Lìleas avec une intensité qu'il ne pouvait nier. Il se dit que c'était la prophétie d'Una qui le poussait à accepter.

*Mais ce n'était pas vrai.*

Il n'avait pas la moindre idée de comment cette femme pourrait sauver leur clan, ni même de quoi elle était censée les sauver. Mais il la désirait avec une folie semblable à celle d'un ivrogne avide d'*uisge* et avec un manque de retenue qui le surprenait. Il n'était pas du genre à se livrer à des excès ni à tolérer une vie licen-cieuse. Quant à l'avarice, c'était la marque de ces fichus

Anglais. Et des Scots comme Caimbeul qui aimaient leurs richesses anglaises plus que leur propre honneur.

Aidan n'était pas moine, mais c'était précisément la raison pour laquelle sa demeure était simple, même s'ils étaient coincés entre des tribus en guerre, même avec le précieux trésor qu'ils abritaient. La vie était plus que des coffres bien remplis et des remparts pour se protéger contre les hordes de pillards. Le mode de vie des siens était une communion avec la terre. Le vrai trésor des Highlands était le pays lui-même.

Même la pierre qu'ils gardaient pâlissait en comparaison.

Mais il ne voulait pas retenir Lìleas contre sa volonté. S'il le faisait, il ne serait guère mieux que ceux qu'il s'efforçait de ne pas imiter. Il lui aurait suffi de dire qu'elle ne voulait pas de cette union, et il l'aurait renvoyée avant la nuit, et bien plus en sécurité que pour son voyage aller. Personne ne pourrait jamais dire qu'Aidan n'attachait pas une grande importance au don de la vie. Et à ses yeux, une femme ne méritait pas moins qu'un homme, même si le sang des Caimbeul coulait dans ses veines.

Mais elle avait peur de *quelque chose*...

*Quelque chose* l'avait fait pâlir plus vite qu'une lame d'acier portée à sa gorge. Quand elle l'avait mis au défi de la renvoyer, elle était devenue blanche comme un linge en attendant sa réponse.

Il alla consulter Lachlann pour trouver une réponse à cette énigme, pour voir s'il avait une idée après avoir observé les compagnons de Lìli la veille au soir. Parbleu, il découvrirait ce qu'ils manigançaient. Et il éprouverait un immense plaisir à passer ses frustrations sur sa canaille de beau-frère.

*COMMENT SE PRÉPARE-T-ON à un mariage dont on ne veut pas ?*

Lìli avala la nourriture qu'Aidan lui avait apportée avec tout l'enthousiasme d'un condamné à mort lors de son dernier repas. Non pas qu'elle n'était pas délicieuse. Il lui avait offert un peu de tout, avec des œufs durs qui semblaient avoir été ramassés le matin même, du pain tout chaud sorti du four et une poignée de baies. C'était juste que sa culpabilité lui pesait sur l'estomac et augmentait à chaque bouchée. Une chose était certaine : les proches d'Aidan savait comment manger, à en juger par la façon dont ils rompaient leur jeûne. Mais le fait qu'il s'était peut-être mis en quatre pour elle n'arrangeait pas les choses. Alors tandis qu'elle se gorgeait, l'amertume grandissait en elle au point de lui faire mal.

Bien sûr, cela n'aidait pas qu'elle n'ait pas pris un véritable repas depuis plus d'une semaine maintenant, et que la veille elle était allée se coucher avec très peu dans le ventre, juste un peu du bouillon qu'elle avait préparé pour Glenna et son fils.

Elle ne pouvait pas se sortir Kellen de la tête ce matin. Est-ce qu'ils veilleraient à ce qu'il mange assez ? Est-ce qu'ils lui permettraient de jouer au soleil au moins une fois par jour ? Est-ce qu'ils le tiendraient à l'écart des hommes d'armes ? C'était un garçon après tout, et curieux. Mais elle ne pouvait pas croire qu'il soit en sécurité sous la garde de Rogan. En fait, à part une nourrice, il n'y avait personne à qui elle pouvait se fier à Keppenach. Ils rivalisaient tous pour gagner la faveur du nouveau seigneur ou alors craignaient d'encourir sa colère. C'était incroyable de voir la vitesse à laquelle les alliances changeaient avec le courant. Mais Stuart n'avait certes jamais vraiment inspiré de loyauté, pas de la façon dont Aidan semblait l'encourager chez son peuple.

Autour du feu, Lìli n'avait pas manqué de remarquer

les regards que les gens lui avaient jetés, en particulier après l'arrivée de leur *laird*. Une fois certains qu'Aidan n'allait pas l'étrangler sur place, ils s'étaient enfin assez détendus pour boire et faire la fête. Et pourtant, aucun d'entre eux ne s'était approché d'elle, à part Aidan.

Comment allaient-ils la recevoir une fois qu'ils seraient mariés ? Allaient-ils l'accepter ? Lui faire confiance ? Elle l'espérait et du coup s'en voulait pour la façon dont elle s'apprêtait à les trahir.

Mais c'était pour plus tard. La tâche présente à laquelle elle devait s'atteler ce matin, si Aidan disait vrai, était de se préparer pour une célébration de mariage. Mais par où commencer, quand même les sœurs d'Aidan, sauf pour la plus jeune, semblaient toutes la mépriser ?

Elle pourrait peut-être demander à Glenna de l'aider ? Ou à Cailin ? Lael choisirait probablement une de ses nombreuses armes pour la passer aussitôt au fil de l'épée. Et Aveline ne pourrait aucunement l'assister. Même si cette dernière cessait de fixer son attention uniquement sur Rogan, Lìli ne pouvait pas justifier que sa servante exécute tous ses ordres, quand il était clair que les femmes d'ici se débrouillaient toutes seules. Lìli ne s'était même pas permis d'avoir une servante à Keppenach, elle n'avait pas été habituée à cela. Ce n'était pas la coutume chez les Highlanders.

Arpentant la pièce, elle regardait ses coffres, se demandant si elle devrait porter la robe de velours que David lui avait offerte ou l'une de ses propres robes plus modestes. Ces gens étaient beaucoup plus pratiques, et elle sentait instinctivement que porter la robe somptueuse saperait sa présence ici. Ils ne l'accepteraient jamais si elle se mettait à part. Il valait mieux qu'elle soit elle-même. Mais que porter ?

Elle ne se souciait pas de ce qu'Aidan pensait, s'assura-t-elle. Mais elle avait besoin d'être acceptée par son peuple pour pouvoir accomplir la tâche mise devant elle sans que des centaines de personnes la suivent des yeux.

Elle ne pouvait s'empêcher de se rappeler la façon dont il l'avait regardée quand il était entré dans la chambre le matin. Comme s'il l'avait désirée. Elle avait reconnu ce regard, car il n'était pas le premier à la regarder ainsi. Et pourtant, rien dans son comportement depuis son arrivée ne lui avait fait soupçonner qu'elle lui plaisait. Au contraire, il semblait trouver qu'elle laissait à désirer après l'avoir regardée de la tête aux pieds. Puis il s'était éloigné. Mais ce matin... ce regard dans ses yeux... Elle frissonnait à chaque fois qu'elle y repensait. Pas même Stuart ne l'avait regardée si avidement, comme l'emblème de ce loup à la gueule ouverte sur sa tapisserie.

Mettant de côté son plateau de nourriture, elle se dirigea vers ses coffres. Se mordant la lèvre, elle ouvrit le couvercle du premier et fixa son regard sur la robe de velours pliée au-dessus de la pile de vêtements. Elle ne porterait pas cela, se décida-t-elle. Elle regrettait ne pas être comme la plupart des femmes, avec plus de biens : c'était soit cette robe, soit celle qu'elle avait sur le dos, soit une autre au fond du coffre qui ne semblait guère convenir pour une robe de mariée. Elle n'avait rien d'autre.

Peut-être pourrait-elle emprunter quelque chose à Glenna, même si celle-ci était beaucoup plus forte qu'elle.

Au moment où elle se dit qu'elle allait devoir soit déplier et repasser la robe en velours violet, soit aller voir Glenna, Sorcha et Cailin frappèrent à la porte.

• Mon frère nous a envoyées, annonça Cailin.

Mais elle resta près de la porte, même après que Lìli

leur ait ouvert. Elle avait en mains une robe bleu pâle et un diadème en argent finement ouvragé. Elle le lui tendit en disant :

— Il appartenait à notre mère.

Lìli aperçut alors la tête de loup hurlant en son centre, dans une lune de cristal.

— Tu seras la première à le porter depuis qu'elle nous a quittés, avoua Sorcha, les yeux pleins d'admiration en parlant de sa mère. C'était une princesse picte !

Touchée par le geste, Lìli leur fit signe d'entrer. Elle voulait connaître leurs traditions pour mieux les honorer.

&

AIDAN TROUVA Lachlann exactement là où il l'avait rencontré la dernière fois, assis sur son rocher. Sauf qu'aujourd'hui, au lieu de tailler un morceau de bois, il coupait une roue de fromage avec son poignard. Aidan reconnut aussitôt la roue de la vieille Morag. Il l'avait complètement oubliée après sa chute d'hier. Il fronça les sourcils.

— T'en veux un morceau ? lui demanda Lachlann, remarquant le regard d'Aidan.

Aidan fit non de la tête. Interprétant mal son regard noir, Lachlann se défendit :

— Je l'ai trouvée ici par terre, un vrai cadeau des fées ! jura-t-il. Tu sais bien que je prendrais point une roue sans demander !

— Je sais, dit Aidan.

Le costaud s'expliqua :

— J'avais une folle envie d'un des fromages de Morag depuis deux semaines, et tout à coup elle est là, à mes pieds. Les dieux exaucent les prières des fois !

Il avait l'air tellement excité qu'Aidan ne voulut pas le décevoir en lui disant ce qui était arrivé.

— Si fait, à ce que je vois.

Mordieu, il ferait tout aussi bien d'en profiter, puisqu'il avait prévu de le servir au petit-déjeuner ce matin et qu'il avait maintenant à moitié disparu dans le gros ventre de Lachlann. Il se gratta la joue et finit par accepter :

— D'accord, donne m'en un petit morceau.

Il s'assit un moment pour parler avec Lachlann. Ce dernier lui coupa un *petit morceau* de fromage et le lui tendit avec un large sourire, visiblement heureux de partager, mais seulement la quantité qu'il se sentait obligé de donner. Aidan n'avait aucun doute que toute la roue aurait disparu avant que Lachlann ne se lève de son rocher.

Il avala sa *petite* tranche et tendit la main pour en demander une autre. Lachlann grimaça mais s'exécuta aussitôt.

— Qu'est-ce que tu sais sur MacLaren et la *siùrsach* ? hasarda Aidan.

Lachlann haussa les épaules, coupant son fromage aussi vite que possible. Il avalait les morceaux presque tout rond.

— Qu'est-ce qu'il y a à savoir ? Fergus les a vus s'accoupler deux fois dans le champ, et puis il a posé la jouvencelle sur son lit et est allé en trébuchant vers le sien. Comme Lael lui a demandé, Fergus a gardé la porte de MacLaren le reste de la soirée, mais ce grincheux de Scot a jamais repointé son tarin.

Aidan grignota son morceau de fromage, le savourant comme il se devait, lentement, tandis que Lachlann gobait le sien à toute vitesse.

Aucun des Scots ne s'était montré le matin pour rompre son jeûne. Mais il fallait dire aussi que personne ne les avait invités. En fait, il avait clairement fait savoir que la salle leur était interdite jusqu'après les noces. Les siens ne dormiraient ni ne mangeraient avec des Scots perfides sous leur toit tant qu'ils ne seraient pas sûrs que tout danger de trahison soit écarté.

— Et les autres ?

— Le prêtre et les statues de pierre ? Ils sont restés près du feu jusqu'à ce que le prêtre tombe de sommeil sur place. Assez tard. Et puis ils sont tous rentrés dans leur hutte, probablement pour s'enculer sous les yeux du prêtre, ajouta-t-il en riant de sa propre plaisanterie.

— T'en veux plus ? dit-il à Aidan en lui tendant une tranche de fromage, avant de la faire disparaître dans son propre gosier.

— Pour sûr, vieux gourmand ! Pourquoi est-ce que t'en gardes point un peu pour plus tard ?

— Il faut bien qu'un homme mange, déclara Lachlann en se tapotant le ventre.

— Si t'arrêtes point maintenant, je te parie que tu vas point chier pendant une semaine.

Lachlann se mit à rire tout en coupant un morceau plus généreux pour Aidan, probablement dans l'espoir qu'Aidan ne lui en redemande pas un autre avant que toute la roue ne soit avalée. Quel goinfre ce fils de gouge ! Aidan était ulcéré parce qu'il avait lui-même voulu manger ce fromage, et il l'aurait partagé bien plus que Lachlann ne semblait enclin à le faire.

— T'en fais pas, déclara Lachlann. J'ai encore jamais rencontré un homme qui puisse chier autant que moi, dit-il en lui adressant un clin d'œil.

Aidan répondit avec un sourire, mais c'était un concours auquel il n'était pas enclin à participer. C'était déjà assez pénible d'observer ces brutes musclées debout sur un rocher au sommet de la montagne, faisant résonner leur cri de victoire dans la vallée quand ils éjectaient leurs signatures malodorantes à la vue et surtout au nez de tous.

*Les sales dégoûtants.*

Se résignant à la perte de son fromage, Aidan se

leva, prêt à s'en aller. Il avait conscience que malgré la frénésie de Lachlann envers la roue de fromage, s'il avait perçu le moindre danger, il se serait privé de toute nourriture pour les garder en sécurité. Autant donc le laisser jouir de son *cadeau des fées* en paix.

— Tu les as vus aujourd'hui ?

— Non, pas un cheveu de leur sale tête.

— La *siùrsach* non plus ?

Lachlann fit non de la tête.

— Ah, eh bien... assure-toi que quelqu'un les repère bientôt, et leur permets point de s'approcher des cavernes.

— T'inquiète point, Aidan. Les entrées sont toutes gardées et Fergus doit venir me prévenir dès qu'un de ces incapables quitte sa couche.

Aidan regarda autour de lui pour voir s'il pouvait repérer ses hommes le long de la falaise. Sachant où regarder, il aperçut la tête noire de Turi derrière un rocher, mais personne d'autre. Bien.

— On dirait qu'ils se cachent dans leurs couches en attendant que les laquais de David viennent les sauver des vilains montagnards, gloussa-t-il à cette pensée. Je crois point qu'ils nous fassent la moindre confiance.

— Le sentiment est mutuel. Je supporte point un homme qui refuse de faire face à ses ennemis.

Lachlann aquiesça de la tête puis haussa un sourcil.

— En parlant d'ennemis, tu vas véritelment épouser la Scot ?

— Elle est point encore trépassée, lança Aidan l'air plus ou moins sérieusement. Je suppose que oui.

Lachlann partit d'un autre éclat de rire, son gros ventre tremblotant comme un sac de farine.

— Ce soir, révéla Aidan. Je veux point prolonger l'attente plus que nécessaire, ajouta-t-il de peur que Lachlann ne soupçonne ses motifs. Alerte les autres. Je veux tout le monde sur ses gardes contre tout signe de trahison. Et demain matin, je veux tous ces Scots, sauf Lìleas et sa maigre servante, en dehors de la vallée. Je serai point tranquille tant que ces vauriens seront point partis.

Lachlann fit oui de la tête, conscient du fardeau qu'Aidan portait, car il était au moins cinq ans plus vieux que lui. Lui aussi se rappelait ces traîtres au souper.

— Et comment va le petit Dunc ? demanda-t-il en changeant de sujet.

— Je vais justement chez Glenna maintenant, dévoila Aidan. Pour être sûr qu'on peut vraiment s'épouser et point enterrer un mort. Le petiot allait beaucoup mieux quand je suis allé me coucher hier soir.

— Bon. J'aimerais point en perdre encore un autre si vite et le petit Dunc est un bon garsoncel.

Lachlann porta les yeux sur sa dernière tranche de fromage. Il sembla hésiter un instant, puis la lui offrit :

— Donne-la à Glenna alors... pour Dunc... Dis au petiot que c'est un cadeau des fées qui va l'aider à se rétablir. Il aime le fromage de la vieille Morag.

Un petit sourire se dessina sur les lèvres d'Aidan tandis qu'il tendait la main pour accepter le don du gros pour l'enfant malade. Il enviait la foi de Lachlann. En croisant ses yeux bleu clair, il sut avec certitude que quels que soient ses doutes, il serait seul à les porter.

— Si fait, je le saluerai de ta part, lui promit-il. Sa mère aussi, ajouta-t-il avec un clin d'œil.

Et de sa main libre, il lui tapota l'épaule en signe d'amitié.

— T'as bon cœur, Lachlann. Je suis fier de t'avoir à mes côtés, ajouta-t-il sur un ton plus sérieux qu'avant.

Lachlann plissa les yeux et le regarda à travers ses cils roux.

— Bah ! Va t'en maintenant ! Tu causes comme si

t'allais à la potence, Chef. C'est à des épousailles qu'on se prépare. Ils vont point se servir de la même ruse deux fois de suite, le rassura-t-il.

Aidan acquiesça de la tête. Mais ils en étaient bien capables, il le savait, et si la trahison était le but de ces Scots, alors elle se jouerait ce soir.

— Mais s'ils le font... assure-toi qu'on soit prêts pour eux, ordonna-t-il.

— T'inquiète point, Chef. On sera prêts. S'ils se mettent en tête de nous trahir, on leur fera bouffer leurs cœurs à la pointe de nos épées ce soir, rétorqua-t-il en levant son *dirk*.

Il saisit la lame acérée un instant et montra son bord brillant, puis l'essuya de sa langue pour en enlever le reste du fromage de Morag avant de le remettre dans sa ceinture.

# CHAPITRE 13

Ce que Cailin manquait en exubérance, Sorcha en avait largement pour deux. La plus jeune des sœurs d'Aidan ressemblait un peu à un cyclone et menait tout le monde par le bout du nez. Elle avait treize ans avec la maturité de vingt printemps, et pas même sa sœur aînée ne semblait capable de résister à ses charmes.

Lael, quant à elle, refusait de se joindre à elles. Ils la rencontrèrent dans le hall tandis que Sorcha tirait Lìli par la main. Cailin traînait les pieds derrière elles. Elle portait la robe de mariée. Lael jeta un coup d'œil réprobateur au vêtement et foudroya Lìli du regard, l'air méprisant. Aux yeux de Lìli, elle semblait habillée pour le combat, avec des couteaux pendant aux bras et aux jambes. Mais sa langue était sa lame la plus tranchante.

— Si vous vous demandez où est votre maigrichonne de servante, dit-elle, elle a point arrêté de se curer le nez près de la jetée depuis qu'Aidan est sorti ce matin. On s'excuse point de point la laisser entrer, vous pouvez lui dire !

Elle ne leur faisait manifestement pas confiance et ne s'en cachait pas. Heureusement que ses jeunes sœurs ne suivaient pas son exemple. Elles semblaient plutôt heureuses de laisser Lael vaquer à ses affaires. L'air austère, elle avança dans le hall tandis que Lìli, Sorcha et Cailin en sortirent.

Comme l'avait dit Lael, Aveline se tenait près de la jetée qui conduisait à la grande salle. Mais elle avait les doigts croisés devant elle et ressemblait plutôt à une colombe perdue. Pour la première fois depuis qu'elle avait rencontré la maîtresse de Rogan, Lìli se sentit coupable de ne pas avoir été plus accueillante à son égard. Aveline ne facilitait certes pas les choses. Mais tôt ou tard, elles seraient seules au milieu de ce peuple et elle savait qu'Aveline devait se sentir autant en détresse qu'elle, même si elle ne l'avouerait jamais. Quand elles passèrent devant elle, Lìli lui prit la main. Puis suivant Sorcha, elles entrèrent de hutte en hutte, prenant les femmes par la main, jusqu'à former la farandole la plus longue que Lìli ait jamais vue.

Tout d'abord à contrecœur, les mères et les filles se joignirent à elles, apportant des rubans et diverses autres choses pour parer Lìli. Nerveuse ou pas, c'était difficile de ne pas s'amuser en voyant Sorcha courir comme un petit lutin, faisant jaillir le rire partout où elle allait. Lìli se surprit à oublier, du moins pour le moment, que ce mariage n'était qu'une mascarade. Elle plaisantait avec les mères et complimentait les filles. Les hommes réunis regardaient les femmes de loin, comme pour savoir que faire. Il sembla à Lìli qu'une fois les femmes détendues, les hommes jugèrent qu'il leur était aussi permis de rire et de s'amuser.

De là où ils se tenaient, à la limite du village, Lìli pouvait voir les hommes se rassembler en plus grand nombre dans le champ au bas de la colline. Ils semblaient lancer des arbres.

— Qu'est-ce qu'ils font ? finit-elle par demander.

— Ils lancent des troncs d'arbres, expliqua Cailin. Chaque année, on éclaircit le bois pour le *crannóg*. Les bûches peuvent point être coupées trop courtes. Seuls les hommes les plus forts peuvent aider à rapporter le bois de la forêt. Alors évidemment, les idiots en ont fait un sport, comme ils le font avec n'importe quoi.

— Si fait, intervint une femme, allez point les suivre en haut de la montagne ! Vous le regretteriez aussitôt, poursuivit-elle en pointant du doigt en direction d'un rocher particulièrement gros.

Elle se pinça le nez et agita la main comme pour dissiper une mauvaise odeur.

Sorcha se pencha vers elle :

— Il y en a qui font des concours pour voir qui peut lâcher la plus grosse bûche, avoua-t-elle sur un ton solennel. Si tu vois ce que je veux dire.

Horrifiée, Lìli rigola néanmoins. En tant que chef du clan, Aidan ne s'amuserait sûrement jamais à un sport si vulgaire ! Même s'ils semblaient bien plus courtois que ce que Rogan avait voulu lui faire croire, ce n'était pas là un exemple de comportement civilisé. Elle ne pouvait pas s'imaginer Stuart ou son fils participer à une telle activité. Rogan lui-même n'aurait pas apprécié. Par chance, on ne lui laissa pas beaucoup de temps pour y réfléchir. La file se mit à grimper la colline vers la hutte de Glenna pour voir comment allait Duncan et si Glenna pensait pouvoir se joindre à elles. Lìli espérait que oui, souhaitant surtout que Duncan soit en assez bonne forme pour que Glenna le laisse et jouisse de quelques moments de répit.

Lìli n'avait pu prédire comment la fièvre allait tourner. Elle avait juste eu le temps de lui donner un peu de confort, rien d'autre. Elle pouvait seulement supposer qu'il était assez jeune et robuste pour se rétablir. Mais en vérité, le fait que son état s'améliore était tout autant un mystère pour Lìli que la maladie elle-même.

— Est-ce que Duncan a mangé quelque chose ? demanda-t-elle à Sorcha.

Sorcha fit oui de la tête.

— Et il a bu de nouveau de la potion de *vin aigre*, mais il l'a point aimée.

Lìl était heureuse de la nouvelle.

— Elle peut sembler avoir un effet contraire, mais elle va calmer son ventre.

Sorcha rigola :

— Si fait, mais Dunc a jamais eu de problème pour se remplir le ventre. Il mange comme un ogre, révéla-t-elle.

Pas comme Kellen. Son fils n'avait pas bon appétit. S'il avait été à la place de Duncan, elle n'osait pas imaginer le dénouement. Elle avait la mort dans l'âme rien que d'y penser. Quoi qu'elle fasse, elle devait trouver un moyen de rejoindre son fils au plus vite. Mais si elle s'attardait sur ces pensées maintenant, elle finirait par pleurer et ne pourrait rien faire d'autre. Alors elle fit de son mieux pour se sortir cela de la tête.

C'était une belle journée, même s'il faisait un peu frais. Les feuilles des arbres commençaient à changer de couleur, mais l'herbe était toujours verte. Les sorbiers avaient toutes leurs feuilles, et quelques fleurs isolées sortaient de terre çà et là le long des champs. Il était assez facile d'oublier que tout n'était pas bonté et lumière. Même l'humeur de Cailin s'améliorait. Elle portait la robe de mariée avec plus d'entrain maintenant et plaisantait avec Sorcha.

Glenna dut les entendre approcher, car elle sortit de chez elle en souriant, le regard posé sur Lìli.

— Duncan dort, lui dit-elle. Mais seulement après avoir dévoré le reste de votre bouillon. Vous devez me donner votre recette !

Lìli se mit à rougir.

— Quelque chose de préparé par quelqu'un d'autre semble toujours meilleur que ce qu'on cuisine soi-même, suggéra-t-elle poliment.

Et elle savait que ce devait être vrai, parce qu'elle n'était pas spécialement douée pour la cuisine. Le plus qu'elle ait jamais fait était de donner des herbes aux cuisiniers et elle en avait juste utilisé un peu pour ajouter du goût à une simple soupe, rien de plus.

— Est-ce que je peux le voir ? demanda-t-elle.

Lìli voulait être certaine qu'il n'y avait rien de plus qu'elle pouvait faire. Les préparatifs de mariage pouvaient attendre si Duncan avait besoin d'elle. Et pourtant, même la pensée de ce qui allait se passer après la cérémonie ne pouvait pas lui faire souhaiter moins que le rétablissement complet de l'enfant. Elle espérait pouvoir au moins s'attarder un peu. L'enthousiasme de Sorcha était certes contagieux et cela la réconfortait de voir que tant de femmes s'étaient jointes à elles, mais son cœur n'était pas à la fête. Son estomac se serrait à l'idée de revoir Aidan et elle était de plus en plus tendue au fil des heures. Ils se retrouveraient bientôt seuls. Comment pouvait-elle donner son corps à un homme et pas son cœur ?

Glenna fit oui de la tête mais sembla hésiter un instant. Elle finit par ouvrir la porte pour la laisser entrer.

— Certainement. Vous êtes toujours la bienvenue ici.

ELLE AVAIT les joues rouges et les cheveux ébouriffés par le vent, mais elle était plus jolie avec ce sourire qui lui éclairait le visage. Aidan fut surpris, c'était le premier sourire qu'il voyait sur les lèvres de Lìli.

Il ne pouvait s'empêcher de se demander s'il pouvait inspirer un tel miracle, car il aimerait la voir sourire souvent... si leur mariage était sincère.

Le doute pesait comme une chape sur ses épaules.

Il était resté tendu toute la journée et il sentait le besoin de se relaxer en allant participer au lancer de troncs d'arbres. Mais il y avait encore beaucoup trop à faire pour assurer la sécurité de son peuple pendant la soirée.

*Cette femme pourrait-elle vraiment servir de catalyseur de paix ?*

Il voulait le croire.

Par la porte ouverte, il s'aperçut tardivement que la moitié des femmes du village attendaient devant la porte de Glenna. Surpris, il cligna des yeux. Soit Sorcha était autant sorcière qu'Una ou sa promise était également une enchanteresse, car il lui semblait qu'elle avait déjà convaincu près d'une cinquantaine de femmes. À ce rythme-là, tout le village serait bientôt sous son charme. Il conclut que ce devait être l'œuvre de Sorcha, car sa plus jeune sœur pouvait être pleine de vie et de joie. On ne pouvait négliger sa force. C'était curieux, vu que les deux partageaient le même sang, tout en l'ignorant.

— *L-laird*, balbutia Lìli, semblant sursauter à sa vue.

Aidan sourit tristement. Elle ne semblait toujours pas pouvoir l'appeler par son nom.

Le sang de Lìli ne fit qu'un tour.

À cet instant, toutes les autres semblaient avoir disparu et elle ne voyait plus que lui. Sa présence était palpable dans la petite hutte. La façon dont il la regardait lui coupa le souffle.

Elle avait laissé son plaid dans sa chambre à dessein, préférant frissonner plutôt que de porter le manteau d'Aidan. Pour ces dernières heures, elle n'avait rien voulu qui lui rappelle qu'elle allait être sienne. Son regard, néanmoins, la possédait.

Ses cheveux mi-longs paraissaient plus noirs dans la pénombre. Ses épaules semblaient aussi larges que la pièce, ce qui était parfaitement ridicule : c'était un homme, pas un géant.

— J'avais point compté vous trouver ici, lui dit-elle l'air embarrassée. Je voulais juste voir Duncan.

— Ils sont de mon clan, lui rappela-t-il. Je me soucie de toutes les femmes et de tous les enfants.

Dehors, les rires et les bavardages cessèrent brusquement au son grave de sa voix, comme s'ils se sentaient soudain coupables de s'être amusés en présence de Lìli.

— Assurément.

Il la transperça du regard. Elle eut aussitôt l'impression qu'il regrettait leur arrangement. Mal à l'aise, elle détourna le visage et regarda vers le lit, là où Duncan était assis sur les couvertures, à grignoter une tranche de fromage.

Glenna se précipita à ses côtés.

— Tu te souviens de Lìli ? demanda-t-elle à son fils.

Le garçon fit oui de la tête.

— Merci, dit-il poliment.

Lìli lui lança un sourire timide.

— De rien, Duncan. J'ai un garsoncel de ton âge, expliqua-t-elle.

Le garçon acquiesça de nouveau. Ses yeux bruns étaient en effet de la même couleur que ceux de son fils.

— C'est ce que Maman m'a dit. Est-ce que vous allez l'amener vivre ici aussi ?

À cette simple question, l'émotion étrangla Lìli. Elle ne put répondre pendant un instant. D'après ce qu'elle savait, Kellen ne verrait jamais cet endroit, car une fois Aidan mort, elle serait libre de partir. Si son clan ne la tuait pas pour sa trahison. Elle finit par faire oui de la tête en évitant le regard d'Aidan.

— Tu t'entendrais bien avec lui, ajouta-t-elle. Vous vous ressemblez un peu.

Le garçon sourit et avala une autre bouchée de fromage. Il lui montra le petit morceau qui restait :

— Vous avez vu ce que les fées m'ont apporté ?

Sorcha s'avança vers le lit.

— Eh ! mais c'est du fromage de la vieille Morag ! fit-elle remarquer. Si une fée t'en a donné, c'est qu'elle l'a volé dans...

— Sorcha ! l'interrompit Aidan, sa voix tonitruant dans la petite pièce.

Tous se turent et évitèrent le regard d'Aidan, sauf Lìli.

Il fit un pas en avant, si près derrière elle qu'elle pouvait sentir la chaleur de son corps à travers sa robe.

— Si c'est ce que Dunc croit, pourquoi point être d'accord avec lui ?

Sorcha regarda son frère d'un air interrogateur. Son message silencieux lui fit garder le silence mais froncer les sourcils.

— On est venues voir si Glenna voudrait bien aider à préparer la promise, annonça Cailin.

Elle s'avança pour éloigner sa sœur cadette du lit de Duncan. Elle se pencha pour murmurer quelque chose à l'oreille de Sorcha, quelque chose que Lìli ne put entendre. Mais Sorcha lança un coup d'œil méfiant à Lìli, le premier de ce genre de sa part depuis son arrivée. Sorcha acquiesça de manière presque imperceptible. Lìli eut le sentiment étrange qu'on lui cachait quelque chose. Mais il y avait probablement beaucoup de choses pour lesquelles ils attendaient de mieux la connaître pour lui dire.

Pleinement consciente de l'homme qui se tenait derrière elle, Lìli rencontra le regard de Glenna.

— Voulez-vous venir ?

— Si tu en as envie, suggéra Aidan, je peux rester un moment avec Dunc.

— Ah, nenni ! J'ai point besoin d'une nourrice ! protesta Duncan. J'ai déjà huit ans !

Duncan semblait en forme, et Lìli voulait tellement que Glenna se joigne à elles. Sorcha était jeune, Cailin encore un peu hésitante et Aveline muette. Glenna était la première amie qu'elle ait jamais eue. Cela la surprit cependant qu'Aidan offre de rester avec le garçon.

— Eh bien… reprit Glenna avec hésitation en se tournant vers Aidan.

Il l'encouragea d'un signe de tête et elle céda :

— D'accord.

Elle sourit alors et se précipita dans un coin de la maison. Elle saisit une couverture et passa devant Aidan en courant. Lìli la suivit dehors, mais pas avant de se retourner pour regarder Aidan une dernière fois. C'était une erreur : au regard qu'il lui lança, son sang ne fit qu'un tour.

— Allez viens, lui ordonna Sorcha, la prenant à nouveau par la main.

Au grand étonnement de Lìli, ses propres pieds ne semblaient pas vouloir avancer. Elle faillit tomber quand Sorcha l'entraîna dehors.

Aidan les regarda sortir.

Au moment où leurs regards s'étaient croisés, Aidan avait perçu beaucoup plus que ce qu'il aurait aimé voir. Il vit une femme seule qui, malgré tout, aspirait à être acceptée par son peuple. Certes, elle le craignait peut-être, mais le regard qu'il vit dans ses yeux quand elle avait invité Glenna à l'accompagner lui rappelait celui d'une petite fille sans amis.

Il se sentait attiré par elle comme il ne l'avait jamais été par une autre. Il voulait l'accueillir, l'aimer et la protéger. Mais c'étaient des sentiments qu'il ne pouvait pas se permettre de ressentir à son égard.

Pas encore.

Peut-être jamais.

Il les regarda partir, écartelé entre ce que son cœur et sa tête lui disaient.

# CHAPITRE 14

Croyaient-ils vraiment qu'il ne pouvait pas voir le rustre qui montait la garde ?

Rogan n'était pas stupide. Il se rendait compte que Lìli était faible. S'il pouvait accomplir la tâche que David lui avait confiée sans elle, il ne serait pas nécessaire de la laisser là, chez ces barbares. Il avait bien remarqué comment Aidan dún Scoti la regardait. Comme tous les autres, il la voulait dans son lit. Cela lui restait en travers de la gorge, d'autant plus qu'elle semblait se réjouir de l'attention qu'Aidan lui portait.

Cela le minait de se l'imaginer allongée sous cette brute épaisse, ronronnant de plaisir en attendant sa bite. Même si Rogan la croyait tout à fait incapable de satisfaire un homme. C'était une chienne froide. Chaque fois qu'il essayait de l'embrasser, elle reculait et son regard lui soulevait le cœur. La chienne se croyait mieux que lui. Elle, une femme maudite, se jugeait digne d'un meilleur homme que lui ! Quelle effronterie !

Mais Rogan avait son fils... C'était au moins une certaine assurance que Lìli allait achever la tâche qu'on lui avait confiée. Dans le pire des cas, il la laisserait ici comme prévu, mais il devait s'assurer qu'Aveline remplisse son rôle et qu'elle ne cesse de rappeler à Lìli les dangers que son fils encourrait si sa mission échouait.

Mais s'il pouvait lui épargner cette peine... le roi David l'en remercierait davantage, sans aucun doute, car même si David était beaucoup trop juste pour avouer son désir de les voir tous morts, il ne pleurerait guère leur perte. N'avait-il pas approuvé ce plan pour commencer ? Et il comprenait parfaitement où cela le mènerait, même s'il ne l'avait pas clairement dit. Le roi était désespéré. Il voulait rayer la tribu d'Aidan de la surface de la terre, car même s'ils ne se disaient pas Scots, les Highlanders étaient parmi les plus nobles des clans. Presque tous les rois depuis Aed avaient d'abord essayé en vain de les courtiser, puis avaient cherché à les tuer quand il était clair que les dún Scoti ne plieraient jamais les genoux.

Rogan réfléchit à ce fait en se levant. Il regarda la compétition des hordes barbares. Ils portaient des troncs d'arbres sur le dos, puis les lançaient comme des gamins pissant du haut d'une falaise.

Il regarda ses propres hommes, debout près du prêtre, tous plus délicats les uns que les autres. Il avait choisi ceux-là exprès, pour que le chef dún Scoti se sente à l'aise, car qui pourrait prendre un seul de ces bâtards pour une menace ? Ils le rendaient malade. Et le prêtre était le pire du lot. Il restait assis à se signer en permanence avec son chapelet, comme si seules les prières pouvaient le sauver de la colère du dún Scoti.

Non, ils avaient besoin de têtes bien faites, et non de muscles, pour vaincre les dún Scoti. À l'apogée de sa gloire, Padruig était venu ici avec une force qu'il considérait telle que les dún Scoti n'avaient aucune chance de lui survivre. Et pourtant, ils étaient toujours là. En fait, leur clan avait même prospéré, amenant Rogan à reconsidérer sa stratégie.

Son regard revint se poser sur Keane.

Le garçon se tenait parmi les concurrents sur le terrain, la poitrine bombée de fierté. Jusqu'à ce que Lìli ait un enfant, ce garçon était l'héritier d'Aidan. C'est peut-être sur lui qu'il devrait concentrer ses efforts ? Quand l'ancien chef des dún Scoti avait été tué avec la moitié de sa famille, Aidan avait survécu et les avait fait prospérer.

Si Lìli réussissait, peut-être qu'il ferait mieux de tuer Keane : une fois le jeune homme mort, il ne resterait plus personne, sinon des femmes, pour diriger ces montagnards. Et qui diable suivrait les ordres d'une fichue femme ?

Au loin, il aperçut le cortège de femmes se dirigeant vers la rive du *loch*. Son sexe s'agita, car il savait que Lìli en faisait partie.

Elle semblait avoir déjà commencé à opérer sa magie en soignant un gamin qui était à l'article de la mort. S'il y avait une quelconque sorcellerie en elle, c'était ce don de guérison qu'elle possédait. C'était peut-être aussi dû au hasard, car il semblait y avoir quelque chose de mystérieux dans cette maladie. Ils pourraient périr sans trop d'efforts… avec un simple petit coup de pouce.

Son regard revint à l'arrogant petit frère d'Aidan.

S'il ne pouvait pas tuer Aidan lui-même, il pourrait trouver un autre moyen d'affaiblir son clan...

Comme si la Mère de l'Hiver avait elle-même inspiré les brumes des Highlands, retenant l'approche de la froidure un jour de plus, le brouillard du matin se retira dans le ventre de la montagne, laissant un tapis de verdure sous un soleil de fin d'été. On entendait les rires derrière les sorbiers et une douce brise agitait les feuilles.

L'espoir se leva comme un second soleil, améliorant l'humeur de Lìli. Elle se laissa aller un instant à faire semblant d'être une jeune mariée pour la première fois, libre des péchés de son père et de son devoir envers la couronne. C'était facile avec ces gens joyeux.

Les femmes la conduisirent à un lieu secret le long du *loch*, entouré de hautes falaises. Là, elle découvrit une chute d'eau spectaculaire cascadant jusqu'à un petit bassin. Elle n'avait jamais rien vu de pareil. Elle resta immobile, bouche bée, émerveillée par ce spectacle, tandis que toutes les femmes du groupe se déshabillaient. Une à une, elles plongèrent nues dans l'eau cristalline, poussant des cris à cause du froid, pas assez découragées cependant pour rester au sec.

Lìli, horrifiée, se mit à rire. De toute sa vie, elle ne s'était jamais dévêtue en plein air et encore moins en présence de tant de nudité. De toutes formes et tailles, ces femmes semblaient totalement dépourvues de pudeur.

Aveline la regarda, atterrée. Elle s'éloigna du bord du bassin, comme si elle craignait d'être attirée dans les eaux cristallines. L'expression sur son visage fit encore plus pouffer Lìli de rire.

— J'irai si tu y vas, lança-t-elle à Aveline sur un air de défi.

La pauvre Aveline secoua la tête avec véhémence. Lìli avait d'ailleurs peine à croire qu'elle venait de lui faire cette suggestion. Elle hésita, soudain consciente de son teint pâle, alors que toutes ces femmes avaient la peau dorée. Ces gens jouissaient clairement de la vie et ne se souciaient pas de garder la peau blanche.

Du bassin, Glenna cria à leur intention :

— Eh ! Vous avez point une chose que nous n'avons point mesdames ! Venez donc vous laver !

— Aidan vous remerciera plus tard ! cria une autre, riant de façon grivoise.

Les femmes se mirent à glousser et Cailin envoya de l'eau à Lìli.

— Et si quelqu'un venait ? demanda Aveline, l'air inquiète.

Les femmes hurlèrent de rire en gambadant dans l'eau. Lìli leva les yeux vers le haut de la colline pour voir si l'un des hommes les regardait, mais elles étaient seules. Pourquoi se gêner ? En vérité, elles étaient toutes semblables. Et pourquoi devrait-elle être si modeste quand les autres ne l'étaient pas ? Elle ôta ses chaussures et les mit timidement de côté.

Aveline, qui avait dû lire ses pensées, parut horrifiée :

— Dieu va t'abandonner ! l'avertit-elle. Le Diable va venir te chercher !

— Ah, mais c'est juste de l'eau, rétorqua Lìli, pas encore tout à fait convaincue elle-même de vouloir plonger.

Mais tout le monde s'amusait tellement. Elle n'avait jamais entendu autant de rires et elle enviait ces femmes, si à l'aise les unes avec les autres.

— Viens ! ordonna Sorcha.

Lìli se surprit à sourire, même si elle ne pouvait toujours pas avancer. Elle rit en secouant la tête et en se mordant la lèvre. Elle était terriblement tentée, mais des années de modestie la tenaient clouée sur place. L'-herbe fraîche et humide était diablement agréable sous ses pieds.

Ignorant l'air frais, Glenna et une autre femme, que Lìli connaissait sous le nom de Birgit, sortirent de l'eau toutes nues en courant, les mamelons plissés et leurs poils dégoulinants. Elles se mirent à la déshabiller, sans lui laisser le choix, de peur qu'elle se mette en colère et refuse.

- Oh, mon Dieu ! s'écria Aveline, portant la main à sa bouche.

Lìli frissonna.

- Il fait bien plus chaud dans l'eau, lui promit Sorcha.

En moins de deux minutes, Lìli était en tenue d'Ève sous le soleil lumineux de l'après-midi. Elle eut une soudaine prise de conscience, mais à son grand désarroi, ses vêtements rejoignirent le *loch* avec Glenna et Birgit. À moins d'enfiler sa robe de mariée ou les vêtements d'une autre, il n'y avait pas d'échappatoire.

Gloussant nerveusement, elle se précipita en avant et plongea dans le bassin. Elle atterrit sur le ventre et hurla sous le coup du froid mordant. Tout autour d'elle, les femmes se mirent à rire. Lìli se joignit à elles quand elle remonta à la surface, crachant de l'eau glacée. Elle s'enfonça à nouveau jusqu'au cou et regarda Aveline, assise seule sur le rivage à grelotter.

Des rires bruyants parvinrent jusqu'au sommet de la colline.

Aidan sut instinctivement que les femmes faisaient des bêtises. Les autres hommes le savaient aussi. Ils abandonnèrent immédiatement leurs troncs d'arbres dans l'herbe et se dirigèrent vers le *loch*.

— Nenni ! s'écria Aidan en levant la main, ce qui les arrêta aussitôt.

Il ne voyait vraiment pas pourquoi il devrait se sentir concerné, mais il l'était. Il fronça les sourcils et leur barra le chemin, les invitant à retourner à leurs jeux.

— Vous allez point embêter les filles aujourd'hui !
leur signala-t-il.

La pensée que même un seul d'entre eux puisse voir
sa promise nue lui laissait un goût amer, quand bien
même bon nombre de leurs propres épouses étaient
aussi là-bas. Aidan n'accepterait jamais cela, peu importe s'il devait se mettre en colère. S'ils croyaient pouvoir poser les yeux sur sa femme avant lui, ils se
trompaient lourdement.

— Oh, Aidan ! gémit Keane.

Aidan transperça son frère du regard pour l'avertir.

— Meara est sûrement aussi avec elles ! se plaignit le
jeune homme.

Le vieux Fergus s'avança et lui donna une taloche
derrière la tête.

— Tu saurais pas quoi faire avec ma jouvencelle de
toute façon, petit morveux ! Ton *laird* te dit nenni, alors
c'est nenni !

Aidan était reconnaissant de l'intervention du vieux
guerrier, car il savait pertinemment qu'il n'avait aucune
raison plausible aux yeux de tous. Sa réaction était tout
simplement irrationnelle. Ils n'étaient pas modestes, et
par une belle journée ensoleillée, il leur arrivait de se
baigner tous ensemble dans le *loch*, hommes, femmes et
enfants. Il n'avait aucune raison de s'indigner.

— Retournez à vos troncs d'arbres ! leur
ordonna-t-il.

Le regard sombre, tous retournèrent à leurs jeux en
lançant des regards mécontents à Aidan tandis que les
rires des femmes continuaient de les narguer au loin.

Quant à lui, Aidan n'arrivait pas à ignorer leur
gaieté. Il était curieux et tenté au-delà de la raison. Cela
le surprit que sa promise soit arrivée à infiltrer son clan
en si peu de temps. C'était soit très bon signe, soit très
mauvais signe.

Tout au long de la journée, il garda l'œil sur leurs

*invités* scots. Ils étaient pour l'instant entassés ensemble à regarder la compétition avec ennui. Il se servit de cela comme excuse pour ne pas permettre aux hommes d'aller s'amuser avec les femmes, leur ordonnant de monter la garde à la place.

Lachlann était avec Duncan en ce moment. Grâce à Dieu, Turi et les autres étaient toujours postés sur la colline. Tant qu'il n'enverrait pas d'hommes pour les remplacer, il pouvait être sûr qu'eux, au moins, ne perdraient pas la tête à cause de l'*uisge* ou des femmes.

Mais Aidan était si distrait qu'il ne vit pas Keane leur fausser compagnie. Il ne s'aperçut pas non plus qu'un Scot manquait.

près ce bain rapide, Lìli se sentit rafraîchie par les eaux du *loch*, les cheveux propres, ondulés et libres. À bien des égards, les festivités de la journée lui faisaient penser à une fête de Beltane, car les autres femmes la bénissaient en l'habillant et chantaient dans la langue ancienne :

*Béni sois-tu,*
    *Toi, ton époux et tes nombreux enfants.*
    *Bénie soit toute ta maisonnée.*

Seul manquait un mât enrubanné. Elle aurait aussi bien pu en être un, entourée qu'elle était de bras et de mains s'agitant au rythme de la chanson :

*Contentée soit ton âme et fortifiés les tiens,*
    *Protégée sois-tu en vérité et en honneur,*
    *Béni soit ton pays et toute la vallée pour ton peuple.*

Elles chantaient sans réserve, tandis que leurs filles accrochaient des bouts de rubans à l'ourlet de la robe de Lìli. En ce jour, elle pourrait presque oublier comment elle était arrivée parmi ces gens, car ils semblaient aussi avoir oublié.

— Vous êtes très belle, lança Glenna.

Lìli reconnut la sincérité dans sa voix, cent fois plus douce que lors de leur première rencontre. Elle ressentit un pincement de regret pensant à ce qui allait arriver.

Sa robe, beaucoup moins somptueuse que celle en velours violet que David lui avait offerte, était usée et douce au toucher. D'après Cailin, cette robe aussi bleue que les œufs du merle d'Amérique avait été portée par les épouses des sept chefs, puis à chaque fois mise de côté pour la prochaine épouse du chef de Dubhtolargg. Lìli était très émue qu'ils lui aient permis de la porter. Même sa propre mère n'avait pas manifesté tant de joie quand elle avait épousé Stuart. En fait, ses parents l'avaient presque mise à la porte. Avec un sac pour sa dot, ils lui avaient souhaité bon vent. Contrairement à son père, sa mère n'avait pas été méchante, mais elle n'osait jamais contredire son mari. Et Padruig Caimbeul avait blâmé Lìli pour la disparition de sa bonne fortune dès qu'il avait entendu parler de la malédiction par la bouche d'un ménestrel errant. Quant à Lìli, le simple fait que son père y ait cru en avait fait une prophétie qui se réalisait, car si elle s'était donné pour mission d'étudier les anciennes coutumes, elle n'avait trouvé aucune preuve de l'existence des malédictions. De ses études, elle avait seulement glané une connaissance des herbes et était devenue une guérisseuse qualifiée.

Certes, elle incluait de temps en temps un rituel de la terre, juste au cas où. Cela ne pouvait pas faire de mal. Il y avait des choses qu'on ne pouvait pas expliquer. Comme la sensation qui l'avait envahie en arrivant dans cette vallée. Ou ce qu'elle ressentait maintenant après le bain dans le *loch*, comme une renaissance. Ou lorsqu'elle se sentait reliée à l'invisible à chaque fois qu'elle permettait à la foi d'intervenir dans ses guérisons. Ou même d'ailleurs l'intense *savoir* qu'elle percevait quand elle regardait le voile tomber des yeux des malades. En effet, elle savait souvent quand ils s'apprêtaient à quitter ce monde pour l'au-delà. Mais elle gardait tout cela pour elle. Nenni, elle n'était pas une sorcière, mais elle ne niait pas non plus la possibilité que la magie existe. La foi elle-même n'était-elle pas une forme de magie ? Et pourtant, accepter ce fait la remplissait aussi de tristesse, car comment admettre l'existence de la magie sans admettre qu'elle soit elle-même bel et bien maudite ? Stuart était *peut-être* vraiment mort à cause d'elle... Et Aidan mourrait *peut-être* également. Cela lui faciliterait la tâche, mais elle espérait que ce ne soit pas fondé. Et pourtant, cela n'avait pas de sens, car d'une manière ou d'une autre, elle serait responsable de la mort d'Aidan. Mais cela serait bien pire si sa trahison advenait après qu'il lui ait donné son amour.

*T'inquiète point de cela*, se rassura-t-elle. Aidan dún Scoti ne lui donnerait jamais son cœur de toute façon. Elle n'était qu'un pion dans un jeu politique, rien de plus. Un moyen de contrôler son père et David, même si Aidan dún Scoti était l'objet de la farce. Elle, elle ne valait rien. En fait, ils avaient déjà arrangé sa mort si Aidan venait à découvrir sa ruse. Ou la mort de son fils si elle échouait.

*Mais elle n'allait pas échouer.*

De la colline leur parvenait le son des hommes en train de jouer. Étonnamment cependant, pas un ne se pointa près du *loch*... Sauf le jeune Keane, qui les épiait du haut de la falaise.

C'est Meara, la cousine de Glenna, qui fut la première à le repérer. Peut-être parce qu'elle l'attendait. Les deux se faisaient les yeux doux. Tant qu'il n'y avait que lui, cela ne gênait pas les femmes. Elles ne firent pas attention au jeune homme et continuèrent de préparer Lìli pour la cérémonie. Chacune épingla des rubans à sa robe, un geste symbolique pour montrer qu'elles l'accueillaient en tant qu'épouse du chef. Mais chaque ruban décuplait son sentiment de culpabilité. Et quand elle songeait à se réjouir de leurs traditions, la vue d'Aveline, avec son air pincé, lui rappelait que rien de tout cela n'était vrai.

Aveline fronça les sourcils en observant Meara s'ébattre nue dans le bassin.

— Vous croyez point qu'ils vont être tentés ? se hasarda-t-elle à demander sur un ton désapprobateur.

Meara fut la dernière à sortir de l'eau, quand pratiquement toutes les autres étaient déjà rhabillées. Aveline, quant à elle, était la seule qui avait refusé de se baigner. Et ses cheveux gras pendaient, raides, le long de son visage, malgré la douce brise.

— Oh, nenni ! déclara Glenna. Quand on veut, on peut. S'inquiéter pour les jeunes fera point de différence. De toute façon, c'est à Meara de choisir. Si Keane lui donne un bébé, il fera ce qui est juste.

— Ces deux-là se content fleurette depuis qu'ils sont nés, ajouta Cailin en levant les yeux au ciel.

— Mais c'est juste un fillot, fit valoir Aveline. C'est point juste de permettre aux jeunes de faire ce qu'ils veulent.

— Keane ? protesta Glenna en secouant la tête. Nenni, Keane est plus un garsoncel. Aidan a commencé à diriger ce clan quand il avait un an de moins que lui.

Lìli réfléchit à cela. Aidan devait donc avoir le même âge que Sorcha quand son père était mort, ce qui voulait dire qu'il avait vingt-six ans au plus, puisqu'elle-même avait neuf ans quand Padruig avait dirigé sa campagne dans les Highlands, et onze quand elle avait appris sa propre malédiction. À vingt-deux ans, elle avait l'impression d'avoir déjà vécu deux vies.

Elle chercha Sorcha du regard. La jeune fille devait avoir treize ans, son père était donc mort l'année précédant sa naissance. Avait-elle été conçue avant la mort de l'homme ? Ou était-elle l'enfant d'un autre ? Elle ne ressemblait pas du tout à ses frères et sœurs.

Une terrible idée lui traversa l'esprit. Elle la rejeta et ses pensées revinrent à Aidan. Même s'il était jeune, il semblait beaucoup plus vieux que son âge. Elle se dit que c'était à cause de son regard noir et froid.

Elle était reconnaissante envers les femmes pour lui avoir fait oublier la soirée à venir. La pensée l'angoissait terriblement.

— Tout de même, insista Aveline, jouant avec une boucle de cheveux gras, la tentation doit être évitée, car la chair est faible !

Cailin haussa un sourcil et lui lança un regard malin.

— Peut-être que dans les Lowlands ou en Angleterre, les hommes et les jouvenceaux fourrent leur pendeloche là où ils devraient point, mais point ici. De toute façon, je vois point de ruban à votre poignet et vous vous plaigniez point beaucoup hier soir.

Tout le monde compris à quoi elle faisait allusion et Aveline se mit à rougir.

Lìli essaya de ne pas rire à l'énoncé de la franche opinion de Cailin, mais un petit sourire se dessina au coin de ses lèvres. Apparemment, tout le monde avait été témoin des ébats amoureux d'Aveline et de Rogan. Ah, si seulement Aveline acceptait de s'amuser ! Car elle aussi était beaucoup plus jeune qu'elle ne le paraissait. Seule son attitude vertueuse lui donnait l'air d'avoir cinquante ans ou plus. Même la mère de Lìli, si longtemps harcelée par son père, ne semblait pas aussi vieille.

Aveline se tut à partir de ce moment, se contentant de regarder d'un air réprobateur les femmes travailler. Une fois la robe de Lìli au point, Glenna la laissa pour aller retirer une couverture de la pile de vêtements qu'elle avait apportés. Elle la déplia et la secoua pour en enlever l'herbe. Lìli réalisa alors de quoi il s'agissait. Elle en eut le souffle coupé et son cœur se mit à battre plus vite.

C'était un nouvel *arisaid* pour remplacer son ancien, celui qu'Aidan affirmait avoir brûlé. Mais celui-ci portait les couleurs de son nouveau clan.

Elle se sentit aussitôt déroutée par ce présent. L'ambivalence l'envahit, car c'était à la fois le meilleur et le pire cadeau qu'elle ait jamais reçu.

Elle se rappela qu'elle jouait un rôle.

Elle ne méritait pas ce manteau, mais elle l'aimait quand même.

*Ne te laisse point aller à aimer ces gens, tu ne ferais que le regretter par la suite.*

Le geste lui alla néanmoins droit au cœur. Après avoir pris le nom de Stuart, elle avait commandé son propre plaid, embrassant sa nouvelle vie avec ce nouveau peuple. Ici, au contraire, cet *arisaid* était un généreux cadeau de ces gens qui l'accueillaient comme une des leurs, aussi improbable que cette possibilité ait pu jadis paraître.

Glenna sourit en voyant son expression.

— C'est pour vous remercier d'avoir sauvé mon fillot, expliqua-t-elle.

Submergée par l'émotion, Lìli secoua la tête, incrédule devant sa générosité tandis que Glenna lui montrait l'*arisaid*. Il lui avait sûrement fallu des mois pour réaliser ce dessin complexe. Elle tendit la main et le toucha avec révérence.

— J'ai rien fait, protesta Lìli d'une voix émue.

Et c'était vrai. Elle était certaine que le garçon se serait remis de lui-même.

— Oh, si fait ! insista Glenna. Je le faisais pour moi-même, mais maintenant il est à vous, révéla-t-elle avec un clin d'œil.

Et avant que Lìli ne puisse protester, elle le lui jeta sur les épaules. Les yeux de Lìli se remplirent de larmes.

— Maintenant, vous êtes véritelment notre dame de Dubhtolargg !

⸙

AIDAN SENTIT la tension grandir dans sa poitrine.

Les heures s'écoulant, la fête se rapprochait de la table en pierre qui leur servirait d'autel. Avant la fin de la nuit, Lìli serait dans ses bras.

*Son ennemie dans son lit.*

Il ne savait pas si c'était parce que les femmes de son clan semblaient l'accueillir si aisément, mais il osait penser à elle sans l'ombre des péchés de son père.

Même Lael semblait beaucoup moins en colère, et bien que sa sœur aînée ne s'empresserait pas d'accepter Lìli, elle s'occupait des préparatifs de la fête sans se plaindre. Elle supervisait le nombre de moutons à tuer pour le repas et s'assurait qu'ils aient assez d'*uisge* et d'hydromel.

Encore plus importante que la coopération de sa sœur, Aidan entendit une note d'espoir au milieu des murmures inquiets de son clan. Peut-être l'avaient-ils puisée chez leur chef : Aidan ne pouvait nier qu'un mince espoir grandissait en son cœur.

*Et s'il se trompait ?*

Et si une nouvelle fois, comme son père avant lui, il conduisait son peuple à un massacre ?

Keane avait l'âge d'Aidan quand ce dernier avait accepté de diriger son clan. Mais avec la maladie qui les tourmentait maintenant et l'immaturité de son frère, Aidan n'était pas très optimiste quant à leur survie si lui-même venait à mourir.

Mais cette fois, ils resteraient sur leurs gardes.

Et il n'y aurait pas de festin à l'intérieur. Ses hommes ne resteraient pas les bras croisés à vider leurs coupes d'*uisge*. Ils ne laisseraient pas ces bâtards se lever pour les égorger au son de la flûte et du luth. Et cette fois, leurs *invités* étaient beaucoup moins nombreux qu'eux, à moins que...

Il monta sur la pierre plate, là où il pouvait le mieux observer tout le vallon. Il regarda l'horizon, cherchant la trace de lueurs argentées le long des sommets. Ses frères scots ressemblaient beaucoup trop aux Anglais maintenant. Même si un vrai Highlander ne porterait ni casque ni haubert, on pouvait à peine faire la différence entre les habitants des Lowlands et les *reivers* d'un côté et ces fichus Anglais de l'autre. David lui-même était revêtu d'argent quand il chevauchait. Mais s'il espérait apaiser ces rébellions, il devait se défaire de ses manières anglaises.

Peu importe, car même si l'ennemi apparaissait au beau milieu de la nuit, avec seul le blanc des yeux visible, Aidan avait stationné ses hommes tout le long de la seule voie menant au bas de la vallée. Ils feraient sonner leurs cors dès qu'ils apercevraient quelqu'un approcher. Pour le bien de son peuple, il avait pris toutes les précautions pour réduire les risques.

Mais si cette union était sincère, si tout était comme David le prétendait, son mariage avec Lìli pourrait leur assurer une existence plus confortable, car il symboliserait le début d'une alliance et d'une trêve. Même si la lignée de Lìleas était éloignée de celle des Alpin, leur mariage devrait clairement indiquer qu'Aidan n'avait aucune prétention au trône de la Scotia. Son peuple souhaitait seulement qu'on les laisse tranquilles, pour pouvoir protéger la pierre jusqu'au moment où se lèverait un roi capable d'unir ces pays agités de troubles.

Quant à la malédiction, il n'en croyait pas un mot. S'il mourait à cause de Lìleas MacLaren, ce serait parce qu'elle lui plongerait un poignard entre les épaules dans son sommeil, rien de plus. Mais elle ne gagnerait pas facilement sa confiance.

*En même temps, il n'était pas fait de pierre.*

Tandis qu'approchait le coucher du soleil, l'attente le rendait nerveux.

*Mo chreach !* Il n'était plus un gosse pour avoir tellement le trac avant de coucher avec une belle jeune fille. Il ne pouvait nier cependant qu'il était bel et bien sur les nerfs. Il s'arma de courage, mais rien n'aurait pu le préparer au spectacle de sa promise apparaissant au sommet de la colline.

Un instant, la lueur argentée le fit se raidir. Mais il se rendit compte que le scintillement venait de la vallée.

Avec presque toutes les femmes du clan sur les talons, Lìli suivait la forme courbée d'Una clopinant le long du chemin. Elle avait les épaules recouvertes des couleurs d'Aidan, flottant dans la brise. Ses cheveux noirs, défaits dans le dos, brillaient dans les derniers rayons dorés du soleil. Elle portait sur la tête un diadème en argent, celui de sa mère, réalisa-t-il, même à cette distance.

Le spectacle lui coupa le souffle.

Comme les reines guerrières de jadis, elle s'avançait dans le crépuscule, les épaules droites et fières.

*Hélas, le champ de bataille était son propre cœur.*

Par les péchés de *Sluag* ! La rapidité avec laquelle elle avait gagné l'affection de son peuple témoignait de la ferveur de son clan en faveur de la paix.

*Que Dieu les sauve tous s'il se trompait !*

. . .

ELLE NE POUVAIT SE MÉPRENDRE : c'était bien la silhouette d'Aidan, debout sur la falaise.

Le soleil dans les yeux, Lìli ne pouvait pas distinguer clairement ses traits, mais à la façon dont il avait changé de position, les mains maintenant sur les hanches, elle savait qu'il l'avait aperçue.

Il ne ferait pas de quartier s'il découvrait sa tromperie, et ce soir son destin serait écrit dans la pierre.

Si elle n'était pas un tel imposteur et si son mari ne semblait pas la détester, elle aurait pu connaître une joie comme elle n'en avait jamais connue. Au contour de la colline, entourée par les femmes du clan, elle se sentit comme une véritable reine picte, aimée des siens. Le soleil descendit à l'horizon tandis qu'elles s'avançaient. Una lui avait dit que le mariage aurait lieu à l'heure séparant le jour et la nuit, l'heure bénie par ce monde et par l'au-delà. Les femmes qui ne les avaient pas accompagnées au *loch* ainsi que les enfants étaient tous rassemblés sur la colline. Ils retenaient leur souffle en attendant le passage du cortège.

Quand elles approchèrent de la table en pierre où se tenait Aidan, les hommes s'écartèrent pour les laisser passer. Ceux qui ne s'exécutèrent pas assez vite reçurent un coup de bâton d'Una dans les tibias. Ce bâton incrusté de joyaux semblait toujours assez long pour atteindre qui elle voulait. Il atterrissait avec un coup sec qui faisait reculer plus d'un homme dans la douleur.

Una était venue les chercher au *loch*, le visage entièrement peint en bleu et son bon œil barbouillé de noir pour aller avec le bandeau qu'elle portait sur l'œil gauche. Elle ressemblait à un démon avec cette tête et ses cheveux blancs bouclés, mais Lìli sentait qu'elle était de son côté, tout comme Sorcha et Glenna.

La plus jeune sœur d'Aidan marchait à côté d'elle. Cailin avait disparu dans la foule, probablement pas tout à fait prête à se tenir près de Lìli et à affronter sa sœur Lael, dont l'absence avait été dûment remarquée.

Au moment où Lìli s'approcha de l'endroit où se tenait Aidan, ses genoux fléchirent. Il se dressait devant elle, plus grand que nature, vêtu d'une exquise tunique bleue assortie à sa robe. Portant un *breacan* allant avec l'*arisaid* de Lìli et des bottes de cuir lacées sur ses jambes nues, il semblait armé pour rencontrer un ennemi et non sa promise. Heureusement qu'il avait renoncé à la peinture bleue aujourd'hui. Son regard toutefois, maintenant qu'elle était assez proche pour le voir, n'était pas tendre du tout, ni empreint de fierté. Il ressemblait à un dieu païen, et Lìli résista à l'envie de faire le signe de croix, même si elle n'était pas spécialement pieuse.

# CHAPITRE 16

« *D*ieux suprêmes qui créez et produisez la vie, nous demandons votre bénédiction en ce jour de rencontre ! »

Les femmes se dispersèrent toutes dans la foule quand Una entonna la prière. Avant que Lìli puisse les suivre, celle-ci l'attrapa par le poignet et la tira derrière elle de ses mains osseuses, avec force.

Escaladant la colline avec plus d'agilité que ses membres ne devraient le permettre, la vieille la conduisit en haut des marches en pierre, là où Aidan les attendait. En passant devant le prêtre, Una lui ordonna de la suivre de son doigt tordu. L'homme recula, craintif. Rogan le poussa dans la procession.

Prise au dépourvu par le regard perçant que Rogan lui lança, Lìli hésita un instant. Una se tourna vers elle et la fixa de son œil borgne.

— Dépêchez-vous ! les gronda-t-elle tous les deux.

Heureusement, elle ne se servit pas de son bâton cette fois. C'était une bonne chose, car Lìli commençait à le craindre. Jusqu'à présent, elle et Aidan semblaient être les seuls que la vieille femme ne paraissait pas encline à réprimander à tout bout de champ.

Le soleil se couchait maintenant et la vallée était

plongée dans une douce lumière dorée donnant à l'herbe une teinte similaire. La brise souleva le vêtement des épaules de Lìli, mais ses frissons étaient davantage dus à son anxiété.

Ils atteignirent l'estrade en pierre. Avant que Lìli n'ait le temps de se demander ce qu'elle devait faire, car cela ne ressemblait à aucune célébration de mariage à laquelle elle avait participé et était bien différent de sa première union, Una la plaça près d'Aidan et dirigea le prêtre à petits coups de bâton dans le dos jusqu'à ce qu'il arrive exactement là où elle le souhaitait. L'homme poussa un petit gémissement de surprise à chaque coup.

Un océan de visages fixèrent Lìli des yeux, leurs expressions allant du plaisir à la curiosité, en passant par la désapprobation. Et puis il y avait Rogan. Ses yeux bleus offraient un avertissement sans équivoque.

Lìli se détourna, reconnaissante au moins du simple fait qu'il quitterait bientôt Dubhtolargg. Si elle devait ensuite vendre son âme au diable, ce serait sans la rancœur de Rogan ni son regard noir et méchant. Et si Dieu était miséricordieux, une fois que l'homme serait de retour à Keppenach, il oublierait tout simplement que son fils était sous sa garde. Entre temps, Lìli trouverait le moyen d'accomplir son horrible tâche. Pour l'amour de son fils.

Une fois les quatre finalement à leur place, la foule fit silence. Le prêtre se racla la gorge pour parler.

Comme un aspic, sans avertissement, le bâton d'Una se dressa aussitôt et s'abattit sur le crâne de l'homme, malgré le fait que la femme était beaucoup plus petite que lui.

— Je vous dirai quand ce sera votre tour, le réprimanda-t-elle.

Se frottant le dessus de la tête, le prêtre fronça les sourcils et recula. Lìli s'efforça de garder son sérieux, de ne pas sourire même, de peur que le prochain coup de bâton ne soit pour elle.

Aidan ne l'avait toujours pas regardée. C'était tout aussi bien, car s'il le faisait maintenant, il la verrait trembler dans ses chaussons. Malgré son allure enjouée en grimpant la colline, son courage avait maintenant complètement disparu. Elle se sentait comme une enfant effrayée devant une foule d'inconnus. Elle n'osait même pas rechercher le regard de Glenna en guise de soutien, car tout cela n'était qu'un mensonge, et sa mère lui avait toujours dit qu'elle ne devait pas user de tromperie, même pour sauver sa peau. C'était la raison pour laquelle elle ne pourrait jamais gagner la faveur de son père, car elle ne pouvait pas faire semblant quand il lui faisait clairement comprendre qu'elle n'avait pas de valeur à ses yeux. Même avec Rogan, ses yeux et sa bouche l'avaient toujours trahie.

— Donnez-vous la main, leur ordonna Una.

Aidan se tourna finalement vers elle. Le cœur de Lìli s'emballa. Il la regarda droit dans les yeux, avec plus de douceur qu'elle ne s'y était attendue. Il prit sa main dans la sienne. Leurs poignets se touchaient et leurs pouls semblaient s'accorder.

Una saisit des rubans semblables à ceux que les femmes avaient épinglés à sa robe. Avec, elle fit une boucle autour de leurs poignets joints pour les unir.

— Lìleas et Aidan, venez-vous à cette union librement et sans contrainte ?

— Oui, déclara Aidan, sa voix retentissant comme le tonnerre sur la colline.

Lìli n'arrivait pas à parler.

Il haussa un sourcil, d'un air de défi.

— Et toi ?

Lìli fit oui de la tête.

Una la réprimanda :

— Eh ! ma fille, dis les mots, que tous puissent t'entendre !

En grimaçant, car elle s'attendait à moitié à recevoir un coup de bâton dans les tibias, Lìli obtempéra :

— Je.… Oui.

— Vous promettez-vous amour mutuel et respect ? poursuivit la vieille femme.

— Oui, répondirent-ils à l'unisson.

Le prêtre de David, en colère, se racla la gorge et chuchota :

— C'est un blasphème absolu ! C'est le devoir de la femme de respecter son époux ! C'est point là la tradition de la Sainte Église !

Sans même le regarder, Una leva son bâton qui lui atterrit cette fois sur le menton. Puis elle enroula un autre ruban autour de leurs poignets et poursuivit comme si de rien n'était :

— Voulez-vous vous aider toujours dans les épreuves et la maladie ?

Le prêtre gémit à côté d'elle.

Lìli essaya de se concentrer sur les mots d'Una.

— Je le veux, reprirent-ils une nouvelle fois à l'unisson.

Et la vieille femme ajouta un autre ruban à leurs poignets.

Lìli regarda vers son promis, se demandant à quoi il pensait. Son regard ne révélait rien.

— Vous promettez-vous de rester fidèles et de vous soutenir l'un l'autre ?

— Je le promets, déclara aussitôt Aidan.

Lìli hésita à nouveau. La gorge coincée, elle regarda le prêtre qui tâtait son menton meurtri. Il avait les yeux écarquillés de crainte, comprenant mieux que quiconque qu'elle était tenue de trahir non seulement Aidan, mais aussi son peuple. L'admettre maintenant conduirait à leur mort. Réalisant qu'elle serait damnée si elle prononçait ces mots, elle releva le menton et déclara :

— Je le promets.

Les yeux d'Aidan se mirent à briller. Un léger sourire se dessina sur ses lèvres. Il regarda son visage, ses yeux, et pas le ruban enroulé pour la troisième fois autour de leurs poignets.

— Quand vous mains s'affaibliront, promettez-vous de ne point vous tourner vers autrui ?

Lìli pensa à toutes les maîtresses de son père. On disait que même Stuart en avait quelques-unes, et elle se demandait si un homme pouvait être fidèle. Mais Aidan n'hésita pas à répondre.

— Nous le promettons, répondirent-ils ensemble.

Et pour la quatrième fois, on leur passa le ruban autour des poignets.

— Êtes-vous prêts à apporter paix et harmonie à ce clan ?

Lìli comprit que la question lui était directement adressée, et Aidan ne répondit pas. Elle déglutit, leva les yeux vers lui et acquiesça de la tête.

— Je le suis.

Il garda le silence, se contentant de la jauger de ses yeux verts sévères. La vieille enroula le ruban pour la cinquième fois. Lìli avait maintenant l'impression que c'était un nœud coulant lui resserrant la gorge, lui coupant le souffle.

La claymore d'Aidan renvoya les derniers rayons du soleil.

— Quand vous faiblirez, et un jour vous faiblirez, promettez-vous d'avoir le courage et la loyauté de vous rappeler ces promesses que vous vous êtes faites ?

— Je le promets, déclara Lìli en déglutissant avec difficulté.

— Oui, dit à son tour Aidan.

Le temps sembla s'arrêter tandis que le crépuscule

succombait aux ombres. Una se retourna vivement, le bâton pointé vers le prêtre. Les joyaux blanchâtres incrustés dans la canne émettaient une douce lueur, comme si le bâton avait absorbé et emprisonné la lumière du soleil.

— Vous avez quelque chose à ajouter ? demanda-t-elle à l'homme.

Le prêtre secoua catégoriquement la tête, les yeux fixés sur le bâton qu'elle brandissait. Una l'ignora aussitôt. Elle se tourna vers le couple et déclara d'une voix assez forte pour que tous entendent :

— Lìleas et Aidan, maintenant que vos mains sont liées, vous aussi êtes liés l'un à l'autre. Aidan, veux-tu donner le baiser de paix à ton épouse ?

Aidan tourna la tête vers Una. Elle lui fit un clin d'œil malicieux. Il parcourut aussitôt la foule du regard. Les gens semblaient s'interroger.

Lìli ne semblait pas moins dans l'expectative. Sa petite main tremblait dans la sienne. Le cœur d'Aidan se mit à accélérer à la pensée d'embrasser Lìli et ses paumes devinrent moites d'impatience. Les yeux violets de cette dernière s'obscurcirent et s'écarquillèrent. Elle semblait sur le point de s'enfuir, comme une biche effrayée. Pour s'assurer qu'elle ne le fasse pas, il l'attira à lui, tout en jetant à nouveau un œil aux regards ombrageux de certains. Puis il n'hésita plus. Il la prit dans ses bras et posa ses lèvres sur les siennes, réalisant qu'elles tremblaient encore plus que ses mains. L'idée lui vint de l'épargner, mais sa langue ne lui obéit pas. Avide de goûter à sa nouvelle épouse, il poussa sa langue entre ses lèvres frémissantes. Mais il les trouva scellées comme celles d'une vierge, lui interdisant l'entrée. Puisqu'elle n'était plus vierge, il en déduit qu'elle ne voulait pas de son baiser. Il redressa la tête pour l'étudier. Il ne vit que de la confusion, pas de répulsion. Alors il lui sourit et se retourna vers la foule, leurs bras levés pour que son peuple voie leurs mains liées ensemble.

Des cris enthousiastes retentirent. L'exubérance surprit Aidan lui-même, mais il en fut néanmoins touché.

— Voici mon épouse ! annonça-t-il, la voix remplie d'émotion. Respectez-la comme vous me respectez, ajouta-t-il, surprit par l'honnêteté de sa demande.

Son regard tomba immédiatement sur le frère de Stuart : ce message lui était surtout adressé. Quels que soient leurs sentiments à l'égard de Lìli, les membres de son clan ne lui manqueraient jamais de respect, il le savait. Mais si cet homme reposait une seule fois la main sur son épouse, peu importe la raison, il l'embrocherait. Et une fois les célébrations terminées, il avait l'intention de faire escorter ces fichus Scots hors de sa vallée.

Pour aujourd'hui, ils étaient cordialement invités à faire la fête.

Demain, son hospitalité prendrait fin.

# CHAPITRE 17

*L'uisge* coulait à flots. Des bandes de garçons, rongeant des cuisses d'agneau, couraient après les filles qui rigolaient. Elles remuaient le derrière, sans vraiment savoir ce que cela signifiait. Lìli prenait garde de ne pas les imiter, consciente que ses charmes trouveraient preneur suffisamment tôt.

Le feu brûlait ardemment, envoyant des volutes de fumée dans le ciel nocturne, accompagnées de reflets incandescents. L'ambiance, contrairement à la veille, était à la fête. Pourtant, l'assemblée fit silence dès qu'Una apparut. Elle tendit à Lìli et à Aidan deux chopes en bois remplies d'*uisge*. Puis, levant sa propre coupe, elle porta un toast d'une voix ancienne et robuste comme les Highlands.

*Sois la Fille, la Mère et l'Aïeule,*
*Sois la Déesse cornue et l'Esprit sauvage de la forêt !*

Una vida ensuite le contenu de sa coupe d'un seul trait. Aidan leva sa chope de la même manière, mais il attendit que Lìli porte la sienne à ses lèvres.

Le parfum de l'*uisge* lui brûla les narines, mais elle avala le contenu pour le bien de la Scotia et à la santé de son fils. Elle s'étrangla et se mit à tousser, car elle n'avait jamais bu de boisson si forte. Ils ne faisaient pas de breuvage si terrible à Keppenach. C'était comme du feu liquide. Avant même qu'elle se soit arrêtée de tousser, la chaleur lui envahissait déjà la poitrine.

Une acclamation retentit dans la foule. Aidan poussa un grognement de satisfaction et vida sa coupe.

Celle de Lìli sembla ensuite se remplir de façon mystérieuse. Una l'encourageait à tout boire, lui disant qu'elle en aurait « besoin ». Lìli se dit qu'Una avait peut-être oublié que Lìli n'en était pas à son premier mariage. Elle envisagea de la rassurer, mais un moment plus tard, Una revint avec un plateau contenant quelque chose qui ressemblait à deux joubarbes pulpeuses, couvertes d'une poudre brunâtre. Elle se demanda si par hasard c'était ce que la vieille femme avait en tête quand elle l'avait poussée à boire.

Aidan gémit à la vue du plateau. Sa sœur Sorcha applaudit avec joie, imitée par quelques autres personnes dès qu'elles aperçurent la nourriture. Lìli eut le sentiment que tout le monde sauf elle savait précisément ce que c'était. Ça semblait en effet dégoûtant ! Est-ce que c'était une blague ? Avaient-ils l'intention de l'empoisonner dès maintenant et de renvoyer son corps à David en guise de message ?

— Joie de la terre ! expliqua Una en voyant le regard perplexe de Lìli.

Les yeux de la vieille scintillaient d'un air entendu.

— Et tu *dois* en prendre un. Mange-le en entier et tu auras jamais besoin d'un feu pour te tenir chaud la nuit ! ajouta-t-elle en ricanant et en se tapant sur la cuisse, tout en présentant le plateau à Lìli d'une main pour qu'elle choisisse en premier.

Comprenant la plaisanterie grivoise, Lìli se tourna vers Aidan. L'expression de ses yeux verts la mit au défi. Elle tendit la main pour saisir le plus petit des deux morceaux avant qu'il puisse le prendre, espérant ne pas avoir à s'étouffer sur le plus gros. Ah, Dieu merci pour l'*uisge* ! se dit-elle, en jetant un œil à sa coupe pour être sûre d'avoir assez de boisson pour l'aider à avaler l'infecte joubarbe.

— T'as épousé une femme vigoureuse ! plaisanta quelqu'un dans la foule tandis qu'Una tendait maintenant le plateau à Aidan.

Des rires grivois se firent encore entendre et Lìli se mit à rougir quand Aidan accepta le mets *délicat* avec un sourire narquois, la regardant par-dessus la *friandise*. Puis il l'observa pour voir ce qu'elle allait faire avec la sienne.

Lìli tint la joubarbe répugnante entre eux, réconfortée à l'idée que s'ils avaient voulu l'empoisonner, ils ne se seraient probablement pas donné tant de peine à l'habiller avant la cérémonie. Pourtant, en y regardant de plus près, elle fut horrifiée de voir quelque chose bouger sur la joubarbe.

— Au bonheur conjugal ! lança Aidan avec défi, et le sourire qui s'étira lentement sur ses lèvres lui donna un air plutôt enfantin.

La vue de son sourire, destiné à elle seule, coupa le souffle de Lìli. Retenant sa respiration, elle leva la joubarbe et se dit que pour sûr elle sentait quelque chose se tortiller contre son pouce. Elle essaya de ne pas grimacer.

— Et cette chose va nous donner le bonheur conjugal ?

Le sourire d'Aidan s'élargit, révélant ses dents d'un blanc éclatant.

— Si tu oses ?

Trahie par son cœur et son corps de femme, un petit frisson lui parcourut le dos. Que Dieu lui pardonne, elle ne pouvait pas prétendre ne pas attendre son toucher. Elle n'avait jamais connu d'homme plus beau.

*Comment cela serait-il de coucher avec lui ?* Sans réfléchir, elle baissa les yeux vers la ceinture d'Aidan et frissonna. Puis elle releva les yeux et le vit la regarder. Il attendait, le sourire aux lèvres.

Elle regarda l'infâme joubarbe et rassembla son courage. Morbleu, s'il avait besoin d'une preuve de sa volonté de l'épouser, il ne pouvait y en avoir de meilleure. Prenant une profonde inspiration, elle avala la joubarbe tout rond puis vida sa coupe juste après, n'osant pas s'attarder sur le goût ou la texture. C'était mariné et quelque chose se tortilla bel et bien sous sa langue !

Aidan avala aussi sa joubarbe et une autre acclamation retentit à travers la foule.

Quand ils eurent fini, Una sourit et s'éloigna avec son bâton et son plateau vide, hochant la tête en signe d'approbation.

Lìli se sentait grisée. Elle était aussi réchauffée, malgré l'air froid de la nuit. Mais elle ne pouvait plus se sortir de la tête la nuit qu'elle allait passer avec Aidan. La pensée de s'allonger dans son lit la remplit d'une chaleur émoustillante qui dépassait les effets de l'*uisge* : si celle-ci lui réchauffait la poitrine, la pensée d'être allongée sous son corps de guerrier attisait des régions plus intimes. Même en se disant que cela faisait partie du rôle qu'elle devait jouer, elle ne pouvait plus maintenant se résoudre à penser à autre chose qu'au moment où il la ferait sienne.

À sa grande surprise, au lieu de rejoindre ses hommes pour partager des plaisanteries grivoises, Aidan resta à ses côtés et la présenta aux membres de son clan qu'elle n'avait pas encore rencontrés. Elle leur parla poliment et avec un sentiment de confiance qu'elle avait rarement connu.

Le fils de Glenna vint enveloppé dans un plaid

chaud, sur les épaules de Lachlann, tandis que sa mère accompagnait le guerrier musclé.

— Lachlann dit que les fées ont laissé le fromage de la vieille Morag rien que pour moi, se vanta le jeune garçon. Pour me redonner de la force, et regardez ! ajouta-t-il en montrant ses muscles.

Il avait l'air féroce, mais le visage toujours pâle et avec un peu de sueur sur la lèvre supérieure, malgré l'air frais de la nuit.

Lìli était sûre que Glenna avait deviné ses pensées.

— Nous l'avons emmené juste pour qu'il paie ses respects à sa nouvelle dame, dit-elle avec le sourire et en faisant une révérence.

Son geste ressemblait plus à un jeu entre amies, qu'elles étaient vite en train de devenir, qu'à une manifestation formelle d'obéissance.

Lìli ne pouvait pas se permettre de se sentir coupable. Pour sauver son propre fils, elle n'avait pas le choix.

Elle sourit à l'enfant et lui toucha instinctivement le front. Il était froid.

— Tu es véritelment brave. Une nuit de repos de plus et tu seras encore plus fort.

Le garçon acquiesça de la tête en lui souriant.

— C'est aussi ce que ma maman a dit, mais Lachlann dit que ça lui fait rien de me porter, même si je suis grand pour huit ans !

Glenna posa la main sur le bras du guerrier, un geste tendre de remerciement que l'homme ne manqua pas de remarquer. Malgré sa taille, il regarda la mère de l'enfant avec douceur, puis se tourna vers Lìli et lui fit un clin d'œil :

— Je suis content de ne plus avoir le chef pour concurrent auprès des filles.

Consciente de la façon dont son nouveau mari observait chacun de ses mouvements, Lìli l'écouta et rit nerveusement.

Aidan se pencha soudain pour lui murmurer quelque chose à l'oreille, tandis que Glenna, Lachlann et son fils s'éloignaient.

— Les miens ont grande envie que tu sois vraie, dit-il. Prends garde à point les tromper.

C'était un rappel furtif que même si tout cela semblait réel, ce n'était pas une véritable alliance et son mari ne lui faisait pas confiance.

— Je souhaite seulement la paix, insista Lìli.

Et c'était vrai. Elle souhaitait de tout son cœur que la paix soit établie.

*Mais il ne pouvait en être ainsi.* Elle ne le savait que trop bien.

À son regard, Aidan eut l'impression qu'elle était sincère. Il voulait désespérément la croire.

Même si c'était son mariage, il savait qu'il avait beaucoup à faire au lieu de rester là à reluquer son épouse. Mais il se trouvait comme envoûté par sa vue, par les mouvements doux et subtils de son front, de sa bouche, par la courbe de ses lèvres… Quand elle souriait, il aimait sa façon timide de tourner la tête, comme une douce enfant.

*Mais ce n'était plus une enfant.*

Avec l'avantage de sa hauteur, la vue qu'il avait de ses jolis seins était un délice intolérable. Surtout pour un homme qui n'avait pas couché avec une femme depuis bien trop longtemps. Son décolleté n'était pas aussi révélateur que celui de la robe qu'elle portait à son arrivée, mais il le narguait quand même. Chacun de ses mouvements, chacun de ses mots, semblait n'avoir pour but que de saper sa détermination à lui résister, et cette vérité lui pesait sur l'estomac.

À moins que ce soit tout simplement la joubarbe marinée d'Una, un plat infâme !

Par les dieux de ses ancêtres, c'était son devoir de rester fort et vigilant ! Mais pour l'instant, Aidan n'avait aucune idée de l'endroit où se trouvaient Rogan, leur poule mouillée de prêtre et ceux qui les avaient escortés. Il n'avait pas vu Lael de toute la soirée non plus, mais il était sûr qu'elle était dans les parages. Il n'avait d'yeux que pour son épouse. Pour ce qu'il en savait, Cailin et Keane se préparaient peut-être à faire exploser les tonneaux une fois de plus. Mais il ne pouvait se résoudre à s'occuper de cela.

Lìli était venue à lui, pas dans sa somptueuse robe *anglaise*, mais dans la simple robe en laine que sa mère avait portée quand elle avait épousé son père. Le manteau des MacLaren avait disparu, et à sa place elle portait un arisaid tissé uniquement de ses couleurs. Un cadeau de Glenna, sans doute, qui ne servait qu'à illustrer combien le cœur de cette dernière était tourné vers cette jeune femme.

Sa femme était bien une sorcière. Elle l'envoûtait même en se tenant silencieusement à ses côtés. Elle avait des taches de rousseur comme Sorcha, quoique moins visibles, comme si elles s'étaient estompées avec l'âge. Une odeur fugitive de roses lui parvint aux narines ; il désirait vivement enfouir son nez dans ses cheveux brillants pour voir si elle venait d'eux.

— Je sais que David a bien joué, lui dit-il. Véritelment, je crois point en la sorcellerie, Lìli, mais ta beauté en est point moins une malédiction pour autant.

Lìli regarda son mari avec surprise.

Le ton de sa voix n'était pas déplacé, mais ses paroles semblaient destinées à l'être. Et à en juger par son regard, elle se dit qu'il avait peut-être été un peu surpris par ses propres mots. Il avait simplement dit ce qu'il pensait, car son ton et son expression semblaient maintenant plus plaintifs qu'autre chose.

Était-ce peut-être sa façon indirecte de la complimenter ?

À la pensée qu'il puisse en fait la désirer, un petit frisson de crainte et d'excitation lui parcourut le dos. Peu importe si elle s'était persuadée qu'elle redoutait leur première nuit ensemble. Son agitation intérieure prouvait combien elle se mentait à elle-même. Vu comme il l'avait renvoyée hier et à en juger par ses paroles empreintes de colère ce matin, elle l'avait imaginé complètement à l'abri de tout ce que d'autres hommes semblaient trouver attrayant en elle. Elle ne s'était même pas sentie aussi grisée par les attentions de Stuart.

Le son du roseau s'éleva quelque part dans la nuit, obsédant et mélodieux. Les sens de Lìli étaient à la fois affaiblis et exacerbés. Sans aucun doute à cause de l'*uisge*, ou peut-être de la joubarbe marinée, car si Lìli semblait seulement s'amuser avec la magie, elle sentait que la vieille femme détenait d'anciens secrets dans ses yeux anormalement verts.

Pourquoi fut-elle poussée à répondre comme elle le fit, Lìli n'en avait aucune idée, mais elle osa badiner avec son mari.

— Et moi qui croyais que vous étiez courageux d'épouser une fille maudite ! Vous me dites maintenant, mon époux, que vous croyez point aux histoires de votre propre épouse ? lui lança-t-elle en haussant un sourcil.

Les flammes se reflétaient dans ses yeux maintenant plus dorés que verts. Comme ceux d'un loup. Un léger sourire sauvage se dessina sur ses lèvres.

— La seule histoire que *mon* épouse devrait dire est la vérité. Si c'est point le cas, elle sera véritelment maudite, répondit-il sans beaucoup de chaleur.

Lìli détourna la tête.

Les compliments avaient vite laissé place aux menaces. Et pourtant, elle se sentait un peu moins nerveuse de savoir qu'elle ne le laissait pas indifférent. La raison de sa présence ici devenait d'autant plus embrouillée, car même si elle se répétait qu'elle jouait seulement son rôle, rien dans sa vie ne lui avait jamais paru aussi réel. Du désir qu'elle percevait dans ses yeux tachetés d'or au danger qu'elle avait pressenti derrière cet aimable avertissement. Quelque chose la poussait à l'avertir aussi, car que lui arriverait-il si la malédiction était vraie ? Et s'il en venait à l'aimer ? Devrait-elle enterrer un autre mari ? Mais elle allait l'enterrer de toute façon. Elle pourrait au moins jeter le blâme sur quelqu'un d'autre.

— C'est point moi qui ai prétendue être maudite, lui rappela-t-elle, le regardant dans les yeux. Mais j'ai bien mis un époux en terre.

— C'est un avertissement, *mo chridhe* ?

Aidan observait son expression, essayant de lire dans ses pensées.

Ses jolis seins s'élevèrent quand elle reprit son souffle. Reconnaissant le petit mot affectueux, elle cligna des yeux. *Mon cœur.* Oui, elle semblait bien se faufiler dans le sien, même s'il montait attentivement la garde.

Hormis leurs associations, ils étaient semblables, se dit-il. Ils partageaient un même passé, ils venaient tous deux de la même fière nation. Leurs parents avaient suivi des voies différentes, voilà tout. Habillée comme elle l'était maintenant, les cheveux ornés d'un diadème en argent, décoré de son propre emblème de loup, plus rien ne rappelait à Aidan les liens rattachant Lìli à la Scotia, et encore moins à l'Angleterre. Quelle part de son hérédité avait maintenant disparu, se demanda-t-il, supplantée par les coutumes anglaises ? Car qu'était la Scotia aujourd'hui, sinon une extension de l'Angleterre ?

Restait-il quelque chose en Lìli de son patrimoine picte ? Elle pouvait être entièrement gaélique, mais revêtue des couleurs de son clan, ses cheveux noirs ondoyant dans l'air nocturne et la lueur du feu se reflétant sur son visage, elle ressemblait plus à une reine picte.

— Nenni, reprit-elle enfin dans un murmure. Point un avertissement.

Parbleu, il ne se souvenait même pas avoir parlé, tellement sa beauté l'ensorcelait. Elle le défiait profondément de ses yeux violets, nourrissant inconsciemment sa faim charnelle. Le désir de posséder sa femme, corps et âme, se fit plus tangible. Le besoin de l'entendre chuchoter son nom était indéniable. Une seule chose était certaine : il la désirait avec une faim qu'il doutait pouvoir jamais assouvir.

Tous les bruits disparurent l'espace d'un souffle et le monde sembla s'arrêter. La brise elle-même tomba, comme si les dieux retenaient leur respiration pour voir ce qu'il allait faire. Mais Lìli le fixait toujours du regard.

— Prends garde, *sùilean gorm*, si tu continues à me regarder ainsi, je vais y voir une invitation.

Il l'avait appelée *Yeux bleus*.

Lìli cligna des yeux, incapable de détourner le regard.

Son cœur s'accéléra. Sa paume était collante contre la coupe qu'elle tenait toujours à la main. Soudain, comme alimenté par la passion qui brûlait entre eux, le feu s'éleva à côté d'eux, plus chaud et dansant sauvagement. Des cendres dorées tombèrent en pluie du ciel nocturne.

— Finis ta boisson, lui dit-il doucement, regardant sa chope en bois.

Il avala le reste de la sienne et lança à la foule :

— *Slàinte mhòr agad ! Santé à tous !*

Puis il jeta sa coupe dans les flammes crépitantes et la regarda dans les yeux.

Lìli frémit, mais soutint son regard.

Elle ne pouvait en aucune façon éviter ce qu'elle sentait venir. Mais quoi qu'il arrive, elle se promit d'agir à sa guise. Frissonnant sous l'intensité de son regard, elle obtempéra et finit sa coupe avant de la jeter dans le feu.

Soudain, sans avertissement, Aidan la souleva dans ses bras et la montra à tous en s'écriant :

— *Oidhche math !*

Juste sa façon de les quitter en leur souhaitant une bonne nuit.

# CHAPITRE 18

*L*a nuit s'assombrit tandis qu'ils s'éloignaient du feu.

Le bruit des réjouissances s'estompa derrière eux et Lìli sentit le sang battre dans ses tempes. À chaque pas de son mari, elle se voyait plus proche du noir péché qui condamnerait son âme aux supplices de l'enfer.

*Ah, pense point à cela pour l'instant.*

Aidan l'emmenait à toute allure sur la jetée vers le *crannóg*, sans dire un mot. Dans le noir, elle entendait le crépitement des torches de poix. La lumière des flammes n'était pas comparable aux étoiles brillant dans le ciel clair. Sans les torches cependant, l'édifice aurait été plongé dans l'obscurité sans fond du *loch*.

En silence, le pied sûr, Aidan la porta à l'intérieur de la salle. Il traversa la pièce faiblement éclairée, puis se dirigea vers la chambre du *laird*, là où elle avait dormi la nuit précédente. Une fois arrivé, il la remit sur ses pieds.

La tête lui tournait et elle avait froid. Ses doigts glacés tremblaient.

En prévision peut-être, la cheminée avait été allumée et le feu étincelait d'un éclat fauve sans pour autant chauffer la pièce. Les feux non surveillés n'étaient pas prudents dans cette forteresse en bois, et celui-ci était réduit à une lueur.

Ce soir, il avait fermé les volets, comme s'il voulait garder secrètement pour eux seuls tout ce qui allait se passer là. À cette pensée, Lìli frissonna d'anxiété : elle était sur le point de découvrir si son mari était un sauvage ou un doux. Elle n'arrivait pas à interpréter les promesses sombres de ses yeux.

Il referma doucement la porte et s'avança vers la cheminée. Il attisa les flammes. Un long silence flotta dans la chambre, seul le bois vert osant interrompre la quiétude de ses bruits secs. Lìli avait un peu le vertige, probablement les effets de l'*uisge*, mais elle était contente d'avoir bu ce breuvage enivrant : il lui donnait un courage qu'elle n'aurait sans doute pas eu autrement. Elle avait beau se répéter qu'elle n'avait pas peur, ses frissons la trahissaient.

Aidan ôta son manteau et accrocha sa claymore au mur. Manifestement, il ne dormait pas avec. Avec une calme précision, il déposa également son poignard. Il enleva ensuite son *breacan* et sa tunique, les jetant par terre loin de la cheminée, en raison de possibles étincelles. Puis il s'attarda près du feu pour attiser les braises, complètement nu hormis ses bottes.

Sa silhouette se profilant contre la lueur du feu, il lui tournait le dos, sans honte. Il avait de larges épaules musclées et les flammes se reflétaient sur sa peau basanée. Lìli l'avait certes déjà vu les épaules nues, mais sans la peinture bleue et dans la douce lumière, le spectacle était beaucoup plus intime. Une longue cicatrice lui traversait l'épaule gauche et une autre était visible sur le côté, plus bas. Ses fesses étaient fortes et minces, leurs muscles se fléchissant tandis qu'il remuait le tisonnier.

Lìli tremblait doucement. Elle se dit que c'était à

cause du froid, et pourtant la vue la réchauffait. Et puis il se retourna soudain vers elle. Elle sursauta et écarquilla automatiquement les yeux : il était plus *gros* que ce à quoi elle s'attendait, même s'il n'était pas encore complètement excité. Lìli déglutit convulsivement.

— Maintenant, ma petite colombe, nous allons voir si tu es vraiment prête à venir à moi.

Lìli s'efforça d'arrêter de trembler.

— Pou... pourquoi doutez-vous de moi ? J'ai prononcé les mêmes vœux que vous.

Il poussa un petit rire, sans vraiment de gaieté.

— Pourquoi en effet.

Ce n'était pas une question.

Il se dirigea tranquillement vers le lit. Lìli resta exactement là où il l'avait déposée, près de la porte. Il s'assit pour délacer rapidement ses bottes. Pendant ce temps, Lìli le regardait faire, en frissonnant, les yeux écarquillés. Elle cligna des yeux. Il ôta une botte. Un bruit sourd retentit quand il la jeta à terre. Il se mit à délacer l'autre, tout en observant Lìleas.

— De toutes mes années, j'ai jamais pris une femme contre son gré, Lìli. Je vais point commencer maintenant.

Vertueuse qu'elle était, elle tremblait comme une vierge et il essayait de la mettre à l'aise.

— Dis-moi en vérité... tu as véritelment connu des épousailles et porté un enfant ?

Puisqu'elle était arrivée sans son fils, il n'en avait aucune preuve, sinon la parole d'hommes auxquels Aidan ne faisait pas confiance. Son apparence semblait nier le fait, car même enveloppée dans son nouvel *arisaid*, il pouvait deviner son corps svelte en dessous.

Elle leva son menton et resserra l'*arisaid* autour de ses épaules.

— Si... si fait.

Aidan fronça les sourcils. Son geste signifiait qu'elle

avait peur de lui, même s'il ne lui avait pas encore donné de véritable raison de le craindre, ou qu'elle ne voulait pas coucher avec lui.

Les deux possibilités lui déplaisaient pareillement.

Elle était son épouse maintenant, mais Aidan ne violenterait jamais une femme, sous aucun prétexte. Pas pour la paix entre les nations. Certainement pas pour une alliance avec David. Et pas même pour se prouver à lui-même qu'il était indifférent à la supplication qu'il devinait dans ses yeux violets.

— Je vais te poser cette question une dernière fois... Est-ce..., et il désigna le lit de la main pour être sûr qu'elle le comprenne, ...véritelment ta volonté, *mo chridhe* ?

Ses yeux s'obscurcirent dans les ombres de la chambre. Sa voix tremblait, mais elle lui répondit aussitôt.

— Je l'ai répété moult fois, si fait.

Et pourtant, elle resserra plus étroitement l'*arisaid* sur sa poitrine, les doigts blancs dans l'effort de garder le vêtement en laine fermé.

— Alors prouve-le, l'exhorta-t-il.

Elle sembla surprise par le défi. Aidan resta assis, attendant sa réponse, déterminé à la laisser lui montrer.

— Que... que voulez-vous que je fasse ? dit-elle.

Elle déglutit avec difficulté.

Comme une marionnette, le sexe d'Aidan s'agita.

— Pour commencer, tu pourrais dire mon nom... au moins une fois. Pour que je cesse de penser que c'est un arrangement.

— Je vois point pou... pourquoi l'un devrait exclure l'autre, rétorqua-t-elle.

Malgré le courage de ses paroles, elle balbutia. Un léger sourire aux lèvres, il l'admira.

Il réfléchit un long moment à sa réponse, puis hocha la tête, reconnaissant que c'était vrai. Il devait lui donner du lest : il ne pouvait pas s'attendre à ce qu'elle lui déclare son affection si peu de temps après avoir fait sa connaissance. Jusqu'à présent, peu de tendresse était passée entre eux, mais il allait vite remédier à cela. Il laissa pour l'instant de côté son propre souhait d'endurcir son cœur contre son épouse scot.

Elle semblait avoir très peur. Pourtant, elle le défiait du regard et de sa fière posture. Il sentit quelque chose en elle qui l'excita et son cœur se mit à battre plus vite. Elle n'allait pas se laisser facilement gagner, mais la dose de patience nécessaire allait en valoir la peine.

On lui avait dit qu'il était un tendre. Si c'était vrai, c'était parce qu'une passion non partagée ne l'excitait pas. Ils pouvaient bien se faire la guerre en dehors de sa chambre, il n'allait pas la poursuivre dans son lit.

— J'aimerais te voir, lui dit-il. Lâche ton bouclier, ma guerrière.

Lìli, perplexe, cligna des yeux.

— Mon bouclier ?

Il sourit tristement.

— Ton *arisaid*. Si tu viens dans mon lit de plein gré, je voudrais te voir venir à moi dans ta glorieuse beauté.

La tête lui tourna. En vérité, son attitude semblait avoir complètement changé une fois qu'il avait refermé la porte sur eux. Attirée par la chaleur du feu, elle s'avança vers la cheminée, inconsciente que par la même occasion, elle lui offrirait une meilleure vue d'elle-même.

Mais quelque chose dans son regard la contraignait.

La faim qu'elle aperçut dans ses yeux l'enhardit. Sans savoir si c'était à cause de l'*uisge* ou d'autre chose, car elle n'avait jamais été aussi osée, même en présence de Stuart, elle défit soudain son *arisaid*, le souffle court. La lueur de reconnaissance brillant dans les yeux d'Aidan la persuada, plus facilement que la chaleur du feu dans son dos, de laisser tomber son manteau. Il tomba à terre avec un bruit étouffé. Respirant avec difficulté, elle resta immobile sous ses yeux.

Mais il attendait toujours, ne bougeant pas du lit où il était assis, refusant apparemment de franchir la distance qui les séparait. Elle aurait pu penser qu'il était mécontent, si ce n'était pour le désir brillant dans ses yeux. Séduite par ce regard, elle se baissa, saisit l'ourlet de sa robe et la retira par la tête. La douce laine rejoignit son manteau à ses pieds. Elle se tint là, l'air frais lui caressant la peau et lui picotant les mamelons. Le feu lui réchauffait le derrière.

C'étaient les plus longues secondes de sa vie.

Aidan retint son souffle à la vue de ce qu'elle lui avait révélé.

Le souffle court, ses yeux avides parcouraient son corps.

La lueur du feu dessinait le contour de ses membres et peignait ses hanches d'une lumière fauve. Même s'il ne voyait plus clairement ses yeux à cause du feu qui l'aveuglait, son regard fut aussitôt attiré par le point culminant entre ses cuisses, là où les flammes dansaient entre ses jambes. L'eau lui vint à la bouche quand il s'imagina y mettre la langue et de nouveau son sexe s'agita et se raidit contre sa cuisse.

— Tu es très belle, dit-il enfin, de peur qu'elle ne se méprenne sur sa réticence à aller vers elle.

Il devait s'assurer qu'elle l'acceptait de plein gré.

— Vous aussi, déclara-t-elle, à la surprise d'Aidan.

Il poussa un petit rire, excessivement heureux de son avis, même s'il n'avait jamais jusqu'alors pensé à sa propre allure. Les mamelons de Lìli se tendirent sous ses yeux. Des points de lumière se mirent à danser devant ses yeux. Pas même l'*uisge* n'aurait pu l'empêcher de se durcir complètement à la vue de son sourire hésitant. Son sexe se redressa comme celui d'un jeune imberbe, prêt à bondir.

Mais Aidan ne bougea toujours pas.

Il attendait.

Elle avait toujours le diadème d'argent sur la tête et ressemblait à une princesse, avec ses cheveux châtains ondulés brillant à la lueur du feu.

— Que dois-je faire pour prouver ma sincérité ? demanda-t-elle doucement.

Aidan ne put résister. Il prit son sexe dans sa main, mourant d'envie que Lìli le touche, mais ne se caressa qu'une fois et frissonna, le tenant fermement tout en jouissant de la vue de sa belle épouse nue près du feu.

— Viens vers moi, Lìli, lui répondit-il, frissonnant d'une ardeur à peine contenue.

Le cœur de Lìli battait à tout rompre.

Elle vit sa main et fut choquée de son manque total de gêne. Il n'y avait rien de timide chez son mari. Et pourtant, il semblait d'une retenue exemplaire, guère démonstratif hormis ce petit geste.

Le feu lui réchauffait le derrière, mais le désir dans les yeux d'Aidan fit surgir une autre flamme qui illuminait ses profondeurs intimes. Avant même de faire un pas en avant, son corps se contracta dans des endroits secrets. Elle en sursauta, car cela ne ressemblait en rien à la première fois qu'elle s'était donnée à Stuart. Son premier mari avait été une masse de membres tâtonnant dans l'obscurité froide.

C'était aujourd'hui très, très différent.

Comme si ses pieds la portaient d'eux-mêmes, elle avança à petits pas sur le plancher en bois, réduisant la distance qui les séparait. Puis elle se tint juste devant lui. Il ne la toucha toujours pas. Le bout de ses seins lui faisait mal, à cause du froid. Ou plutôt à cause du besoin de sentir ses mains chaudes et fortes sur eux.

Après un moment, il tendit la main pour ôter le diadème en argent de ses cheveux, le libérant doucement des épingles qui le retenaient. Il le jeta à l'autre bout du lit. Il la transperça du regard et s'adressa calmement à elle, d'une voix basse et douce :

— Si tu veux, tu peux te retourner maintenant et sortir de cette pièce, Lìli. Et je te renverrais volontiers chez toi avec assez d'hommes pour assurer ta protection jusqu'à ce que tu atteignes ton huis.

Dieu lui vienne en aide, Lìli ne voulait pas s'en aller.

— Sinon, précisa-t-il, si tu restes et si tu couches avec moi, je te laisserai jamais partir. Tu comprends ?

Le visage de Kellen passa comme un éclair devant ses yeux. Elle repensa aux menaces de Rogan et à toutes les promesses qu'elle avait faites. Vu le regard de son mari, il n'y avait aucun doute qu'il tiendrait sa parole.

— Tu comprends ? insista-t-il.

Lìli fit oui de la tête. Son cœur tambourinait.

Mais il n'y avait plus qu'un seul chemin ouvert devant elle. Et elle ne pouvait savoir où il la conduirait précisément. Pour toute réponse, elle osa toucher la joue d'Aidan qui enfouit son visage dans sa paume et émit un son guttural et profond.

# CHAPITRE 19

*A*idan ne distinguait pas assez ses yeux pour savoir comment elle avait pris son avertissement.

Il s'était plus ou moins attendu à la voir se rhabiller et s'en aller ou à ce qu'elle lui réponde avec des mots rassurants bien choisis, mais pas à sa réaction.

Son intention avait été de la laisser donner le ton ce soir, mais quand elle lui toucha le visage, il perdit toute raison. Il la prit par la taille et l'attira dans ses bras, pressant ses lèvres contre ses seins chauds et doux. Son parfum, de femme propre et de fleurs, l'enivra.

Sa langue se hasarda d'elle-même à goûter le sel de sa peau douce.

— Tu m'as ensorcelé, murmura-t-il. J'ai jamais autant désiré une femme.

Percevant la passion dans ses mots, Lìli frissonna dans la chaleur de son étreinte. La main dans son dos, il l'attirait à lui avec empressement pour lui sucer les seins. L'intimité du geste la choqua, car seul son bébé lui avait jamais fait cela. Ses joues s'embrasèrent, leur chaleur semblant malgré tout bien pâle en comparaison de celle qui envahissait maintenant son corps de femme. Elle poussa un gémissement étranger à ses propres oreilles et rejeta sa tête en arrière en s'abandonnant. Elle cria un peu tandis qu'Aidan lui mordillait un mamelon, doucement mais goulûment.

Elle ne savait quel parti prendre, car son toucher était bien trop doux pour être celui d'un ennemi. Et pourtant, c'était comme cela qu'elle *devait* le voir, sinon sa mission était certainement vouée à l'échec.

Il se renversa soudain sur le lit et l'attira au-dessus de lui.

Haletant de surprise, Lìli se laissa aller.

Était-elle à ce point débauchée pour pouvoir tant désirer son ennemi ? Pour être si mouillée à son toucher ? À son grand désarroi, elle sentit l'humidité entre ses jambes alors qu'il la positionnait pour qu'elle puisse le chevaucher.

Derrière eux, le feu fournissait la seule lueur de la chambre. Le lit éclipsait même son mari. Elle lui bloquait la lumière, mais elle pouvait quand même voir ses yeux briller. Puis il les ferma en gémissant. Il rejeta sa tête en arrière, lui exposant son cou. Si elle avait été une assassine expérimentée, elle aurait pu lui trancher la gorge sur le champ. Tout serait fini. Mais elle n'était pas une meurtrière, et elle commençait à douter qu'elle soit un jour assez audacieuse. Elle n'avait pas non plus le cœur à vouloir commettre un tel péché.

Aidan essaya en vain de se maîtriser.

Il voulait ralentir les battements de son cœur, mais il avait le souffle coupé. Il gémit quand elle posa doucement sa main sur sa poitrine. Il leva les yeux vers elle, médusé. Il lui saisit fermement le poignet comme pour essayer d'éclaircir son esprit embrumé par le désir. Mais il sentit l'humidité de Lìli contre son ventre et son sexe se durcit complètement, se dressant contre la chaleur de ses fesses. Il était désormais perdu.

S'il n'avait pas déjà été si conscient de son désir pour elle, il aurait aussitôt laissé couler sa semence.

Mais malgré le fait qu'il se soit écoulé tant de temps depuis sa dernière coucherie ou son dernier plaisir solitaire, il ne se soulagerait pas comme un jeune garçon qu'il n'était plus.

Non, il le ferait dans les profondeurs du doux corps de Lìli. Il voulait la sentir l'étreindre comme une amante. Il voulait planter sa semence en elle. Il avait été sincère : à la première possibilité qu'elle puisse être enceinte de son enfant, il ne la libèrerait jamais de leurs vœux. Si c'était en son pouvoir, aucun de ses petits ne viendrait au monde sans qu'il soit là pour le protéger et le guider.

— Chevauche-moi, Lìli, lui ordonna-t-il.

Lìli n'eut d'abord aucune idée de ce qu'il lui demandait. Mais son sexe ne cessant de s'agiter avec insistance contre son derrière lui donna une indication. Son cœur tambourina dans sa poitrine quand elle réalisa ce qu'il voulait.

C'était tout à fait choquant. Rien dans ses rêves les plus fous n'aurait pu la préparer à cet accouplement. Mais une partie d'elle se réjouissait de sa demande, sachant instinctivement qu'il lui offrait la possibilité de contrôler leurs ébats, de le contrôler lui.

Il ajusta sa position sous elle. Lìli déglutit, se sentant soudain effrontée comme jamais. Son cœur battait à tout rompre. Elle repositionna son poids, se soulevant pour lui permettre de placer son sexe sous elle. Elle n'avait jamais fait cela avant. Suivant son instinct, elle déplaça son poids vers l'avant comme perchée sur une monture. Elle ne prit pas le temps de penser à la grosseur de son sexe la suppliant de le laisser entrer. Elle inclina ses hanches pour le recevoir et abaissa son corps, l'enveloppant totalement. Elle cria à la délicieuse sensation de sa chair chaude et douce dans son corps.

Aidan cria lui aussi. Il poussa un gémissement guttural et ferma les yeux un bref instant. Puis il les rouvrit et lui ordonna une fois de plus :

— Chevauche-moi, Lìli.

Elle n'avait pas besoin qu'il lui demande deux fois. Grisée d'une manière que l'*uisge* seule n'aurait pu causer, elle se mit à califourchon sur lui, se cambrant sur l'épaisseur de son sexe la caressant à l'intérieur. Il la remplissait complètement, son corps tendu sous elle. À cet instant, elle ressentit la domination qu'il lui avait donnée sur lui, en tant que femme. En tant qu'épouse.

Les yeux d'Aidan brillaient comme des diamants verts dans l'ombre, hébétés et remplis de plaisir tandis qu'elle continuait de le caresser de son corps, cajolant son attribut masculin dans son ventre. Sa peau la picotait de plaisir. Son corps se contracta autour de son sexe, avec la promesse de quelque chose de plus. Quelque chose de mystérieux. De magique. Assise sur lui, nue sous ses yeux, la lueur du feu dansant sur leurs corps, elle se sentit transformée en quelque sorte. Elle n'était plus un pion dans les jeux des hommes. Et à cet instant, elle eut l'audace de ne penser à rien d'autre qu'à l'homme couché sous elle. Pas aux péchés qu'elle devrait commettre un jour ni à ce qu'elle ressentirait le lendemain. Elle ne se souciait que de ce qu'elle ressentait présentement. De ce qu'il lui faisait ressentir. Et de la manière dont elle pourrait le satisfaire.

Il glissa ses mains vers sa taille et lui caressa les seins, les pétrissant doucement. Se cambrant entre ses mains, Lìli bougea d'avant en arrière jusqu'à ce que son corps se couvre d'une fine couche de sueur. Quelque part au fond d'elle-même, un fil commença à se dérouler. Elle oublia soudain l'emprise qu'elle avait sur lui : le plaisir d'Aidan fit place au sien.

De toute sa vie, elle n'aurait jamais imaginé qu'il pouvait être si bon de se trouver remplie si complètement par un homme.

Elle ressemblait à une déesse sur lui, son corps se tordant devant la lueur du feu en une danse païenne vieille comme le temps. Une sueur brillante recouvrait sa peau crémeuse. Aidan ne put soudain plus supporter de la laisser mener la danse. En un mouvement rapide, il la repositionna sous lui et retira assez son sexe pour pouvoir la regarder dans les yeux.

Elle cria et plongea ses ongles dans sa chair, lui demandant de revenir en elle, son cœur tambourinant. Le bout de son sexe palpitait, mais il se retint néanmoins, voulant d'abord qu'elle ouvre les yeux et le voie.

Une fois qu'elle réalisa qu'il n'allait pas bouger, elle souleva ses hanches vers son bassin, le cherchant, jetant ses jambes autour de ses cuisses. Elle ouvrit les yeux et Aidan se délecta dans la sensation de ses jambes enroulées autour de lui.

C'était le moment qu'il avait attendu.

Même si les yeux de Lìli étaient vitreux de plaisir, il voulait qu'elle sache sans l'ombre d'un doute qui la prenait maintenant. Il voulait qu'elle se rende compte qu'à partir de cet instant, elle était à lui, et à lui seul.

— Je te donnerai des fillots, lui murmura-t-il d'une voix rauque, se pressant contre elle d'un mouvement lent et calculé.

— Si fait ! cria-t-elle doucement.

— Et des fillottes, ajouta-t-il, se retirant un peu pour la tourmenter.

— Oh, nenni ! s'écria-t-elle en lui enfonçant les ongles dans les épaules, comme pour l'empêcher de la quitter.

— *Buin mo chridhe dhuit !* lui murmura-t-il.

Puis les mots devinrent inutiles.

Elle cria une fois de plus tandis qu'il s'enfonçait profondément en elle, cherchant son ventre. Ignorant le besoin de soulager son désir, il se pressait en elle de toutes ses forces, la remplissant complètement. Elle accueillait chaque coup de reins comme si elle comprenait ses mots, l'acceptant pleinement et avec la même passion. Leur accouplement était féroce, ni l'un ni l'autre ne renonçant au contrôle, leurs corps se débattant pour ces moments de plaisir grisants. Quand le corps de Lìli se contracta enfin sous lui et qu'elle poussa un cri, Aidan laissa couler sa semence en elle, sans toutefois s'arrêter. Il la balançait doucement contre lui, prenant un immense plaisir à la façon dont elle écartait les jambes pour lui, comme une fleur s'ouvrant au soleil.

Lìli perdit le contrôle de ses sens, toute inhibition complètement balayée par le plaisir que le corps d'Aidan lui procurait. Elle le voulait encore plus profondément en elle, même si elle avait déjà découvert les mystères qu'il avait promis. Elle gémit doucement, s'émerveillant qu'il ne s'arrête pas, quand bien même elle avait déjà senti la chaleur de sa semence en elle. Il poussa comme un râle douloureux, mais continua, prenant apparemment du plaisir dans le simple fait de l'aimer.

Comblée, elle le libéra, laissant retomber ses bras sur le lit, jouissant de la façon dont Aidan l'aimait si profondément...

Elle soupira de contentement, ses paroles retentissant encore à ses oreilles. Des mots que pas même Stuart ne lui avait dits. En aucune langue.

*Mon cœur t'appartient.*

Elle ne répéta pas ces mots, mais à cet instant, tout changea. *Tout.* Elle ne pouvait plus être son ennemie. Il n'était plus le sien.

# CHAPITRE 20

*L*es chances que l'enfant survive à sa chute de la falaise étaient minimes, mais l'envie de s'esquiver pour aller vérifier qu'il était bien mort était quasiment insupportable. Pourtant, Rogan résista, ne souhaitant pas saper ses propres efforts.

Il avait pris grand soin que les membres du clan d'Aidan remarquent sa présence toute la soirée. Il savait en effet qu'au moment où ils trouveraient le corps de l'enfant, ils chercheraient naturellement à blâmer quelqu'un et se tourneraient d'abord vers leurs hôtes indésirables. On savait exactement où était Lìli toute la journée et toute la nuit, on ne pourrait donc pas l'accuser. Ses propres hommes étaient tous restés à ses côtés. Rogan s'était esquivé juste le temps de suivre le garçon et de le pousser du bord de la falaise. Puis il était revenu aussitôt. Même les hommes de Rogan ne s'étaient aperçus de rien. Ils croyaient qu'il était juste allé pisser. Et cette idiote d'Aveline était en compagnie de Lìli et des femmes.

Si le garçon survivait, Rogan doutait qu'il puisse reconnaître son agresseur. Mais de longues heures s'étaient maintenant écoulées et sa survie semblait moins probable à chaque minute.

Espèce de petit arrogant.

Il avait surpris le garçon à regarder les femmes. Avec une telle intensité qu'il n'avait même pas remarqué que quelqu'un l'observait lui aussi. Pas même à la fin. Cela avait été beaucoup trop simple. Rogan avait juste eu à se glisser derrière lui et à le pousser d'un bon coup. Le jeune homme se tenait au bord à regarder les femmes remonter la colline. Son cri avait été étouffé par le bruit de la cascade. Même la jeune fille qui s'éloignait en remuant le derrière pour ce garçon n'avait pas réalisé ce qui s'était passé. Quand elle s'était retournée pour voir s'il la regardait toujours, Rogan et le môme avaient disparu. Rogan se dit que le garçon avait dû se noyer au lieu de se casser le cou. Il n'avait même pas pris le temps de regarder pardessus la falaise pour voir où le bâtard avait atterri.

Ses yeux lui brûlant pour être resté trop près du feu, de sorte que tous puissent le voir clairement, il regarda Aidan emporter *son épouse*, oublieux de tout sauf de la femme qu'il avait dans les bras. Il les vit disparaître dans le trou noir qu'était la grande salle d'Aidan, la colère menaçant de lui rompre les côtes et de lui déchirer la poitrine.

Après leur départ, son regard se reposa sur le feu où ce qui restait de la coupe de Lìli était dévoré par les flammes.

La putain n'avait eu d'yeux que pour dún Scoti toute la soirée. Elle ne s'était pas tournée une seule fois vers lui, Rogan. Comme si elle avait presque oublié sa présence ici, à Dubhtolargg. Il sentit qu'il perdait son emprise sur elle. Son regard tomba sur Aveline, à ses côtés.

Sans dire un mot, car trop d'oreilles traînaient autour d'eux, il attendit qu'Aveline lève les yeux vers lui. Il la transperça du regard, l'avertissant en silence de rester fidèle à son plan. Parbleu, il ne pouvait même pas se permettre de disparaître dans l'ombre avec elle, pas même pour soulager la terrible colère qui montait en lui. Il arracha la fleur sauvage de ses cheveux gras, la fleur que toutes les femmes portaient, et l'écrasa dans son poing.

— T'es point l'une d'entre eux, l'avisa-t-il en lui chuchotant à l'oreille. Tu ferais bien de t'en rappeler quand je serai parti.

Aveline fit oui de la tête en baissant les yeux.

Cela ne suffit pas à calmer Rogan. Quoiqu'il puisse gagner après que tout soit accompli, il ne pouvait pas supporter l'idée que Lìleas MacLaren aille ouvrir ses jambes à un sauvage avant de partager son propre lit ou son nom. D'une violence à peine contenue, il jeta la fleur jaune dans les flammes.

Mais à la fin, la victoire lui reviendrait.

❧

COMBLÉ et confortablement allongé au côté de son épouse, Aidan ferma les yeux, se rappelant la sensation qu'il avait éprouvé en se mouvant en elle. Il passait ses doigts sur son ventre, jouissant de sa peau douce sous ses doigts calleux. Elle s'était donnée autant que lui, à la hauteur de toutes ses attentes, et il était heureux au plus profond de son être.

— Vous avez des cicatrices sur le dos... Elles viennent de quoi ? demanda-t-elle en soulevant ses paupières endormies.

— J'ai appris à ne pas irriter Lael à un jeune âge, mentit-il en lui souriant doucement.

Ce n'était pas le moment de lui révéler qu'elles résultaient de la nuit où Padruig Caimbeul avait assassiné son père et violé sa mère. Les hommes de Padruig l'avaient retenu, le forçant à regarder le père de Lìli souiller sa propre mère. Et quand Padruig eut fini, ils avaient plongé leurs poignards dans son dos, deux à la fois, et l'avaient laissé pour mort.

— Je crains qu'elle m'aime point beaucoup.

Il lut de l'inquiétude dans son regard et sut qu'elle était authentique.

— Donne-lui du temps, lui conseilla-t-il. On gagne point facilement la loyauté de ma sœur, mais quand elle la donne, elle la donne entièrement.

Il leva la main et lui caressa la joue de son pouce.

— Tu es véritelment belle, Lìli, surtout quand tu souris. Je voudrais te voir le faire plus souvent.

Elle se tourna vers lui, couchée sur le côté, ses yeux violets étincelant. Mais ses paroles ne correspondaient pas à la souffrance qu'il devinait dans ses yeux :

— Si vous m'aimez souvent comme vous l'avez fait ce soir, je vais point pouvoir m'en empêcher. Les gens vont me prendre pour une *folle* à lier.

Aidan rit.

— Ils vont te prendre pour moult choses, *mo chridhe*, mais point pour une *folle*.

Elle acquiesça de la tête, puis ferma les yeux.

— Vous croyez véritelment que la paix est possible entre nous ?

Aidan considéra la question et Lìli confortablement couchée dans son lit. Il ne s'attendait pas à une telle femme. Il ne se faisait pas d'illusion sur le fait que l'homme qui s'était penché avec un sourire narquois sur le corps de son père, une arme ensanglantée sur l'épaule, puisse regretter sa trahison et la tromperie d'un peuple qu'il méprisait manifestement, mais il y avait peut-être de l'espoir malgré tout ?

Il mit tant de temps à répondre qu'il la crut endormie.

— Si fait, dit-il enfin.

Un léger sourire se dessina sur les lèvres de Lìli. Elle soupira et se détendit.

Après un moment, Aidan osa lui aussi se détendre, se disant qu'en vérité ce mariage pourrait peut-être garantir la paix à son clan pour un temps.

Pouvait-il se permettre de prendre David au mot ? Même après que celui-ci ait subtilisé sa sœur Catrìona et l'ait emportée vers le sud ? Pour sa défense, l'homme avait prétendu avoir eu l'intention de la donner en mariage à un allié, au nom de la paix. Mais Catrìona n'aurait jamais été heureuse mariée à un Anglais ou même à un seigneur frontalier. En vérité, elle aurait pu couper les couilles de son mari et les lui servir dans sa soupe. Aucune de ses sœurs n'accepterait facilement un tel sort, surtout pas Lael ou Cat.

Couché dans le noir, il pensa qu'il était grand temps de se lever et d'attiser le feu. Sinon, sa charmante femme pourrait périr de froid, nue dans leur lit. Mais il ne souhaitait pas bouger, satisfait et langoureux, repensant à sa sœur Cat et à l'homme qu'elle avait épousé : Gavin mac Brodie, le frère d'un chef que personne d'autre que ses proches ne suivait. Au moins, c'était un Highlander. Le peuple d'Aidan n'avait jamais croisé le fer avec quelqu'un des Highlands. Comme les siens, les mac Brodie et les MacKinnon restaient principalement entre eux, malgré le fait que le MacKinnon avait des liens de sang plus purs que la plupart avec la lignée des Alpin. Comme Aidan, il semblait juste vouloir mener une vie paisible, sans conflits. Et pourtant, il se disait Scot. Gavin mac Brodie aussi d'ailleurs.

Ainsi que sa belle épouse.

Et leur bébé ? Les enfants de leur union ? Seraientils encore dignes de se prétendre Pictes ?

Ils gardaient la véritable pierre pour un roi juste, mais si leur temps était fini ? En acceptant Lìli pour épouse, il avait en effet mis un terme à la pureté de leur lignée. À moins qu'il ne confie la direction du clan à Keane, le moment venu. Son peuple était devenu le dernier bastion dans un monde qui touchait rapidement à sa fin. S'il se sentait partagé au sujet de leur destinée, c'était surtout à cause de cela. Les coutumes de son peuple découlaient de leur foi.

*Una prétendait que cette femme à ses côtés serait leur salut. Pourrait-elle aussi être le sien ?*

Il était couché à étudier l'arc parfait des sourcils de sa femme et la plénitude de ses lèvres quand soudain quelqu'un frappa rudement à la porte de sa chambre.

Le bruit des coups retentit dans toute la pièce.

Surprise aussi, Lìli se redressa.

Il était tard et l'impression d'urgence ne pouvait signifier qu'une chose : quelque chose de terrible était arrivé. Elle adressa un regard interrogateur à Aidan.

Aidan se leva du lit et Lìli ramena les couvertures à elle. Sans prendre la peine de s'habiller, il alla tout droit vers la porte et l'entrouvrit. Elle entendit une femme chuchoter, mais ne pouvait pas reconnaître la voix ni comprendre les mots frénétiques. Son mari se tourna vers elle avec un regard qui la fit frissonner.

— Habille-toi ! lui commanda-t-il.

Puis il ouvrit la porte, sans faire plus attention à la femme qui se tenait dehors ou à celle qui était dans son lit.

Mais de toute façon, sa sœur Lael ne se préoccupait pas de la nudité de son frère. Elle chercha Lìli du regard. La fureur que celle-ci vit dans ses yeux lui coupa le souffle. Elle aurait pu demander quel était le problème, mais avant même qu'elle puisse se ressaisir, Lael avait disparu.

Aidan s'habilla rapidement. Il ignora sa tunique et s'enveloppa seulement de son *breacan*. Il suivit sa sœur dehors, après avoir récupéré sa claymore là où il l'avait accrochée au mur.

— Habille-toi, répéta-t-il sans prendre cette fois la peine de la regarder.

Il ne mit pas non plus ses bottes ni ne se tourna vers Lìli pour être sûr qu'elle suivait son ordre. Il la laissa là, la porte grande ouverte au froid, à se demander ce qui avait bien pu arriver. Il voulait apparemment qu'elle le suive. Elle se précipita donc et saisit ses vêtements. Elle s'habilla aussi vite que possible.

# CHAPITRE 21

— Ils l'ont trouvé près du bassin de Caoineag, expliqua Lachlann quand Aidan entra dans la chambre de son frère.

Una était déjà au chevet de Keane à examiner sa blessure à la tête.

— Il est vraiment fortuné, dit-elle gravement. Il s'est déjà réveillé une fois, mais juste brièvement.

— Il a dit quelque chose ?

Lachlann fit non de la tête.

— Qui l'a trouvé ?

— Meara, répondit Lael, entrant derrière Aidan. Elle le voyait point près du feu, alors elle est retournée là où elle l'avait vu la dernière fois.

Aidan fronça les sourcils.

— Apparemment, il regardait les femmes en train de se baigner, ajouta Lachlann.

Aidan secoua la tête et soupira, se reprochant d'avoir été tellement préoccupé par son épouse scot qu'il avait complètement négligé la sécurité de sa famille. Il s'assit au bord du lit de son frère et déposa sa claymore aux pieds de Keane.

— Où est Cailin ?

— Je l'ai envoyée chez Fergus et Meara, pour essayer

de questionner la jeune fille. Meara était folle de douleur après avoir vu tant de sang. Mais puisqu'elle savait rien, j'ai pensé que c'était point dans son meilleur intérêt, ni dans celui de Keane, de lui permettre d'entrer dans la chambre du garsoncel, répondit Lael.

Aidan soupira à nouveau. Il semblait exténué, comme s'il portait le fardeau du monde sur ses larges épaules.

— Que savons-nous ?

— Point beaucoup, avoua Lachlann. J'ai raccompagné Glenna et son fillot chez elle. Sur le chemin du retour, j'ai rencontré Meara qui revenait du *loch* en hurlant comme une *banshee*.

Aidan regarda le corps immobile de son frère, essayant de ne pas laisser la peur envahir ses pensées. Il était blessé et saignait, avec une coupure et une bosse sur le front presque de la taille de la *keek stane* d'Una. Mais sa respiration semblait stable. Keane était son seul frère. Mais plus que cela, il était pour le moment aussi son seul héritier.

Aidan se passa une main dans les cheveux en réfléchissant au récit de Lachlann. Son frère avait toujours eu bon pied. Il était certes possible, mais peu probable, qu'il ait glissé et soit tombé de la falaise.

— Personne n'a rien vu de plus ?

Il prit vaguement conscience que tous les yeux se tournèrent vers la porte. Personne ne lui répondit. Il se retourna et vit Lìli debout dans l'obscurité, se tordant les mains. Elle ne parlait pas et semblait incapable de se décider à entrer. Heureusement, Aidan ne lut aucune culpabilité dans ses yeux bleu vif, seulement de l'effroi et de la confusion. Ce fait le soulagea quelque peu. Il ne voulait pas qu'elle soit impliquée dans cela.

Lìli s'attarda à la porte.

Même avant de voir qui était dans le lit, elle craignait le pire, réalisant que ce devait être un proche d'Aidan pour avoir été transporté dans le *crannóg*. Même après que son mari lui ait fait signe de s'avancer dans la petite pièce, elle hésita.

Les yeux d'Aidan n'étaient pas accusateurs, mais l'énergie dans la pièce lui semblait sinistre. Lìli était très sensible aux auras des autres, elle se sentait souvent soit soutenue soit affaiblie par elles.

Una se tenait au chevet, marmonnant dans la langue ancienne tout en traçant des cercles sur le front du garçon.

— Mère de tous, nous sommes un, murmura-t-elle. Mets fin à sa douleur, enlève-lui toute peine.

À la lumière d'une colonne de graisse posée sur un socle en fer suspendu au-dessus du lit de Keane, Lìli aperçut son visage ensanglanté, à peine reconnaissable tellement il était enflé.

Si on la laissait faire, elle pourrait peut-être aider. Elle avait travaillé très dur toute sa vie pour devenir plus qu'une fille au beau visage, victime d'une stupide malédiction. Elle était experte en herbes thérapeutiques, mais avait également étudié les coutumes anciennes et était même en possession d'un rare manuscrit de remèdes byzantins, rapporté des croisades par son grand-père.

— Est-ce que je peux aider ? demanda-t-elle.

— Je crois que vous avez déjà assez aidé ! rétorqua Lael en se tournant vers elle.

Aidan leva la main :

— Assez ! Elle était avec moi toute la nuit.

— Et ses compagnons ?

Aidan croisa le regard de Lael.

— Et quoi, ses compagnons ? demanda-t-il en levant un sourcil.

Lachlann secoua la tête, niant l'accusation.

— On sait où ils étaient tous, toute la journée et

toute la nuit. À nous tous, on les a point quittés des yeux.

Aidan leva les yeux vers sa sœur, sa voix ne laissant aucune place à la contradiction :

— Accuse jamais sans preuve Lael.

— Pour une raison ou une autre, je *sais* que c'est de leur faute ! insista Lael. Keane est point maladroit, Aidan ! Il a arpenté ces falaises plus de cent fois !

Aidan se tourna pour inviter à nouveau Lìli à s'approcher, tout en regardant sa sœur avec sévérité.

— Néanmoins, je te laisserai point me contredire. Donne-moi une preuve ou montre à mon épouse le respect qui lui est dû.

Lael leva les mains en l'air.

— Ah, Aidan, tu penses avec ton pendeloche, point avec ta tête ! Une seule nuit passée dans les bras de cette sorceresse et t'as déjà une cervelle de moineau !

Manifestement en colère, elle sortit, bousculant Lìli au passage.

Cette dernière garda le silence. Elle laissa passer la fille. Una écoutait tranquillement et regardait tout le monde. Puis elle exhorta aussi Lìli à s'approcher du lit. Cette fois, elle obtempéra.

Voyant Keane de près, elle sursauta. Il avait le côté gauche de la tête distendu et violet. Enflé, son œil gauche était fermé. Ses cheveux étaient recouverts de sang. Il saignait aussi du nez.

— La blessure à la tête est grave, dit doucement la vieille femme. Je crois point qu'il s'est craqué le crâne, mais il a perdu beaucoup de sang. Viens, tes compétences en guérison sont beaucoup plus grandes que les miennes.

Lìli se demandait comment la femme pouvait le savoir.

Una se contenta de sourire, comme si elle avait lu ses pensées, et lui fit signe de s'approcher davantage.

— Regarde-le, ma fillotte. Dis-nous ce que nous devons faire.

Lìli hésita, incertaine. Elle regarda d'abord Aidan, pour être sûre qu'il approuvait. Il fit oui de la tête. C'était tout ce qu'elle avait besoin de savoir. Comme soudain habitée par une autre, elle se mit immédiatement au travail. Son appréhension et sa timidité avaient disparu. Elle était maintenant la guérisseuse qui avait vu bien pire qu'un garçon à la tête ensanglantée. Elle avait vu un mari avec une flèche dans l'œil, en travers du crâne. Elle avait scié des bras et des jambes et regardé des bébés mourir, le corps recouvert de pustules. Ce n'était pas une petite nature. Elle demanda qu'on lui apporte de l'eau chaude, des couvertures, une aiguille et du fil. Elle donna l'ordre à ce costaud de Lachlann de l'aider à ôter les vêtements de Keane, puis elle exhorta son mari à se pousser. Elle dressa intérieurement la liste de toutes les herbes qu'elle allait devoir aller chercher dans son coffre.

Aidan regarda sa femme travailler, émerveillé par son changement soudain de comportement. Elle était tout à coup beaucoup plus autoritaire que Lael et Una réunies. Mais il se rendit compte qu'elle essayait d'aider et qu'elle savait exactement ce qu'elle faisait.

Il ne pouvait pas faire grand-chose, sinon les encombrer. Il laissa donc Lìli et Una soigner son frère et invita Lachlann à l'accompagner, une fois Keane déshabillé.

Trouvant Sorcha dans la grande salle, inquiète, il envoya sa plus jeune sœur dans la chambre de Keane, déterminé à savoir ce qui était arrivé à son frère.

Lael était debout sur la jetée, comme pour barrer le passage à quiconque oserait essayer d'entrer. Sa posture était rigide et tendue. Il parla avant d'arriver derrière elle, de peur qu'elle ne se retourne brusquement et ne le passe au fil de l'épée sous le coup de la colère. Elle le foudroya du regard, mais garda les poings serrés à ses côtés.

— Comment est-ce que tu peux laisser cette femme avec notre frère ? lui lança-t-elle sur un ton de reproche.

— *Cette femme* est mon épouse et tu ferais mieux d'accepter ce fait.

— Ah, Aidan ! Comment est-ce que tu peux lui faire confiance ?

— Una lui fait confiance, répliqua Aidan. Cela me suffit.

Et pourtant, ce n'était pas assez, il s'en rendait compte, sinon il n'aurait pas envoyé sa sœur Sorcha dans la chambre pour les observer. Même s'il avait vu de ses propres yeux ce que Lìli pouvait faire, ce qu'elle avait volontiers fait pour un étranger le soir de son arrivée, il ne lui faisait toujours pas entièrement confiance.

Des doutes s'immisçaient dans son esprit. Mais il les repoussa.

Le feu brûlait toujours sur la plage et beaucoup de gens s'y étaient attardés, même si les festivités étaient terminées depuis longtemps. Ils étaient maintenant assis les uns contre les autres autour du feu, comme s'ils attendaient simplement qu'on leur dise de rentrer.

Aidan donna un ordre à Lachlann quand il sortit du *crannóg* :

— Poste des gardes devant la salle, puis escorte nos *invités* jusqu'à leurs lits. Prends autant d'hommes que tu peux pour garder leur porte. Où qu'ils aillent, quoi qu'ils fassent, je veux le savoir. Ne laisse personne pisser sans que je le sache !

— Et la servante Aveline ? demanda Lachlann.

— La *siùrsach* aussi ! riposta Aidan en passant devant sa sœur. Toi, Lael, viens avec moi !

À contrecœur, elle quitta son poste et le suivit le

long du quai étroit. De son épée, il éteignit les torches une à une sur leur passage, plongeant le *crannóg* dans les ténèbres, à l'exception d'une faible lumière qui émanait de l'intérieur. Du rivage, à moins de savoir précisément où se trouvait le début de la jetée, il était impossible de le trouver sans révéler sa présence aux gardes.

— Où est-ce qu'on va ?

— Inspecter le bassin où on a trouvé Keane. Je veux savoir d'où il est tombé et comment.

Superstition ou non, une partie de lui devait savoir s'il entendrait le cri de la Pleureuse. Il ne pouvait pas supporter l'idée de perdre Keane maintenant.

C'était juste un gamin.

Sentant la détresse d'Aidan, Lael contrôla son humeur, confiante dans le fait qu'il savait ce qu'il avait à faire.

— Moi aussi j'observais les Scots du coin de l'œil, reconnut-elle à regret. Lachlann a raison. On savait où ils étaient tous, mais l'un d'entre eux a pu s'esquiver pendant les jeux.

— À moins de pouvoir le prouver, souligna Aidan, nous pouvons point risquer les conséquences si nous accusons l'un des hommes de David.

— Depuis quand est-ce que tu te soucies des alliances avec David ? demanda Lael, marchant derrière lui.

Dans l'obscurité, il la foudroya du regard.

— Tu te méprends sur moi, Lael. Je me fiche des alliances avec David ou un autre. Mais j'ai point l'intention de causer la guerre dans cette vallée. Il y a trop à perdre, à moins que tu aies oublié.

*La pierre.*

Ils comprirent tous les deux à quoi il faisait référence.

Cela avait été leur devoir durant toutes ces années.

Pas de s'élever au-dessus d'autres tribus, mais de protéger la pierre, car si elle recélait le pouvoir d'unir les nations, sa possession ne conduirait qu'à plus de sang versé si elle tombait entre de mauvaises mains. Beaucoup la convoiteraient, mais un seul pourrait vraiment l'utiliser.

Lael se tut à ses côtés.

# CHAPITRE 22

Aidée de Sorcha et d'Una, Lìli nettoya la blessure de Keane du mieux possible, puis la recousit et y appliqua un baume. Comme elle l'avait fait pour Duncan, elle fit brûler du genièvre pour purifier l'air et envoya Sorcha chercher du *vin aigre*. Laissant Una seule avec Keane, elle retourna dans la chambre d'Aidan pour en rapporter les remèdes elle-même, bien consciente d'avoir été presque démasquée la dernière fois. Surtout maintenant, avec le soupçon qui planait sur eux tous comme une ombre, elle ne pouvait pas prendre le risque que quelqu'un découvre la bague à poison. Au passage, elle entendit des bribes d'une conversation provenant de la salle.

— Mais c'est point toi qui va me suivre Sorcha.

— Lìli ? Mais elle est la… d'Aidan.

— Si fait, mais moi aussi j'ai eu jadis un époux.

Lìli aurait pu en entendre plus, mais elle franchit la porte précipitamment, consciente qu'elle ne pouvait pas perdre de temps, même si les espionner pouvait l'aider. Elle se demandait ce qu'Una avait pu vouloir dire. En préparant ses herbes, elle ne put s'empêcher d'essayer d'imaginer la vieille femme avec un mari et des enfants. Une représentation impossible. Una semblait en quelque sorte aussi vieille que le temps. Mais c'était une notion ridicule, elle était en chair et en os. Alors pourquoi mentirait-elle ? Si elle disait avoir jadis eu un mari, ce devait être vrai.

Une chose cependant était certaine : si Keane mourait, Lìli ne serait pas la seule à être soupçonnée. Elle devait donc faire tout son possible pour empêcher que cela n'arrive. Et dès qu'elle aurait un moment pour elle, elle devait trouver un meilleur endroit où cacher la bague jusqu'à ce qu'elle en ait besoin. Elle n'osa pas considérer la simple vérité qu'elle ne s'en servirait certainement jamais. Parbleu, si elle s'était posé cette question avant ce soir, maintenant elle n'avait plus aucun doute. Elle ne pouvait pas plus assassiner Aidan ou un autre que laisser ce garçon mourir. Ce que cela signifiait pour son propre fils, elle ne le savait pas, mais en recousant le front de Keane, elle avait pris conscience de cette vérité.

*Il devait y avoir un autre moyen.*

Quand elle eut fait tout ce qu'elle jugeait bon de faire, elle hésita un instant avant une dernière chose. Elle avait reconnu les gestes étranges d'Una quand elle était arrivée dans la pièce. Elle savait que la vieille femme n'allait pas remettre en question ce qu'elle s'apprêtait à faire. Mais elle ne prenait jamais le risque de le faire devant les autres, sûrement pas devant son père ou Rogan. Cependant, elle avait confiance dans le fait que Sorcha et Una comprendraient qu'elle ne ferait pas de mal à Keane. Ce n'était peut-être guère plus qu'un rituel, mais quand des vies étaient en jeu, Lìli se servait de tous les moyens à sa disposition, même ceux de nature plus spirituelle.

Elle s'assit sur le lit, à côté de Keane, et plaça à droite une petite bougie qu'elle avait trouvée dans la chambre du garçon. S'assurant qu'Una et Sorcha la regardaient de près, elle leva la main, paume vers le haut, et ferma les yeux pour se concentrer. Elle visualisa une vive lumière blanche se formant dans sa main, la lumière de guérison, ôtant toute douleur, impureté et blessure. Les paupières closes, elle se concentra davantage pour former une lumière très brillante. Après un moment, elle se mit à ressentir des fourmillements dans la main. Elle tourna sa paume et couvrit de sa main la plaie sur la tête de Keane. Elle poursuivit sa concentration jusqu'au moment où elle sentit la lumière perdre de son éclat. Elle ferma alors le poing et le plaça au-dessus de la bougie éteinte en murmurant :

— Je consacre cette bougie comme outil de guérison.

Puis elle alluma la bougie, et sans oser se retourner pour regarder les expressions sur le visage d'Una et de Sorcha, elle chuchota :

— Comme brûle la chandelle, que vienne le rétablissement, que prenne fin la maladie et que retourne la santé.

Elle prit une pincée de romarin dans son sac et en saupoudra la flamme de la bougie. La flamme s'éleva, noire un instant avant de retrouver son éclat.

Pendant un long moment, pas même un bruit de respiration ne rompit le silence de la pièce. Puis Una chuchota dans son dos :

— Et voilà... La fillotte que j'ai jadis maudite est devenue une bénédiction. Bellement fait, Lìli. Bellement fait.

❧

AIDAN DÉCOUVRIT PEU de preuves près du bassin.

Autant qu'il puisse en juger, Keane était tombé du bord de la falaise, juste au-dessus du ravin où l'eau coulait avec le plus de force. Il y avait du sang sur un rocher à quinze mètres de haut, mais si Keane s'y était heurté, il se serait retrouvé dans l'eau aux pieds d'Aidan. De là, Aidan chercha la rive la plus proche et trouva une trace de sang allant du bassin à l'endroit où on avait dû retrouver le corps de son frère.

Ce n'était pas Lael qui l'avait trouvé. Quand elle s'était précipitée vers le *loch*, Lachlann l'emportait déjà dans ses bras, mais elle savait où il avait dit l'avoir découvert inconscient.

Sa sœur avait grimpé au sommet de la falaise pour inspecter aussi ce coin. Elle regardait Aidan de haut maintenant, une main sur la hanche, sa silhouette svelte découpée sur un quartier de lune. De la main gauche, elle tenait une torche qui lui éclairait un côté du visage et révélait les ravages de la colère sur ses traits. Sa sœur était un vrai trublion et Aidan soupçonnait qu'elle ne s'adoucirait jamais assez pour se marier. Mais si elle le faisait un jour, il plaignait le pauvre bougre qui devrait la supporter.

— Tu as trouvé quelque chose ?

— Nenni. Point même trace de bagarre. Il a dû tomber juste en trébuchant.

Aidan passa sa propre torche au-dessus des taches de sang de son frère sur le sol. La torche l'aveugla de sa vive lumière, mais il vit assez pour remarquer qu'il n'y avait pas là non plus trace de bagarre. Juste les empreintes de son frère quand il s'était efforcé d'atteindre un point plus élevé. Une fois en sécurité hors de l'eau, il avait dû alors perdre connaissance. Cela donna de l'espoir à Aidan.

— Et maintenant ? lui cria Lael.

— Maintenant nous gardons les maudits Scots dans leurs huttes jusqu'à ce que Keane se réveille, répondit Aidan en haussant les épaules.

— *S'il* se réveille ! répliqua Lael.

— Si fait, il va se réveiller, la rassura Aidan, sans savoir pourquoi.

Pour des raisons qu'il ne pouvait pas expliquer, il savait en quelque sorte que Lìli réussirait.

À moins que ce ne soit juste l'espoir d'un frère.

LE RESTE DE LA NUIT, Lìli veilla sur Keane. Elle, Una et Sorcha attendaient qu'il rouvre les yeux. Sorcha eut enfin le courage de demander :

— Est-ce que mon frère va vivre, Lìli ?

L'inquiétude dans la voix de la petite fille attrista Lìli. Elle scruta le visage de Keane, se demandant ce que ce devait être d'avoir des frères et des sœurs qui vous aimaient tant. Elle se dit que cela ressemblait sûrement à ce qu'elle ressentait pour son fils, mais elle n'arrivait pas à trouver la même affection dans son cœur pour ses parents.

— Je peux point dire, répondit-elle honnêtement à Sorcha, mais je pense qu'il vivra.

En raison des ecchymoses, c'était difficile de déterminer si le visage du garçon avait repris des couleurs. Mais il semblait bouger davantage depuis qu'elle était revenue dans la pièce. Il grimaçait de temps en temps et fronçait les sourcils comme s'il avait mal.

— Quand mon frère va se réveiller, il va nous dire ce qui est arrivé, déclara Sorcha avec conviction.

Quant à Una, elle se contentait de grommeler, bougeant sur sa chaise comme si elle luttait avec ses propres pensées. Elle posa son bâton sur ses genoux.

• Espérons pour une fois que ton frère a juste
   été maladroit !

Sorcha hocha la tête et Lìli se mordit la lèvre, priant Dieu que la vieille femme ait raison et que Rogan n'ait rien à voir avec cela.

Que Dieu leur vienne en aide si c'était de sa faute. Elle savait qu'Aidan le tuerait. Quant à elle, après leur nuit ensemble, elle ne pouvait soudain pas supporter l'idée qu'il puisse la regarder autrement qu'avec la tendresse qu'il lui avait manifestée.

ENTIÈREMENT HABILLÉ, Rogan était affalé sur le lit qu'on lui avait donné, fixant des yeux le trou de la cheminée dans le toit de chaume. Il faisait noir dehors.

Ces gens ne vivaient guère mieux que des paysans. Ce serait facile de brûler toutes leurs maisons sans trop d'effort et sans perte. Mais le problème était qu'il ne pourrait jamais quitter la vallée vivant s'il y mettait le feu. Il n'y avait qu'une voie pour s'en aller, et on avait confisqué leurs armes et leurs chevaux à leur arrivée.

Ces salauds l'avaient parqué ici, comme s'il n'était rien d'autre qu'un stupide bouc. On avait poussé là derrière lui les trois hommes, ainsi que le prêtre. Ils n'avaient pas verrouillé la porte, mais il pouvait les entendre monter la garde à l'extérieur. Il ne savait pas combien ils pouvaient être, car la seule fenêtre de la hutte donnait à l'ouest. Le volet était fermé et ils avaient aussi posté un homme devant à l'extérieur. Mais pas de nouvelles, bonnes nouvelles.

Le garçon semblait toujours en vie. Il savait qu'ils avaient découvert son corps et soupçonnaient un acte criminel. Mais il savait aussi qu'Aidan dún Scoti était assez intelligent pour ne pas exécuter ses invités dans sa maison sans preuve. Cela ne serait guère différent de l'atrocité que Padruig avait commise quand il avait soupé à leur table en ami avant de se retourner contre eux au milieu de la fête.

En outre, Rogan avait le sentiment qu'Aidan dún Scoti était trop homme d'honneur pour tuer un homme désarmé. S'il le trouvait coupable, il lui donnerait peut-être une épée. Et même s'ils finissaient par le transpercer, Rogan se promettait d'envoyer d'abord quelques salauds en enfer avec lui. Il savait aussi bien manier l'épée que n'importe qui.

Cependant, s'il mourait, il ne gagnerait rien. Il envisagea donc un autre plan.

Le prêtre était endormi dans le fauteuil et ronflait. Ce vieux fou n'avait probablement pas dormi depuis leur arrivée, car c'était un imbécile et un lâche qui pouvait à peine supporter la vue de sa propre ombre. La prêtresse picte, si c'en était bien une, lui avait donné un coup sur le crâne et l'avait coupé au menton. Il ressemblait maintenant à un gosse de douze ans après une bagarre. S'il dormait maintenant, c'est que son énergie était épuisée. Rogan ne pouvait lui faire porter le blâme, car il savait bien que l'homme révélerait tout à la moindre menace. Qu'il n'ait encore rien dit relevait d'un miracle égal à la naissance du Christ.

Des trois autres hommes, l'un était un espion de David, tout comme Aveline le serait pour lui après leur départ. Il se dit qu'il pourrait l'accuser, mais cet homme n'était pas un imbécile. Rogan préférait ne pas confronter son intelligence à celle de qui que ce soit dans un moment comme celui-ci.

Des deux derniers, l'un était un gros rustre. C'est lui qui avait été avec Rogan le plus longtemps, ce qui pouvait jouer en sa propre faveur, car il comprendrait exactement ce que Rogan lui ferait s'il osait le défier. Et cet homme n'avait nulle part où aller. Il préférerait peut-être alors tenter sa chance avec Aidan.

Il eut un petit sourire en coin à cette pensée. Rogan

n'était pas assez bête pour s'imaginer cela : ses trois hommes pensaient qu'Aidan dún Scoti était l'engeance du Diable lui-même. Ceci clarifié, sa bonne humeur lui revint et il ferma les yeux en attendant la suite des événements.

# CHAPITRE 23

C'était presque l'aube quand Aidan revint dans la chambre de Keane.

Les trois femmes étaient endormies, mais son frère avait les yeux ouverts. Au moins un. L'autre à peine, tellement il était enflé. Néanmoins, un sourire se dessina sur le visage d'Aidan en le voyant éveillé.

Keane bougea la bouche pour parler dès qu'il vit Aidan, mais ce geste parut totalement inhabituel à cause de la monstrueuse tuméfaction.

— Alors, nous avons gagné ? demanda-t-il, essayant de plaisanter.

— Ah ! mon petit garnement ! gronda Aidan. Tu nous as donné une belle frayeur ! Non, c'est le sol où tu as atterri qui a gagné. Et tu es fortuné que Caoineag avait point envie de pleurer ce soir.

Il regarda sa femme, couchée aux pieds de Keane.

— Je voulais point les déranger, déclara son frère.

Lìli fut la première à se réveiller. Elle cligna des yeux et sourit en voyant Keane. Aidan sentit une vague de gratitude envahir son âme. Il eut envie de l'embrasser à cet instant, de tout son cœur.

Sorcha sortit à son tour du sommeil. Elle se dirigea

de l'autre côté du lit de Keane en poussant des petits cris de joie. Celui-ci leva le bras et essaya de lui passer la main dans les cheveux, mais il n'en eut pas la force.

Una poussa un grognement en se réveillant et serra son bâton. Elle le poussa en avant et haleta. Keane tourna la tête pour voir d'où venait le bruit.

— Je suppose que Meara a point dormi, avança-t-il.

Aidan haussa un sourcil.

— Si c'est tout ce que tu as à dire, je sais que tu vas te remettre ! Nenni, la pauvre Meara, c'est elle qui t'a trouvé.

Keane hocha à peine la tête et essaya de passer sa langue sur ses lèvres. Una arriva finalement à son chevet.

Lìli tendit la main derrière Aidan pour récupérer un petit plat qu'elle avait posé là. Elle y trempa un linge et le porta aux lèvres de Keane. Il grimaça.

— C'est amer, l'avertit-elle, mais le *vin aigre* va faire merveille dedans et dehors si tu peux le supporter.

Keane lui adressa un sourire hideux :

— Ah ! je suis un homme maintenant, se vanta-t-il. Je suppose que je peux supporter un peu de douleur.

Il chercha Aidan de ses yeux vitreux. Ce dernier réalisa qu'il faisait allusion au toast qu'ils avaient partagé la veille. Il le tapota sur l'épaule. Quand Keane essaya de bouger, il posa la main sur lui pour l'empêcher de se relever.

— Plus tard, lui dit-il. Repose-toi pour l'instant.

Plus tard serait bien assez tôt pour avoir une conversation avec lui également. Il lui fallait grandir pour le bien du clan.

Sa sœur Lael entra dans la pièce et vit que Keane était réveillé. Elle poussa aussi un petit cri de joie et courut vers le côté du lit où se tenait Sorcha. Un instant, Aidan observa ses sœurs debout côte à côte. Il se rendit compte combien sa sœur cadette et sa sœur aînée étaient différentes. Sorcha ressemblait à Lìli bien plus que par la couleur de ses cheveux et ses taches de rousseur sur le nez. Elle avait très peu de traits en commun avec Lael, Cat ou Cailin.

Dissimulant ses pensées, même à Aidan, Lael daigna lancer un regard à sa femme, mais ne dit rien, ne manifestant ni gratitude ni mépris, avant de reposer son regard sur Keane.

Quant à elle, Lìli garda le silence. Elle resta exactement là où elle était assise, ni intimidée par Lael ni prête à l'affronter. Aidan éprouva un sentiment de fierté. Oui, la jeune femme trouverait sa place parmi les siens.

— Tu te souviens de ce qui est arrivé ? l'interrogea Aidan.

Keane fit non de la tête, ses yeux vert pâle embués de douleur.

— Juste que j'étais debout à regarder la belle Meara...

Il s'arrêta et parcourut du regard les visages qui l'entouraient.

— Et la minute d'après, j'avais le nez dans le bassin de Caoineag, reprit-il en se souvenant.

— Il y avait personne d'autre près de toi ?

Une fois de plus, Keane secoua la tête.

— Je me souviens point clairement, mais je pense que non. J'avais les yeux sur..., avoua-t-il en essayant de sourire.

L'effort lui coûta et il gémit de douleur.

— C'est bien fait pour toi ! lança soudain Una, frappant si fort le plancher de son bâton que le bruit résonna.

Elle aurait sans nul doute préféré l'abattre sur la tête de Keane.

— Même si tu aimes à te dire un homme, tu en es point un, déclara-t-elle. Tu es autant un bébé que le jour où je t'ai sorti de force du ventre de ta mère. Et si tu fais point attention, tu en seras jamais un !

Elle se détourna, mais Aidan remarqua ses yeux vitreux. Il savait qu'elle ne laisserait personne la voir pleurer.

— Ah ! grommela-t-elle, un garsoncel qui grandit cache un loup dans son ventre !

Et elle sortit de la chambre en piétinant.

❧

Même si Keane ne se rappelait pas ce qui était arrivé à la cascade, Aidan ne serait pas tranquille tant que leurs invités seraient là. Ils étaient venus assister au mariage de Lìli. Maintenant que la cérémonie avait eu lieu, ils n'avaient aucune raison de rester. La pierre risquait d'être découverte. Tandis que son frère récupérait, Aidan décida donc de rassembler les Scots, de leur rendre leurs armes et de leur souhaiter bon vent.

Lìli se tenait sur la jetée. Anxieuse, elle se tordait les mains en silence. Si Lael avait pu en faire à sa tête, ils auraient renvoyé les Scots sans rien de plus que ce qu'ils avaient apporté. La sœur d'Aidan leur prépara néanmoins un panier de nourriture, assez pour leur voyage s'ils ne se gavaient pas à chaque repas.

Aidan insista pour qu'Aveline reparte avec eux. À ses yeux, sa femme n'avait pas besoin de servante, et d'ailleurs Aveline n'avait pas montré beaucoup d'enthousiasme à effectuer les tâches pour lesquelles elle avait été employée.

— Elle est point sous ma responsabilité, se plaignit aussitôt Rogan.

Aidan leva un sourcil, une réplique méprisante aux

lèvres, car l'homme semblait soudain ne plus avoir besoin de la fille. Il pouvait facilement s'imaginer son ventre distendu dans trois mois. Manifestement, Rogan s'en fichait. Le gars n'avait rien fait pour changer l'opinion qu'il avait de lui. Il se réjouissait de son départ.

— Ni sous la mienne, rétorqua-t-il.

— Hélas, j'ai point de place pour elle sous mon toit, et cela va bellement déplaire à David si je la renvoie chez elle à Teviotdale.

David pouvait bien se pendre avec les lacets de ses bottes, Aidan s'en fichait.

— Comme c'est dommage ! lança-t-il.

Rogan jeta un regard las à la servante, visiblement apeurée. Soudain pris d'un élan de compassion pour elle, Aidan hésita. Quant à elle, Aveline semblait partagée. Manifestement, elle ne se sentait pas chez elle ici, mais elle semblait pourtant regarder Lìli avec anxiété, la priant en silence de parler pour elle.

Lachlann remit ses armes à Rogan. Ce dernier plaça son épée dans son fourreau et son couteau dans sa sacoche. Ses hommes étaient déjà prêts à partir, évitant le regard de leur seigneur.

— Vous seriez véritelment prêts à laisser la jouvencelle voyager seule avec cinq hommes ?

— Quatre, riposta Aidan. Je crois bien que le prêtre a perdu ses couilles.

Le clerc, offensé, étouffa un petit cri. Il se balançait d'un pied sur l'autre, le visage virant au rouge, mais garda le silence, surtout après avoir jeté un regard méfiant à Una. Avec une étincelle de malice dan son bon œil, Una ricana et enfonça le bout de son bâton dans le sol pour narguer l'homme. Aidan rit presque, lui aussi.

— Aidan... reprit Rogan en l'adressant par son prénom comme s'ils étaient des amis de longue date. Voyons... vous voulez point laisser votre femme sans sa servante ? Les deux ont été ensemble beaucoup trop d'années pour les séparer maintenant.

Surpris, Aidan regarda Lìli. Ses sourcils se froncèrent doucement, mais Aidan ne pouvait dire si c'était de surprise ou de consternation aux paroles de Rogan. Peut-être qu'elle ne voulait pas contredire son époux ? *Mo chreach*, elle était aussi autoritaire qu'une guerrière quand il s'agissait d'exercer ses dons de guérisseuse, mais une nuit dans son lit ne lui avait apparemment pas donné le courage de parler ouvertement si elle n'était pas d'accord avec lui.

— C'est vrai ? insista-t-il, voulant lui donner le choix, pas seulement en signe de gratitude pour avoir soigné son frère, mais parce qu'elle était maintenant sa femme.

Il voulait qu'elle lui dise clairement ce qu'elle désirait. Malgré ses fanfaronnades, le cœur d'Aidan s'adoucissait envers elle. Et il dissimulait à peine le désir dans son regard ou l'excitation de son sexe quand il la revoyait allongée nue dans son lit.

— C'est vrai, avoua-t-elle en acquiesçant de la tête.

Aidan se retourna pour observer une nouvelle fois la servante. Elle ressemblait bien plus à une Anglaise que toutes les filles qu'il avait jamais connues. Sa vue suffisait à lui donner des brûlures d'estomac.

Rogan insista :

— Je crains que si je la prends avec moi, vous la soumettrez à la correction de son père pour avoir manqué à ses devoirs.

Aux yeux d'Aidan, Aveline ressemblait à un chiot maltraité et terrifié. Il ne la considérait vraiment pas comme une menace.

— Très bien. Restez, céda-t-il. Mais vous feriez mieux de vous appliquer aux tâches qui vous ont été confiées.

Elle écarquilla les yeux.

— To… tout de suite ? demanda-t-elle, semblant sur le point de s'évanouir.

Aidan poussa un grognement de mécontentement et se détourna. Il ne supportait pas les femmes faibles. Il vit la fille courir aussitôt vers sa maîtresse. Il jura dans sa barbe, mais la chose une fois réglée, il lui tardait de voir les Scots partir, tant que les siens étaient toujours en un seul morceau.

Les quatre hommes armés montèrent rapidement sur leurs chevaux, mais le prêtre se prit les pieds dans l'ourlet de sa stupide robe et son crucifix se coinça dans les rênes du cheval. Aidan n'en pouvait plus. Il s'approcha d'eux et d'un geste rapide, sans demander la permission ni même sans hésiter devant le poids de l'homme, il souleva le clerc offensant et l'assit sur sa monture. Le prêtre hurla comme une femme.

— Me… merci, mon seigneur ! dit-il, le regardant du haut de son cheval, se tortillant inconfortablement sur sa selle.

— Aidan ! le corrigea-t-il en rugissant. *Dia leat !*

— Que… quoi ? balbutia le prêtre.

— J'ai dit : *Dieu soit avec vous*, vieux rustre ! Et disparaissez avant que je change d'avis et que je vous taille les os pour me curer les dents !

L'homme pâlit, devenant presque aussi blanc que les cheveux d'Una. Il retrouva aussitôt son courage, ou peut-être le perdit entièrement, car il poussa sa monture vers le col de la montagne avant même que ses compagnons n'aient eu le temps de saisir leurs rênes.

— Je suis certain que nous vous reverrons, car mon neveu va point tarder à arriver, dit Rogan.

Il s'attarda un instant, même après que ses hommes aient emboîté le pas au prêtre. Son hongre gris piaffait d'impatience, ne comprenant pas les signaux de son maître. L'homme chercha alors Lìli du regard. Aidan fut certain d'y lire un avertissement.

— Je saluerai Kellen de ta part, lui dit-il.

— S'il vous plait…, dit Lìli en hochant la tête.

Puis il partit. Lìli le regarda s'éloigner. Son corps ne trahit rien, mais ses yeux en disaient bien plus long que ce qu'elle pensait.

$\mathcal{P}$ar chance, outre une plaie à la tête, Keane n'avait pas de blessures graves. Même son traumatisme à la tête, avec le gonflement et les ecchymoses, semblait plus terrible qu'il ne l'était en réalité. L'eau avait amorti sa chute et il ne s'était rien cassé. S'il ne s'était pas heurté la tête sur les rochers en tombant, il aurait pu se relever avec un simple sourire aux lèvres pour avoir bravé la cascade. Il se remit donc rapidement. Lìli en était reconnaissante. C'était un terrible patient, incapable de rester au lit pendant plus d'un jour. Sa tête de gamin ne pensait qu'à « Meara, Meara, Meara ! » Il était sûr que la jeune fille le prendrait pour un héros, maintenant qu'il avait « vaincu la mort ».

Lìli se contentait de secouer la tête, souriant à son impertinence, car derrière ses déclarations choquantes et son allure rebelle, c'était encore un enfant, pas tellement différent de Kellen. Dans une certaine mesure, elle arrivait à apaiser le terrible désir de voir son fils en s'occupant du petit frère d'Aidan.

À en juger par les premiers propos grossiers qu'il lui avait adressés, en lui proposant de lui montrer où elle pouvait aller pisser, Lìli aurait pu penser que Keane resterait aussi récalcitrant à son égard que sa sœur Lael, mais le garçon semblait avide d'une figure maternelle dans sa vie. Dès qu'il avait ouvert les yeux et compris que Lìli l'avait soigné, il s'était adouci envers elle. Même s'il retenait rarement sa langue, il ne s'en servait plus pour la dénigrer.

Lael non plus ne retenait pas sa langue. Elle était fière et n'accepterait jamais facilement Lìli. Mais Lìli ne la forcerait pas, car au final si elle ne trouvait pas le moyen de s'extirper de cet imbroglio politique, ce que Lael pensait de Lìli serait justifié. Et en vérité, c'était l'une des raisons pour lesquelles Lìli ne l'empêchait pas de continuer à s'occuper de la maison d'Aidan, même si en tant que maîtresse de Dubhtolargg, c'était à elle de gérer le fonctionnement de sa maison.

C'était la même chose à Keppenach ou chez son père. L'épouse était la châtelaine, qu'elle ait en sa possession les clefs d'un petit garde-manger dans une hutte ou une forteresse de pierre telle que celle dont Maud de Huntingdon, épouse de David, devait s'occuper. Bien sûr, Lìli n'avait jamais été invitée par le roi de Scotia, mais elle n'avait pas besoin de voir leurs énormes propriétés pour mesurer le pouvoir dont il s'était emparé.

Il avait été comte sous le roi Henri I<sup>er</sup> d'Angleterre et il était comte de Huntingdon par sa femme. Grâce à ce titre, il avait pris le contrôle des comtés du Cumberland, du Westmorland et du Northumberland, et reçu la suzeraineté de l'évêché de Durham. À la mort de son frère Edgar, il hérita de toutes les terres du sud de la Scotia et se couronna lui-même roi du Sud, tandis que son frère Alasdair s'emparait du Nord. Maintenant qu'Alasdair était mort lui aussi, David n'avait de cesse que toute la Scotia tombe sous sa coupe. Mais les Highlands ne plieraient jamais facilement le genou devant un roi dont l'histoire avait commencé à la cour anglaise. Et le mari que le sort avait donné à Lìli n'était pas non plus quelqu'un que l'on pouvait traiter à la légère. Toutefois, il était juste chef de clan et en plus, il se tenait à l'écart des autres Highlanders. Elle ne voyait pas comment se défaire du carcan de son devoir. Elle était emprisonnée, pour l'amour de son fils. Et d'une façon ou d'une autre, Aidan était voué à l'échec.

Hélas, elle semblait une nouvelle fois destinée à pleurer un mari. Mais cette fois, elle déplorerait vraiment sa perte, car elle commençait à mieux connaître Aidan. Elle appréciait de plus en plus la tendresse et le respect qu'il lui manifestait, malgré la façon dont elle était venue à lui. Il montrait le même respect à ses propres sœurs, leur permettant d'occuper une position de force dans sa maison. Leur volonté ne semblait ni le diminuer ni le menacer. C'était un homme à l'aise avec une femme au fort caractère et elle l'admirait beaucoup pour cela.

*Il l'appelait sa fleur.*

Elle sourit en y pensant. Des images contradictoires lui passèrent par la tête. La seule chose qui semblait lui éclaircir l'esprit était la pensée de son fils. Kellen était son premier devoir. Il l'aiderait à poursuivre son but, même si à la fin elle verserait des larmes amères de douleur.

Mais comment pourrait-elle supporter de trahir Aidan et de le voir tomber ? Comment pourrait-elle les regarder le mettre en terre, lui qui la caressait avec tant d'amour et de douceur ?

Elle craignait de plus en plus d'échouer.

Une fois Rogan parti, on donna le choix à Aveline : elle pouvait soit rester dans le *crannóg*, dans une petite chambre près de celle du seigneur, ou dans la hutte qu'on lui avait assignée. Elle choisit la petite maison. Lìli était contente qu'elle ne soit pas dans ses pattes, pas simplement parce que la fille passait la moitié de la journée à pleurer, mais parce que ce serait plus facile pour Aveline d'accomplir son devoir, pas envers Lìli mais envers Rogan, si on ne l'observait pas de trop près. Lìli se rendait compte que le *crannóg* était toujours assez bien gardé, car c'est là qu'Aidan et sa famille dormaient, dans les chambres qui entouraient la grande salle.

Le *crannóg* était grand, mais bien plus petit que Keppenach ou que le château fort bien gardé de son père. Il y avait pourtant quelque chose de très agréable dans la façon dont ces gens vivaient, où les murs n'étaient pas épais au point d'étouffer tous les sons. Mais ce simple fait fit aussi rougir Lìli, car Aidan était insatiable. Il semblait avoir éveillé en elle quelque chose qu'elle ignorait posséder : le désir, comme sa malheureuse conscience, ne la lâchait plus. Mais un seul des deux faisait un bon compagnon de lit.

Avec Stuart, l'acte de procréation n'avait pas été si désagréable, mais il s'était limité à ceci : le moyen d'avoir un fils. Il était bon et pieux et prenait ses fonctions de seigneur beaucoup plus sérieusement que ses devoirs en tant que mari. Il avait été gentil envers elle dans l'ensemble, aimant, mais pas tant dans la chambre. Là, il avait été réservé, incertain, au point qu'elle se demandait ce qu'elle devait faire. C'était précisément là le problème, car si elle comprenait très bien la médecine, elle ne connaissait rien du tout au plaisir d'un homme.

Mais elle commençait à apprendre.

Songeant à Aidan, elle frissonna doucement : lui savait exactement quoi faire. Et il éteignait rarement les bougies. Lìli se dit qu'il devait maintenant connaître chaque centimètre carré de son corps, car il avait embrassé chacun de ses poils et chacune de ses taches de rousseur à la lueur chaleureuse de leur cheminée. En fait, le feu lui monta aux joues en repensant à certaines parties d'elle qu'il avait embrassées. Grâce à Dieu, il n'inspectait pas ses coffres de la même manière !

En quelque sorte, sans diminuer sa virilité, Aidan lui donnait son obéissance quand elle était dans ses bras. Et elle supportait de moins en moins l'idée de ce qu'elle avait été envoyée faire ici.

Son mari restait néanmoins un mystère : il se montrait tendre et aimant dans leur chambre, tandis qu'à l'extérieur il était certes gentil, mais distant, s'occupant principalement de la formation de ses hommes.

Les jours passaient. Lìli évitait de penser à la fiole et à la bague dans son coffre. Ce qui l'amenait à s'inquiéter et à se tourmenter au sujet de Kellen. Son cœur saignait de ne pas voir son fils bien-aimé.

Les semaines suivantes, l'été fit place à l'automne et les arbres perdirent leurs feuilles. L'herbe roussit et le *loch* prit des teintes argentées pour aller avec le ciel.

La vallée se prépara pour l'hiver. Les papillons disparurent ainsi que les fleurs sauvages. Les écureuils se mirent à accumuler des noix. Des vols entiers d'oiseaux partant vers le sud assombrirent le ciel. Sorcha découvrit un louveteau, abandonné par sa mère à la lisière de la forêt, derrière la maison de Glenna. Il était faible et maigre. Sans aide, il serait mort bien avant la première chute de neige. Elle l'apporta à Lìli en pleurant, et celle-ci le traita comme elle l'aurait fait avec tout homme ou femme. Quelques jours plus tard, la bête était sur pattes et suivait Sorcha partout comme un chien.

— Comment as-tu acquis la connaissance des anciens ? lui demanda Una, la rencontrant un jour tandis qu'elle se rendait chez Glenna.

La vieille femme clopinait à côté d'elle avec son bâton, marchant aussi vite qu'elle malgré sa démarche maladroite.

— En partie par une sage-femme que je connaissais. Mais j'ai beaucoup appris au long des années, comme je le pouvais. J'avais grand soif de connaissance, vous pourriez dire.

Lìli tut la raison de cette soif, car toutes deux la comprenaient précisément. Una hocha la tête et garda le silence pendant quelques pas, avant de lancer :

— Un jour, quand tu seras installée, j'ai un *leabhar* que tu aimerais peut être voir.

La curiosité, comme une bête affamée, releva la tête. Un *livre* était une chose très rare. Lìli ne s'était pas attendue à en trouver un ici.

— Un livre, dites-vous ?

— Un très vieux livre ! répondit la femme avec un clin d'œil, ses cheveux blancs agités par la brise légère.

— Ah ! cela me plairait énormément, avoua Lìli.

— Je sais, ma fillotte, reprit la vieille femme en souriant. Je sais bien. Dis-moi seulement... accepterais-tu l'avis d'une vieille femme gâteuse ?

Lìli ne pouvait s'empêcher de penser qu'Una était en vérité sa meilleure alliée à Dubhtolargg, bien plus encore que son mari, malgré le soupçon grandissant que la vieille était aussi l'auteure de sa malédiction et donc de sa misère.

— Certainement, répondit-elle.

— Fais confiance à tes instincts, Lìli. Et quoi que tu fasses, fais-le avec ton âme.

Sur ce, elles se séparèrent. Una prit le chemin à flanc de colline où elle disparaissait si souvent. Lìli se contentait de la regarder grimper la colline, se demandant où elle allait, mais sans lui poser la question.

Avec le temps, Lìli en vint à connaître chacun des villageois. Certains, encouragés par Una, venaient la trouver pour qu'elle les guérisse de leurs maux. Elle fit la connaissance d'autres parce qu'elle allait chez eux voir ce qu'ils fabriquaient de leurs mains. Ils ne semblaient rien vendre. Au lieu, ils vivaient comme une grande famille, échangeant entre eux ce qu'ils avaient. Chacun avait son rôle. Sauf Aveline bien sûr. La servante se sentait perdue et mal à l'aise.

Le flacon et la bague n'étaient jamais loin des pensées de Lìli. Ils la défiaient d'agir, mais elle ne les avait toujours pas changés de place, parce que cela semblait l'endroit le plus naturel où les cacher. Néanmoins, elle voulait retirer la bague et la jeter dans le *loch*. Seule la pensée de Kellen la retenait.

Un jour qu'elle se tenait à la fenêtre de sa chambre, se croyant seule, elle ouvrit le volet et regarda le *loch*. La bague dans son poing lui entamait la chair, tout comme la culpabilité entamait sa joie. Parbleu, elle était prête à la jeter ! Mais elle repensa à son fils tenant son petit talisman et revécut le moment où Kellen avait couru avec enthousiasme dans le jardin pour lui montrer le trésor qu'il venait de découvrir.

Il avait besoin qu'elle reste forte. Il croyait en elle. Il avait gardé son petit talisman, parce qu'il voulait croire tout ce qu'elle lui disait.

Ah ! comme il aimerait la vue de cette fenêtre ! pensa-t-elle.

Que ne donnerait-elle pas pour l'embrasser, tandis qu'il se tiendrait ici à ses côtés à jouir de la vue avec elle !

L'été avait disparu et l'automne était bien avancé, le vallon n'avait pas perdu sa beauté. Les *corries* environnants ressemblaient à un collier de perles à pointe blanche. Le *loch* lui-même était pareil à un joyau aux multiples facettes, reflétant le ciel gris argenté.

Aidan s'approcha d'elle par derrière et passa ses bras autour de sa taille. Il lui embrassa le cou. Comme un poignard, la bague entaillait sa paume. Elle ne pouvait se résoudre à se retourner et à faire face à Aidan. Il ne la força pas à le faire. Il se contenta de la serrer dans ses bras.

— Cela fait près d'une heure que tu es à la fenêtre, Lìli. Quelles pensées occupent ton esprit ?

Lìli lui dit la vérité. En partie du moins.

— Mon fillot, répondit-elle en soupirant. La prochaine fois que je le verrai, il sera peut-être un homme.

— Nenni, reprit-il. Tu as ma parole, Lìli. Nous allons amener Kellen ici, chez nous.

Lìli acquiesça de la tête, la bague brûlant dans son poing comme une braise ardente. Pour une fois, elle espérait qu'il ne l'attire pas dans son lit, car elle serait obligée de laisser tomber la bague dans l'eau, et sa décision serait alors irrémédiable.

Il l'embrassa sur la joue, mais la sentant distante, il lui laissa l'espace qu'elle priait à la fois d'avoir et de ne pas avoir, car s'il lui enlevait la décision des mains, elle saurait clairement quel chemin suivre. Mais il la laissa seule avec la bague et ses sombres pensées et s'en alla vaquer à ses propres affaires, sans rien soupçonner.

En très peu de temps, le cœur de Lìli s'était complètement adouci envers Aidan et son peuple.

Elle ne les voyait plus du tout de la même manière. C'était un clan épris de paix. Elle comprenait aussi maintenant qu'Aidan, loin d'être un redoutable guerrier païen obsédé par le sang, ne levait l'épée que pour défendre sa vallée. Son propre père avait dû venir chez eux en ami, puis avait trahi leur confiance. Rien d'autre ne pouvait expliquer qu'ils en soient venus aux coups.

Elle se demandait seulement comment ils avaient survécu toutes ces années dans la Mounth, vivant parmi des tribus belliqueuses. Mais elle savait... Elle savait que c'était parce qu'ils vivaient à l'écart, se protégeant contre les étrangers.

Comme son mari l'avait accueillie, les siens l'imitèrent. Pour la première fois de sa vie, elle comprenait ce que cela voulait dire de faire partie d'un clan. Quelle ironie que ce soit le seul moment de sa vie où il aurait été préférable qu'elle ne ressente pas cela !

Elle se sentait comme un serpent dans l'herbe.

Un matin, elle était en compagnie d'Aveline et essayait de lui remonter le moral. Avec l'aide de Glenna, elle avait trouvé une robe et avait réussi à convaincre la fille de se débarrasser de sa robe anglaise en soie, vert délavé, que celle-ci jugeait grandiose – elle était loin de l'être ! Elle était en train de tresser les cheveux d'Aveline à la façon des filles du village, quand elle entendit le son du cor.

Son sang ne fit qu'un tour. Le visage de Kellen lui vint à l'esprit. Elle abandonna Aveline et se précipita hors de la maison.

Rogan avait-il changé d'avis ? Venait-il lui apporter son fils ? Elle ne pouvait imaginer qui d'autre pourrait venir ici. Puis son cœur se serra. C'était peut-être juste des nouvelles et quelque chose était arrivé ?

Avec impatience, Lìli regarda vers les collines. Elle aperçut des hommes à cheval descendant la montagne. Ils ne portaient pas les couleurs de Keppenach ni celles de David, ni aucunes qu'elle reconnaissait. Le manteau au vent, ils descendaient la vallée au galop.

❧

— Eh ! Regarde celle-là ! lança fièrement Keane en pointant vers le sol.

Il avait le visage presque guéri maintenant, revenu à sa taille normale, mais son ego était deux fois plus gros qu'avant.

Mais il n'était pas seul. Lang Glen, trop vieux et trop gros pour entrer en compétition avec un gamin deux fois plus jeune que lui, grimpa au sommet du rocher où Keane s'était accroupi quelques minutes auparavant et regarda derrière.

— C'est juste une petite crotte, ricana-t-il. La mienne fait au moins quinze centimètres de plus, comme tout le monde peut voir !

Aidan continuait de réparer la fissure qui était apparue trop vite, empilant des pierres dessus. Regardant autour, il leva les yeux au ciel devant l'exagération de l'homme. C'était une *tradition* qu'il n'appréciait pas, même s'il ne voyait pas de mal à la tolérer. Certains garçons semblaient destinés à rester perpétuellement des gamins, et c'était peut-être le cas de son frère. Cette pensée lui déplaisait, mais il avait récemment commencé à imaginer quel genre d'enfant naîtrait de son union avec Lìli. Il espérait que le premier serait un garçon, sans toutefois oser penser à ce que cela voudrait dire pour l'avenir de son clan ou de la pierre.

Maudite Una, c'était elle qui l'avait entraîné dans cette histoire ! Et maintenant il commençait à ressentir beaucoup d'affection pour Lìli, même s'il s'était efforcé d'endurcir son cœur. Il était déjà tendre et mou, comme la tête de linotte de Lang Glen.

La terre sous ses pieds semblait assez solide, et la fissure n'était pas assez large pour pouvoir déterminer la configuration des cavernes en dessous en regardant à travers. Il craignait que cet endroit sur la colline soit trop près de la voûte en pierre. Il savait au moins que ses hommes garderaient un œil sur elle, car elle se trouvait juste devant leurs fichues latrines.

— À mon tour ! s'écria Hob.

— Nenni, c'est à moi maintenant ! lança un autre.

Les autres idiots grimpèrent tous sur le rocher rejoindre les deux imbéciles jubilant, les invitant à regarder en bas la merde que son frère avait éjectée pour voir laquelle était la plus grosse et qui serait le suivant à essayer.

Ils avaient en quelque sorte convenu que la plus grande sagesse était acquise à cet instant, que l'extase de produire une merde solide était comme une expérience religieuse. Si on posait la question à Aidan, il pensait qu'ils étaient tous beaucoup trop préoccupés par la défécation. Il aurait aimé pouvoir fourrer le nez de cette bande d'idiots dedans. Il détestait l'idée que deux cents ans de crottes étaient accumulées dans ce ravin, derrière le rocher.

Un cor retentit. Il fut soudain reconnaissant que tous ses hommes ne soient pas aussi stupides que ceux-là. Il reconnut le beuglement produit par l'instrument de Fergus dès qu'il l'entendit et sut aussitôt qu'ils allaient avoir des invités. Le cor retentit deux fois, ce qui le mit immédiatement à l'aise. Il réalisa que ce devait être des amis.

# CHAPITRE 25

On l'appelait Broc Ceannfhionn. *Broc le blond.*

Si Aidan trouvait Lang Glen grand, Broc était encore plus grand, avec des cuisses grosses comme des troncs d'arbres et des bras de la taille des jambes de Keane. Aidan était loin d'être petit, mais il se sentait minuscule face à la hauteur et à la largeur de Broc. Les doux yeux bleus du géant étaient cependant dépourvus de malice.

Pour célébrer leur arrivée, Aidan envoya Keane chercher de l'*uisge* et des chopes. Sa sœur Lael s'occupait toujours des cuisines, ce qui ne semblait pas déranger sa femme. Il continuait donc de faire ses requêtes à Lael. Il lui demanda d'apporter des vivres pour remplir l'estomac de leurs invités. Aidan avait fini par réaliser que Lìli était une habile diplomate : elle avait réussi à traiter équitablement tous ses frères et sœurs, et même à atteindre une sorte de trêve avec Lael, ce qui n'était pas un moindre exploit !

— À quoi devons-nous l'honneur de votre visite ? demanda Aidan à Broc, en lui donnant une claque amicale dans le dos.

Le visage de Broc était parcouru de lignes sombres

qui semblaient en contradiction avec ses traits enfantins et ses beaux cheveux blonds.

— Nous venons de la part de MacKinnon, répondit-il sur un ton grave.

Tout en réfléchissant à cela, Aidan conduisit les hommes à l'intérieur et se tint à la table du chef tandis qu'on préparait force nourriture et boisson. Tout le monde y mit du sien pour apporter du garde-manger du fromage, du pain, des fruits qui restaient de la saison et n'avaient pas été mis en conserves pour l'hiver, du poisson salé, du miel et un nouveau type de vin que Lìli avait épicé avec des fleurs tardives. Comme il était trop tôt pour le souper, on n'installa pas les tables à tréteaux, car il y avait assez de place pour tous autour de la longue table. Contrairement aux salles de réception d'autres chefs, ici l'espace était limité et ils n'avaient pas d'estrade permanente. De plus, Aidan n'était pas enclin à regarder les siens de haut, alors ils prenaient place des deux côtés d'une longue table, les uns en face des autres, tous égaux.

Aidan exhorta les hommes à s'asseoir une fois la table entièrement prête.

— Et qu'est-ce que MacKinnon nous veut ? demanda-t-il à Broc, éperonné par la curiosité.

Tout l'entourage de Broc lorgnait la nourriture préparée pour eux. Ils se précipitèrent sur leurs sièges avant le géant. Lui semblait beaucoup trop troublé pour jeter le moindre coup d'œil aux victuailles.

— Il y a une semaine, nous avons reçu la nouvelle d'un conseil secret convoqué par David.

Aidan frissonna d'appréhension, mais il dissimula son malaise et escorta Broc à son siège.

— Venez, donnez-moi vos nouvelles pendant que vous mangez. Je sais que vous devez être affamé après votre voyage vers le nord.

Acquiesçant de la tête, Broc s'assit à contrecœur et

commença son récit. Quand il eut fini, Aidan, immobile, se contenta de regarder l'homme tout en réfléchissant à ce qu'il avait dit. Keane lui remplit à nouveau sa chope ainsi que celles de leurs invités.

— Alors David a appelé les hommes de son oriflamme dès que j'ai quitté Chreagach Mhor ?

— Ce me semble, confirma Broc, d'un air sombre.

Il porta la coupe à ses lèvres et avala une grosse gorgée, puis secoua la tête en se raclant la gorge.

— Il a point invité Iain, sinon nous serions venus vous voir il y a longtemps, poursuivit-il, apparemment parfaitement habitué à la brûlure de l'*uisge*. Nous avons pris connaissance de la rencontre par aventure.

Aidan tendit la main vers sa coupe.

— Par aventure ?

— Si fait, répondit Broc.

Avant de poursuivre, il lui présenta les hommes qui l'avaient accompagné dans la vallée : son cousin Cameron et trois jeunes gens, tous féaux de MacKinnon.

— Heureux de faire votre connaissance, lança Aidan. *Fàilte. Bienvenue.*

— *Mòran taing*, répondit Cameron dans la langue ancienne. *Merci beaucoup.*

Aidan estima qu'il était peut-être un peu plus âgé que sa sœur Lael, mais pas de beaucoup.

Il fit un signe de tête à Keane tandis que celui-ci tenait la cruche d'*uisge* au-dessus de sa propre coupe, attendant la permission de son frère aîné. Avec un sourire d'idiot, le visage portant encore des signes de contusions, Keane prit place à la gauche d'Aidan, laissant le siège à sa droite libre, un subtil geste de respect envers Lìli, même en son absence. Cela plut énormément à Aidan.

L'histoire que Broc était venu rapporter était curieuse. Le fait même qu'il ait glané l'information semblait être le fruit du hasard ou un cadeau des dieux, dépendamment du point de vue. Apparemment, David s'était installé dans le manoir d'une certaine Alma, la nourrice et guérisseuse du clan MacEanraig, le clan de Broc par naissance. De la famille du chef MacEanraig, seul Broc, alors enfant, avait survécu à un raid brutal sur leur village. MacKinnon, le vieux *laird*, l'avait emmené pour s'occuper de lui. Entre temps, Alma était retournée à ce qui restait de leur village pour reconstruire leurs maisons. La loyauté de Broc envers Ian MacKinnon était inébranlable, Aidan le savait d'après des histoires qu'il avait entendues. Mais le guerrier semblait avoir la mort dans l'âme, même après toutes ces années, à cause de la disparition de sa lignée. Enfant, Broc avait enterré toute sa famille et avait regardé son village brûler. Cette femme aurait dû mourir longtemps auparavant, un peu comme Una. Par la grâce des dieux, elle continuait de respirer et voilà qu'elle était revenue lui conter une histoire qui glaça le sang d'Aidan.

— J'ai point idée de ce que David a en tête, avoua Broc. Mais je sais qu'il est venu ici, à Dubhtolargg. Et je sais que ce qu'il vous a proposé vient avec trahison.

Lìli entra à ce moment dans la salle. Aidan cligna des yeux en la voyant, hésitant tout à coup à la présenter à son hôte. Son cœur vacillait à l'avertissement de Broc.

*Ce qu'il vous a proposé vient avec trahison.*

*Elle te trahira peut-être au moins une fois avant de trouver sa véritable voie.*

Son intuition, celle qu'il avait eue en voyant son épouse pour la première fois, pourrait se révéler vraie, mais il ne pouvait pas en supporter l'idée. Il appela Lìli et la présenta à ses hôtes. Il sourit à la façon dont ils se levèrent tous pour la saluer, les yeux écarquillés à la vue de sa ravissante épouse scot. Elle avait le pouvoir de réduire un homme au silence, cela au moins était vrai.

Aidan se leva aussi.

Broc fut le premier à parler :

— *'S mise le meas, mes respects*, Ma dame, je vous souhaite longue vie et moult enfançons. Mon épouse m'en donnera un autre dans deux mois, et cette fois nous espérons un autre garsoncel.

Lìli fit oui de la tête :

— Félicitations à vous et à…

— Elizabet, compléta Broc avec un large sourire. Elle vous ressemble un peu, avoua-t-il.

Son cousin Cameron se mit à rire :

— Il a une belle fillotte comme vous, ma dame, et une autre en route. Il pourra bientôt commencer son propre clan de femmes pour rivaliser avec celui de Dubhtolargg !

Aidan rit. Son indulgence envers ses sœurs alimentait sans aucun doute les ragots, mais peu de personnes en avaient été les témoins directs. Cela ne le dérangeait pas.

— Eh bien…, dit Broc en rougissant. La pâleur de ses cheveux renforçait la couleur de son teint. Pour ce qui est de…, ajouta-t-il en dégainant sa claymore.

Aidan se redressa. Ses cheveux se hérissèrent soudain sur sa nuque. Mais le géant blond se contenta de déposer soigneusement son épée sur la table, avec l'inscription clairement lisible.

*Cnuic `is uillt `is Ailpeinich.*

*Collines et ruisseaux et MacAlpin.*

D'après les légendes, l'une n'existait pas sans l'autre, depuis l'origine des temps.

Aidan regarda sa femme. Une lueur de clarté brilla dans les yeux de Lìli. Il se rendit compte qu'elle avait compris ce qu'elle voyait.

Mais bien sûr qu'elle comprenait : elle connaissait la langue ancienne, il allait donc de soi qu'elle ait aussi appris les légendes. C'était l'épée du *Ard rí*, Roi suprême et

Chef des Chefs. C'était l'épée consacrée de Kenneth MacAlpin. Perdue dans la *Sìol Ailpín*, la Maison d'Alpin, composée des clans divisés des Highlands qui se réclamaient du lignage d'Alpin, on ne l'avait pas vue depuis plus d'un siècle. L'épée, tout comme la pierre, appartenait à l'héritier légitime du trône de Scotia et provenait des rois de Dal Riada, de même que la pierre *clach-na-cinneamhain*, bénie ensuite par une prêtresse picte selon la légende. Quand les deux seraient légitimement réunies, le chef assis sur la pierre et maniant l'épée régnerait sur des terres unifiées. C'est exactement ce qui aurait dû se passer, sauf que... après la bénédiction, sous couvert d'une trêve, Kenneth MacAlpin avait assassiné sept pictes rivaux menaçant son trône. En conséquence, la pierre fut maudite, condamnant celui qui s'assiérait dessus de façon illégitime à faire la guerre à sa propre famille. Voyant comme les choses avaient tourné après l'assassinat de sang-froid d'Aed, le fils de Kenneth, le clan d'Aidan s'était emparé de la pierre et l'avait cachée là où elle se trouvait encore maintenant.

Aidan garda les yeux fixés sur l'épée pendant un long moment. Après réflexion, il décida de ne pas renvoyer Lìli de la salle, car sans savoir où était la pierre, elle ne pouvait pas vraiment comprendre ce que cela signifiait d'avoir l'épée là devant elle, brillant sur la table. En même temps, si elle devait devenir membre à part entière de son clan, il allait devoir commencer à lui faire confiance.

Il tira la chaise pour sa femme et s'assit sur la sienne, les yeux toujours rivés sur l'épée et ses inscriptions. Il les connaissait en détail, car elles correspondaient à celles de la pierre cachée dans le *ben*.

Pendant ce qui sembla une éternité, Lìli resta debout à ses côtés. Puis elle finit par prendre place à la table.

Une fois sa femme assise, les hommes que Broc avait amenés avec lui s'installèrent aussi sur leur chaise. Tous gardaient le silence, attendant de voir ce qu'Aidan dirait de l'épée ancienne posée sur sa table.

— À qui appartient-elle ? demanda Aidan, feignant l'ignorance.

Broc hésita un instant, croisant le regard de Lìli avant de se tourner vers Aidan :

— À moi, dit-il enfin. C'est mon épée.

# CHAPITRE 26

*L*ìli releva brusquement la tête et croisa le regard du géant.

Il la jaugea de ses yeux bleus lumineux, surveillant sa réaction ainsi que celle d'Aidan.

Quant à ce dernier, il ne semblait guère dérouté par la vue de l'arme. Mais Lìli était assez au fait pour savoir que les hommes tueraient pour entrer en possession de l'épée que Broc avait placée devant eux sur la table.

— Comment vous l'êtes-vous procurée ? demanda son mari avec désinvolture.

Mais Lìli pouvait sentir la tension dans ses épaules rigides.

— Elle appartenait à mon père, révéla Broc.

Aidan acquiesça simplement de la tête.

— Elle est en bonne garde.

Une ombre passa dans les yeux de Broc, assombrissant l'étincelle qui y avait brillé quelques instants auparavant à la mention de son épouse.

— Je l'ai trouvée sur le corps de mon père, poursuivit-il. Mais je savais point ce que c'était à l'époque. Je savais seulement qu'elle appartenait à mon père. Quand Alma est venue avertir Iain MacKinnon de la rencontre secrète chez David, ses yeux sont tombés sur l'épée dans mon fourreau et la vieille femme s'est mise à pleurer amèrement à mes pieds.

Lìli croisa à nouveau le regard de l'homme assis de l'autre côté de la table. Ses yeux brillaient maintenant de larmes, mais elle savait qu'il ne pleurerait jamais en présence de tant d'hommes. Ses cheveux longs et dorés lui arrivaient au-dessous des épaules, comme son mari, sauf qu'ils n'étaient pas de la même couleur. Si Broc ressemblait à un dieu gaélique, son mari avait le teint sombre de ses ancêtres pictes. Mais même si Broc avait l'apparence d'un ange, s'ils existaient, elle sentait en lui une force née des circonstances. C'était ironique qu'il ait promis son épée au MacKinnon quand elle était précisément celle des rois. Son présage la fit frissonner.

— Alma m'a imploré de pardonner et m'a raconté l'histoire de l'épée. Elle a été transmise à ma famille de sang de génération en génération pendant plus de quatre-vingts ans, continua Broc avec un profond soupir.

— Mais vous vous appelez MacEanraig ?

Lìli sentit la tension dans la voix d'Aidan.

Broc ne détourna pas son regard.

— Comme vous, je m'associe point à un nom. Iain MacKinnon m'a nommé Ceannfhionn quand j'étais garsoncel. Presque personne ne m'appelle plus Mac-Eanraig, mais je suppose en effet que pour protéger ma lignée de rivaux assassins, le nom d'Alpin a été abandonné. Et sans doute pour se rappeler que la puissance est point la façon légitime de régner, mon clan a choisi pour devise « *Sola Virtus Nobilitat* ».

*Seule la vertu ennoblit.*

Aidan retint sa respiration. Lìli pensa que les mots signifiaient peut-être quelque chose pour lui, mais elle n'en savait pas assez pour comprendre exactement quoi.

Le silence grandit entre eux. Le feu crépitait

bruyamment dans l'âtre. Quelqu'un reposa une coupe sur la table. Le bruit résonna comme le tonnerre dans la salle de plus en plus silencieuse.

— Il y a autre chose, reprit Broc sur un ton solennel. Elle m'a donné le nom des meurtriers, ces fils de catin qui ont rasé mon village.

Il parlait calmement, mais quand il regarda Lìli, elle retint son souffle, comprenant en quelque sorte que ce qu'il s'apprêtait à dire allait briser sa vision du monde.

— Dougal MacLaren, sous la bannière d'Alasdair mac Maíl Chaluim, le roi du Nord, avant sa mort.

Il reposa son regard sur Aidan.

Le père de Stuart et de Rogan. Le grand-père de son fils.

— Le frère de David a sanctionné le raid sur votre village ?

Broc fit oui de la tête :

— Keppenach est mon droit d'aînesse. Je tiens maintenant à le reprendre.

*Kellen est toujours là-bas.*

Le sang de Lìli ne fit qu'un tour. Elle se leva, repoussant sa chaise en arrière sur le plancher en bois avec un bruit terrible. Son estomac se contracta. Elle ne voulait pas en entendre davantage. Tous les hommes levèrent les yeux vers elle, mais à son grand soulagement, ils se turent.

— Excusez-moi, dit-elle avant de s'enfuir à la hâte.

Leurs doigts s'immobilisèrent. Ils arrêtèrent même de mâcher. Un silence de mort régna dans la pièce un long moment après le départ de Lìli.

Keane regarda prudemment autour de lui, sentant la tension sous-jacente, même si à quatorze ans, le garçon n'avait pas encore vu de champ de bataille.

— Vous devez savoir que j'ai épousé la fille de Padruig Caimbeul ?

Broc hocha la tête d'un air sombre.

— Je veux point lui manquer de respect, Aidan, mais le père de son mari est une canaille malhonnête, comme son jouvenceau toujours en vie. Je serais point étonné si l'un des deux avait assassiné le vieux bâtard dans son lit. J'ai entendu des rumeurs sur la mort de Stuart. À mon avis, c'est un acte criminel, point une stupide malédiction !

Aidan regarda l'homme droit dans les yeux.

— C'est moi qui suis l'époux de Lìli. Stuart Mac-Laren est mort et je préférerais qu'on me rappelle jamais qu'elle en a eu un autre.

Il pouvait voir son reflet dans les yeux de Broc ainsi que la lueur du feu derrière lui.

— Pardonne-moi, mais a-t-elle point eu un fillot de cet homme ?

Aidan croisa les bras, même s'il lui démangeait de s'en servir pour saisir son arme en acier.

— Si fait, mais une fois que le garsoncel lui sera rendu, je l'élèverai comme le mien.

L'ambiance se fit plus grave entre eux, tandis qu'ils s'évaluaient mutuellement.

Broc n'était pas un lâche. Même si ses hommes étaient surpassés en nombre, il n'hésita pas à demander ce qu'il voulait savoir :

— On pourrait faire valoir que Keppenach devrait revenir au fillot de votre femme. La forteresse vous intéresse point ?

Même si c'était un poste de défense très convoité au sud des *Am Monadh Ruadh*, Aidan répondit sans avoir à réfléchir :

— Nenni.

— Alors joignez-vous à moi... avec les MacKinnon, les mac Brodie et les Montgomerie... pour la récupérer.

— Pour vous ?

— Pour mes fillots, répliqua Broc. Je suis l'héritier légitime de Keppenach.

Aidan reposa son regard sur l'épée, réfléchissant à l'histoire de Broc. Malgré tout ce qu'il avait entendu, n'importe qui pouvait revendiquer l'arme. Ce n'était pas à Aidan d'influencer le choix de celui qui pourrait accéder au pouvoir et s'asseoir sur le trône de Scotia. Broc n'avait d'ailleurs jamais insinué vouloir aller jusque-là. Mais la tâche d'Aidan était de garder la pierre en sûreté, ce qui impliquait de rester à l'écart des conflits de la Scotia, mesquins ou sérieux. L'homme à qui elle revenait légitimement monterait sur le trône, avec ou sans l'aide d'Aidan. En attendant, il devait veiller sur la pierre à tout prix.

Il réalisa que Broc attendait toujours sa réponse. Il pesa ses mots avec soin :

— Si j'ai point brûlé Padruig Caimbeul dans son lit pour le meurtre de mon père, qu'est-ce qui vous fait penser que je conduirais mes hommes à la guerre pour vous rendre cette forteresse ? demanda-t-il enfin. Nenni. Je me mêle point des affaires politiques de la Scotia.

Broc pencha la tête :

— Point même pour sécuriser des alliances ?

Aidan se tendit.

— Est-ce une menace Broc ?

Broc ne tarda pas à répondre. Il secoua aussitôt la tête.

— Nenni. Point du tout, mais il me semble que personne devrait rester seul.

— Notre solitude nous a bien servis au long des années, rétorqua Aidan. Elle continuera à le faire.

Broc fronça les sourcils.

— Si fait, mais vous voulez point vous battre pour ce qui est juste ? insista-t-il. Si l'histoire d'Alma est vraie, mes fillots pourraient régner un jour.

Aidan considéra Broc un long moment, se demandant ce qu'il devait révéler.

— Et si ses histoires sont point vraies ? suggéra Aidan. Si cette épée a été retirée à son propriétaire légitime sur un champ de bataille quelque part ? Si votre père l'a reçue à la guerre, point par le sang ? Souhaiteriez-vous voir vos fillots se faire la guerre simplement pour la manier ?

Aucun clan dans l'histoire de la Scotia n'avait été autant en proie à des meurtres de sang-froid par des membres de leur propre famille que celui d'Alpin. Tous les Highlanders savaient cela. Aujourd'hui encore, la malédiction de la pierre empoisonnait la lignée d'Alpin, car David lui-même était le huitième fils et chaque frère avant lui était mort avant de pouvoir prendre place sur le trône.

Le visage de Broc s'assombrit, mais Aidan sentit que ce n'était pas pour avoir omis de tenir compte du prix à payer pour récupérer son patrimoine. Après un long intervalle, Broc ajouta d'un air têtu :

— Je voudrais élever mes fillots à Keppenach.

— Eh bien, qu'il en soit ainsi, concéda Aidan, espérant vraiment que l'homme dorme un jour sous le toit de Keppenach, tant que le fils de Lìli ne se retrouverait pas au milieu des hommes en guerre.

— Restons-en là, consentit Broc.

Et Cailin apparut aussitôt, brandissant un nouveau pichet d'*uisge* pour leur éviter d'avoir à poursuivre leur conversation.

Le visage de Cameron s'illumina à la vue de la deuxième sœur, tandis qu'elle prit place sur la chaise maintenant froide à côté d'Aidan.

— Quelqu'un d'assez courageux pour avaler une petite coupe ? demanda-t-elle. Una envoie une cuvée spéciale pour nos hôtes spéciaux, expliqua-t-elle.

— Moi ! répondit aussitôt Cameron en levant la main.

&

Lìli s'imaginait déjà le choc des épées, le sang versé et les cris résonnant dans les salles du donjon de Keppenach.

Blanche comme un linge, elle courut sur la jetée, incapable de supporter les images qui l'assaillaient à la pensée de la bataille qui n'allait pas manquer d'avoir lieu. Pas besoin d'être devin pour se mettre de telles horreurs en tête, car elle connaissait assez le château pour se représenter le sang versé pénétrant dans chaque crevasse des sols en pierre. Son fils pourrait bien se retrouver parmi les morts si elle ne trouvait pas le moyen de le faire sortir de cette forteresse. Et elle ne voyait pas comment le sauver, sinon en trahissant l'homme qu'elle commençait à aimer.

Que pouvait-elle faire ?

Elle devait réfléchir !

Elle ne pouvait pas parler à Aveline pour le moment. Elle ne voulait pas non plus affronter Lael, de peur que la sœur rusée d'Aidan ne comprenne ce qu'elle avait en tête. Elle ne pouvait pas aller trouver Una. Quittant le quai, elle courut en direction de la hutte de Glenna. Cependant, elle ne pensait pas non plus se confier à Glenna, car leur amitié était aussi fondée sur des mensonges, ses propres mensonges. Glenna ainsi qu'Aidan et son peuple lui avaient fait confiance, même quand ils n'auraient pas dû. Elle était vraiment maudite, car elle était condamnée à maudire également tous ceux qu'elle aimait, c'était clair.

Elle trouva un coin moussu le long de la colline et s'assit sur un rocher près d'un sorbier. Ses branches étaient grises et il n'y restait qu'une feuille, menaçant de rejoindre celles déjà tombées à terre. Pour l'instant, Lìli se sentait un peu comme cette feuille, seule au bord d'un précipice, prête à tomber.

Elle ne savait plus que faire.

Elle était amoureuse de l'homme qu'elle avait jadis craint. En vérité, Aidan dún Scoti était un homme exceptionnel, honorable, fier et fidèle. Pas un de ceux qui se croyaient mieux que lui n'était digne d'embrasser le bas de son *breacan*. Il traitait ceux qu'il aimait avec bien plus de civilité que tous ceux qu'elle avait jamais connus.

Et puis il y avait sa stupide malédiction. Et si elle était vraie ? Lìli était reconnaissante de ne pas le savoir, car elle craignait qu'Aidan n'ait pas le temps de tomber amoureux d'elle.

Mais non, elle ne pouvait pas faire cela.

Elle ne pourrait pas mettre fin à la vie d'Aidan.

Pas elle. Non. Jamais de la vie !

Puis elle repensa à l'épée et se dit qu'elle ne serait peut-être pas obligée de tuer Aidan après tout...

Et si elle fournissait des renseignements en échange du retour de Kellen ? Serait-ce suffisant ?

Elle ne connaissait pas Broc Ceannfhionn et ne lui devait rien. Mais elle devait allégeance à son mari. Et à son fils.

Elle essuya ses larmes et s'allongea sur le sol moussu pour réfléchir et comploter quelque chose.

# CHAPITRE 27

*L*e regard de Lìli quand elle s'était enfuie de la pièce tourmenta Aidan pendant des heures.

Il se dit qu'elle devait être inquiète pour son fils, mais une partie de lui craignait aussi qu'elle soit contrariée par ce que Broc avait dit sur Stuart MacLaren. Que son cœur puisse toujours appartenir à un homme mort depuis longtemps le rendait malade et lui coupait l'appétit.

Confiant que ses invités trouveraient à s'occuper après leur collation, il partit à la recherche de sa femme. Il la trouva près du sorbier, là où sa mère avait été enterrée. Après toutes ces années, il ne restait aucun signe de sa tombe. Le monticule de terre avait été emporté par les pluies et la mousse l'avait recouvert, laissant son corps à jamais sous la terre, là où tous retourneraient un jour. Le sorbier aidait Aidan à reconnaître l'endroit. Son père ainsi que la plupart des guerriers défunts étaient commémorés avec des tas de pierres qui parsemaient la colline. Ils avaient droit à un enterrement de guerrier et leurs corps étaient brûlés sur un bûcher. On ne gardait aucun cimetière dans le vallon, mais Aidan n'avait pu supporter l'idée de brûler la femme qui lui avait donné la vie. Il avait treize ans à l'époque. Pas beaucoup plus jeune que Keane maintenant.

Il se rendit compte que sa charmante épouse avait pleuré. Il le voyait à son nez, encore rouge. Mais en approchant de l'endroit moussu où elle était allongée, il sourit, car il découvrit qu'elle s'était endormie. Cela lui redonna le sentiment de bien-être qui avait été ébranlé par l'histoire de Broc Ceannfhionn : si Lìli pouvait s'endormir ici en plein jour, au milieu d'un champ, c'était signe qu'il faisait bien son travail et gardait les siens en sécurité. Il s'assit près d'elle. Elle ouvrit les yeux et battit doucement des cils. Le cœur d'Aidan se mit aussi à battre à la vue de ses beaux yeux violets. Mais Lìli fronça les sourcils dès qu'elle l'aperçut.

— Je suis inquiète pour Kellen, avoua-t-elle.

Il passa un doigt sur sa joue, traçant le contour à peine visible de ses larmes séchées.

— T'inquiète point, Lìli. Nous allons ramener ton fillot. Je ferai ce que j'ai dit. Je l'élèverai comme le mien.

Elle avala sa salive. Incapable de se retenir, Aidan se pencha pour embrasser doucement les jolies lèvres de sa femme.

Elle garda les yeux ouverts, l'implorant du regard. Il était déterminé à faire tout ce qui était en son pouvoir pour répondre à ses prières silencieuses. Au fond de son cœur, il comprenait qu'elle luttait avec quelque chose. Elle lui en parlerait quand elle serait prête et de son plein gré. Il sentait qu'elle avait le cœur pur. Peu importe si Una avait prétendu qu'elle le trahirait un jour, il ne le croyait pas. Mais si tel était bien le cas, il devait aussi l'accepter. Le destin était changeant et Aidan ne devait pas essayer de le maîtriser. Chaque personne devait choisir sa propre voie. C'est alors seulement que la pierre pourrait vraiment se retrouver entre des mains légitimes.

Les paroles d'Una lui revenaient néanmoins et le

tourmentaient : *Elle te trahira peut-être au moins une fois avant de trouver sa véritable voie.*

Mais comment Lìli pourrait-elle le trahir quand ses yeux ne disaient rien que la vérité ? Il pouvait clairement y lire toutes ses émotions.

Il s'allongea à côté d'elle, appuyé sur un coude, et regarda autour d'eux.

— C'est probablement le dernier de nos beaux jours cette année, dit-il en remarquant le tas de feuilles au pied du sorbier.

— Si fait, mais j'aime l'hiver, avoua Lìli.

Elle en était venue à apprécier les saisons après avoir découvert combien leurs ancêtres les adoraient. Elle les sentait plus vivement ici. À Dubhtolargg. Dans ce havre de paix éloigné du reste du monde. Une douce brise agita les feuilles au pied de l'arbre. La beauté du lieu lui coupait le souffle. La beauté de son mari aussi.

Elle tendit la main pour la poser sur la poitrine d'Aidan. Il était maintenant habillé pour la saison, mais elle pouvait quand même sentir son cœur sous ses vêtements. Il battait sous sa paume comme un tambour païen, au rythme de son propre cœur. Elle sentait ses battements à chaque fois qu'Aidan était près d'elle. Elle se sentait vivante en sa présence, remplie de sensations. Il lui faisait oublier toutes ces années où elle s'était sentie comme une abomination parmi les siens.

Quand son mari la regardait, elle n'était plus Lìli la sorcière ni Lìli la maudite ou la pauvre veuve d'un homme qui avait osé l'aimer. Elle était tout simplement Lìli.

Et seulement maintenant, en regardant dans les yeux d'Aidan, elle comprit que Stuart ne l'avait jamais vraiment aimée. Elle avait été un prix pour Stuart, un beau trophée à montrer à ses hommes. Elle voyait à présent la différence de leurs regards. Cela la remplit d'une nouvelle crainte, car malédiction ou non, elle ne voulait pas perdre cet amour que le destin lui avait offert de façon inattendue. Elle voulait montrer à Aidan combien il comptait désormais à ses yeux.

Elle osa descendre la main vers son bas-ventre et entre ses cuisses. La poitrine d'Aidan se souleva de surprise. Son sexe se durcit sous la paume de Lìli.

— Lìli, dit-il sur un ton de représailles.

Mais Lìli n'allait pas se laisser contrarier dans son dessein. Elle eut un petit sourire espiègle, puis serra doucement les doigts, le cœur battant à la pensée grisante de faire l'amour là, sous le ciel hivernal.

Aidan en avala presque sa langue.

Tout ce qu'il aurait pu dire serait sorti de sa bouche de façon incompréhensible tandis que Lìli le tenait dans ses mains. Si elle glissait la main sous son *breacan*, elle le trouverait plus dur que ce rocher auprès duquel elle était assise. Et presque aussi gros.

— Femme, balbutia-t-il d'une voix faible. Tu peux point savoir ce que tu me fais.

— Oh ! si fait, *mari* ! et je voudrais que vous m'aimiez au-delà des murs de notre chambre, renchérit-elle avec un sourire de sirène aux lèvres.

— Tu es une sacrée tentatrice, jura-t-il.

Elle sourit doucement, libre de tout remords.

Un large sourire malicieux se dessina alors sur ses lèvres.

— Dis point que t'étais point prévenue, poursuivit-il en se penchant pour l'embrasser de nouveau.

Elle était douce et fraîche comme la pluie par une journée estivale. Il lui traversa un instant l'esprit que quelqu'un pourrait peut-être les surprendre, mais il ne s'en souciait pas. Leurs invités avaient tout ce qu'il leur fallait et on avait préparé un nouveau feu de joie. Ils quitteraient leur vallée le lendemain, mais ce soir, ils allaient festoyer. En attendant, ils n'avaient pas besoin d'Aidan, alors que lui avait soudain désespérément et irrésistiblement besoin de sa charmante épouse.

Il poussa Lìli sur la mousse douce et moelleuse et la couvrit de son corps. De tous les endroits sur la colline, elle avait choisi celui où la mousse était aussi épaisse que son matelas. Elle gémit doucement sous lui. Aidan sourit, se préparant à la faire taire en mettant sa menace à exécution.

Ses mains naviguèrent sur l'océan de son corps, traçant le contour de ses courbes et jouissant de la profonde passion qu'il lisait dans son regard. C'était une déesse. Sa déesse. Sa femme. La mère de ses futurs enfants. Morbleu, il vénérerait sa chair avec son cœur sur le bout de la langue. Avec cette pensée en tête, il glissa vers le bas et embrassa ses seins sous sa robe, sans la découvrir pour la protéger contre la fraîcheur de l'air. Il n'avait pas besoin de la dévêtir complètement pour trouver le trésor qu'il voulait partager.

Il chercha le bas de sa robe de la main et la souleva jusqu'à ses genoux. Il était entre ses cuisses avant qu'elle puisse protester.

Lìli haleta de surprise et écarquilla les yeux en le voyant entre ses jambes. Elle comprit aussitôt où il voulait en venir. Elle ouvrit la bouche pour protester, mais il se contenta de sourire. Avant qu'elle ne puisse parler, Aidan baissa la tête, cherchant de sa langue l'entrée de son lieu le plus secret.

Suffoquant à nouveau de surprise, Lìli se rallongea, toute tremblante, tandis qu'il se mit à l'embrasser là où aucun homme ne l'avait jamais embrassée avant. Il la taquina de sa langue avec désinvolture, et elle écarta les jambes sans plus pouvoir résister.

Qu'il fasse ce qu'il voulait...

— C'est cela, ma fleur, lui dit-il, son souffle chaud contre sa chair.

L'instant suivant, toutes ses pensées troublantes s'étaient envolées comme des oiseaux, bannies par les doux murmures et la langue de son mari.

# CHAPITRE 28

*L*eurs invités, maintenant partis, avaient laissé un froid derrière eux, un sombre pressentiment qui planait comme un nuage de colère. Lìli n'arrivait pas à le dissiper et il semblait grossir de jour en jour. Elle était en partie certaine de la raison : elle cherchait en effet de plus en plus désespérément un moyen de reprendre son fils sans nuire à son mari ou à son clan.

Toutes les semaines où la maladie ne les avait pas visités touchèrent brutalement à leur fin. Aveline avoua qu'elle était enceinte et elle passait ses journées à vomir dans sa hutte. Puis ce fut au tour de Meara, la fille de Fergus, de tomber malade, atteinte de la même maladie mystérieuse dont Duncan avait souffert. Il était difficile de croire que Lìli avait vécu près de deux mois avec ces gens, deux mois loin de son fils bien-aimé. Cela la peinait de penser qu'elle ne le reverrait peut-être pas pendant longtemps. Si quelque chose ne se passait pas bientôt, la neige arriverait et les montagnes seraient infranchissables jusqu'à la fonte au printemps.

Lìli sortit une nouvelle fois la bague à poison de son coffre pour l'inspecter. Elle n'était même pas jolie. Elle n'avait rien de remarquable, sans doute à dessein. Elle la passa à son doigt et la fixa des yeux. Aidan la remarquerait, car elle ne portait pas de bijoux habituellement. Elle était venue avec très peu de choses outre les vêtements qu'elle portait sur le dos. Et pourtant…

Elle ôta la bague et la remit dans le petit sac, le poussant tout au fond de sa malle. Elle ne souillerait pas son amour pour Aidan en contemplant même un instant une telle chose !

La maladie de Meara empira très rapidement.

Aidan était endormi quand ils vinrent trouver Lìli. Elle se dirigea donc vers la maison de Meara en pleine nuit avec le fils de Fergus. Se souvenant du conseil d'Una, elle suivit son intuition et s'arrêta en chemin à un petit ruisseau pour y puiser un peu d'eau. Le garçon s'éloigna pour se soulager. Pendant ce temps, Lìli leva les yeux vers la lune, demandant silencieusement aux esprits de bénir le liquide dans sa main. Elle y ajouta une pincée du précieux sel pris dans la pochette qu'elle avait accrochée autour de sa taille et fit tourner la coupe vers la droite, jusqu'à ce que le sel soit dissout. Puis elle éleva la coupe de sorte qu'elle soit illuminée par le clair de lune et déclama : « À la lumière de la pleine lune, à l'aide de mes mains, je répands la bonne santé à travers les terres ». Elle emporta cette eau bénite chez Meara et la déposa entre deux bougies allumées sur le sol près de l'âtre. Puis elle sortit de sa pochette les herbes médicinales qu'elle avait apportées.

La jeune fille était gravement malade. Lìli la trouva en sueur et frissonnante. L'épouse de Fergus avait été l'une des premières victimes de cette maladie de la suette. Lìli était maintenant inquiète et arpentait la maison.

Elle fit ce qu'elle put pour soulager la fille de ses frissons. Son frère était assis sur une chaise au coin du feu, à caresser leur chien qui gémissait. Il fronçait les sourcils, inquiet lui aussi. Depuis que Meara était tombée malade, leur maison avait l'air d'avoir été ravagée par des brigands. C'est pour cette raison que Lìli avait posé sa coupe d'eau par terre, car il n'y avait pas de place ailleurs. Après avoir accompli tout ce qu'elle pouvait et une fois Meara dans un sommeil profond mais agité, Lìli veilla au chevet de la fille.

Son père, malgré toutes ses fanfaronnades, avait l'air terrifié, et son fils ne dormit pas tant que son chien était près de lui. Lìli somnolait quand elle entendit l'animal laper l'eau qu'elle avait apportée du ruisseau. Le temps qu'elle réalise, la coupe était vide.

Fatiguée et frustrée, elle fut reconnaissante de voir Aidan arriver.

— Viens te coucher, lui ordonna-t-il.

— Nenni. Je devrais point, soutint-elle.

— Est-ce que tu as fait tout ce que tu pouvais ?

— Si fait, mais…

— Le chef a raison, ma fillotte, interrompit Fergus. Attendre est le plus difficile, mais vous pouvez point aider ma petiote en devenant malade vous-même. Allez vous reposer et revenez au matin.

Il avait le regard tellement rempli de désespoir que Lìli ne voulait pas le quitter. Ils faisaient partie de son peuple maintenant et elle ne pouvait supporter l'idée d'en perdre même un seul.

Aidan sentit son hésitation. Il s'approcha d'elle et la prit doucement par la main. Il l'éloigna de la jeune fille endormie et prit au passage son *arisaid* près de la porte. Il jeta un coup d'œil à Fergus.

— Appelle-nous s'il y a un changement, lui dit-il sur un ton plus doux.

— Si fait, répondit-il. Vous savez bien que je le ferai.

❦

— IL SEMBLE que je ne peux plus dormir sans toi dans

mon lit, annonça Aidan à Lìli quand ils furent revenus dans leur chambre sombre.

Cela ressemblait à une lamentation, mais Lìli perçut la douceur dans sa voix.

Le feu s'était éteint, mais Lìli était trop préoccupée par Meara pour remarquer combien l'air était froid. Elle sourit à Aidan, reconnaissante de sa présence, et plus encore de sa sollicitude.

— J'arrive point à comprendre ce que cette maladie peut être, dit-elle sur un ton inquiet, tout en s'asseyant sur le lit pour enlever ses chaussons.

Aidan attisa le feu dans l'âtre pour raviver la flamme.

— Je vais point te laisser tomber malade pour cela, Lìli.

Elle aimait la façon dont il l'appelait par son nom maintenant, avec une telle tendresse. Néanmoins, elle ne pouvait pas délaisser sa tâche quand la vie d'une jeune fille était en jeu.

— Qu'est-ce que tu peux me dire de ceux qui sont tombés malades avant ? insista-t-elle.

— La femme de Fergus était parmi les premières victimes, répondit-il en se tournant vers elle.

— Elle vit très près de chez Glenna, commenta Lìli, considérant le fait. Qui d'autre ?

— Un de mes plus vieux guerriers, un homme qui s'est battu aux côtés de mon père.

— Où vivait-il ?

— Dans une maison sur la colline.

Lìli réfléchit, se demandant s'il avait habité près des deux autres malades. Elle était tellement préoccupée qu'elle réalisa tardivement que son mari était nu, debout devant elle.

— Diable ! Que doit donc faire un homme pour attirer l'attention de son épouse ? demanda-t-il, nu, mais pas excité.

Lìli se mit à rire et observa son visage. Il souriait, ses dents blanches brillant dans l'obscurité. Le feu dans son dos projetait des ombres sur le mur, menant sa silhouette dans une danse sensuelle à la lueur du feu.

— Même ta servante pleurnicheuse, celle qui semble point à sa place, a un gros ventre, se plaignit Aidan, mais sans trop d'inquiétude. Je voudrais avoir un fillot de toi, dit-il doucement, s'agenouillant pour la regarder dans les yeux.

Il posa sa main sur le genou de Lìli.

Elle retint son souffle quand elle vit le sourire disparaître de son visage, remplacé par un air soucieux.

— Demain nous est point promis, lui dit-il. La maladie de Meara me le prouve clairement. Si elle meurt, mon frère pleurera pour ce qui n'adviendra jamais. Quoi qu'il en soit, je regretterai point un seul moment sur cette terre. *Buin mo chridhe dhuit*, ajouta-t-il d'un ton bourru.

Le cœur de Lìli se serra en entendant ses mots, car elle pouvait les voir reflétés dans ses yeux.

*Tu es l'amour de mon cœur.*

Ces mots la comblaient de joie, mais l'inquiétude suivit aussitôt, car elle craignait ce qui pouvait arriver. Elle avait peur en quelque sorte de sceller le destin d'Aidan en lui retournant son affection. Elle resta sans voix.

Elle l'aimait aussi.

*Désespérément.*

Ses sentiments avaient fait surface malgré sa volonté de les étouffer. Maintenant, la possibilité même que la malédiction puisse être vraie remplissait son cœur d'effroi.

Elle ne pouvait pas parler, mais elle pouvait lui montrer... Elle l'attira à lui sur le lit, avec une envie désespérée de sentir une fois de plus la vie grandir dans son ventre.

# CHAPITRE 29

*M*eara mourut au petit matin.

Fergus ne revint pas les chercher, car lui et son fils s'étaient endormis, épuisés par leur veille. Quand le pauvre homme se réveilla, sa fille était déjà partie. Le cœur lourd, ils la brûlèrent sur un bûcher le lendemain, avec le chien de la famille qui était aussi tombé malade quelques heures après le départ de Meara. Fergus pensait que l'animal avait péri de chagrin, mais Lìli eut une lueur d'espoir en apprenant cela. Même si la mort du chien la peinait également, une idée lui vint.

Ne désirant pas raviver la douleur du père ni donner cause à du regret, elle se renseigna discrètement pour savoir où la famille allait chercher leur eau. Si elle avait raison, elle pensait savoir d'où venait la maladie. Leur maison était assez loin du puits du village. Ils allaient donc chercher de l'eau à un ruisseau voisin, celui même où Lìli en avait puisé pour sa bénédiction. Apparemment, Glenna y allait aussi parfois, quand elle ne pouvait pas se rendre au puits. Parfois, Duncan était trop paresseux pour aller jusque là-bas. Et quand Lìli posa plus de questions, elle découvrit que les autres victimes avaient aussi puisé l'eau de ce ruisseau. Après l'enterrement, elle partit seule inspecter les lieux, pour voir si ses soupçons pouvaient être justifiés.

Elle découvrit que le ruisseau aboutissait à un petit bassin entre la hutte de Glenna et celle de Fergus. Il était alimenté par un filet d'eau descendant de la colline. Elle suivit le chemin montant et trouva la cause de leurs maux au sommet : d'énormes tas d'excréments humains dans un petit bassin. Elle se souvint qu'après la création des latrines dans le donjon de son père, pour que les déchets arrivent directement dans les douves, certaines personnes du village étaient tombées malades, jusqu'à ce qu'ils se rendent compte qu'il n'était plus prudent de puiser de l'eau dans le fossé.

Lìli soupira et s'assit sur un rocher, se rappelant les premiers mots que Keane lui avait adressés : *Si vous avez besoin de pisser... je peux vous montrer où aller, pour éviter de vous retrouver le derrière plein d'orties.*

Keane avait le cœur brisé. Le pauvre garçon avait à nouveau les yeux gonflés, de chagrin cette fois. S'il apprenait la cause, elle savait que Keane se reprocherait ce qui était arrivé. Elle réfléchit donc à la meilleure façon de communiquer à tous ce qu'elle avait découvert. Elle ne pouvait le garder pour elle-même. Elle devait leur dire pour que personne d'autre ne tombe malade. Pauvre Meara ! Pauvre Keane ! Pauvre Fergus !

Tandis qu'elle réfléchissait à ce qu'elle pourrait dire, son regard fut attiré par un tas de pierres, d'où semblait provenir un mince filet de brume du sol situé en dessous.

Elle se dirigea vers le tas et poussa du pied quelques pierres.

Soudain, sans prévenir, le sol céda sous elle, s'effondrant comme un vieux gâteau. Elle atterrit dans un trou, froid, humide et sombre.

PENSANT que sa femme avait besoin de se reposer un peu, Aidan fouilla dans son coffre à remèdes. Cela pouvait tout aussi bien être un coffre à remèdes en effet, vu qu'il ne contenait presque rien d'autre. Il était encore surpris du peu qu'elle avait apporté avec elle de Keppenach. Ses malles étaient très petites et renfermaient essentiellement des herbes. Heureusement, de ses nombreuses pochettes, il se rappelait laquelle elle avait utilisée lorsqu'elle avait donné à Keane un remède pour l'aider à dormir quand il souffrait. Il la chercha et la trouva. Mais il découvrit aussi une autre pochette qui contenait une boule dure. Comme elle n'avait en gros que trois robes et un peigne, il était curieux de savoir ce que contenait cette pochette. Il la sortit d'entre les robes et la pressa.

Une bague peut-être ? Est-ce qu'elle cachait un bijou reçu de Stuart ?

Poussé maintenant par la curiosité, il ouvrit le sac et en vida le contenu dans sa main : un flacon de poudre et une affreuse bague. Il retourna la bague et aperçut le trou sur le côté. Il cligna des yeux et l'observa attentivement, sachant en quelque sorte de quoi il s'agissait, même s'il n'en avait jamais vu avant. L'inspectant de plus près, il la souleva et la secoua. De la poudre lui tomba dans la paume.

Est-ce qu'elle voulait l'empoisonner ?

Il ne pouvait y avoir d'autre explication. Mais elle ne s'en était pas servie. Qu'est-ce qui l'avait arrêtée ? Elle aurait pu accomplir sa tâche et disparaître sans que personne ne sache ce qu'elle avait fait. Mais elle avait sauvé Duncan et Keane... Est-ce qu'elle lui réservait sa trahison ?

Il pensa à l'adoration dans son regard quand ils faisaient l'amour. L'idée même lui retourna l'estomac, et le cœur, car il s'était mis à aimer son épouse reçue en échange.

*Accepte ce à quoi te lie le destin*, lui avait dit sa mère juste avant de mourir. Après l'enterrement de son père, il avait fulminé contre la volonté du monde. Même si elle avait porté l'enfant d'un homme après un acte de cruauté, elle avait caressé son gros ventre avec tant d'amour qu'Aidan n'avait pu qu'aimer Sorcha à sa naissance.

*Accepte ce à quoi te lie le destin*, lui disait-elle maintenant. Alors seulement peut-on être certain que les choses arrivent comme elles sont censées arriver, indépendamment de la volonté humaine. De même qu'il est certain que la pierre se retrouvera un jour entre des mains légitimes.

Mais au moins, il savait... Il devait éviter de manger tout ce que Lìli touchait. Grâce à Dieu, sa sœur Lael était toujours en charge de la cuisine. Pour le moment, il ne lui dirait rien, car elle embrocherait Lìli pour le défendre.

En fait, il était réticent à en parler à qui que ce soit, car Lìli n'avait encore fait de mal à personne. Il ne pouvait pas la blâmer pour la maladie étrange qui sévissait parmi eux, elle avait commencé avant son arrivée. Depuis sa venue en fait, elle avait sauvé des vies.

Peut-être qu'elle n'avait jamais eu l'intention de se servir de la bague...

Mais il devait savoir ce qu'elle avait dans le cœur.

Il *devait absolument* savoir ce qu'elle comptait faire avec.

Replaçant la bague dans la pochette, il serra le cordon et la renfouit au fond de la malle, à peu près là où il l'avait trouvée.

Au moins, il savait... Désormais, il garderait un œil sur ses coupes... et sur chacun des mouvements de sa femme.

❧

LE SOL sous la fissure était creux. Comme un toit aminci avec le temps, il s'était tout simplement effondré, et Lìli avait atterri au fond d'une petite caverne. Elle s'était éraflé les bras et les jambes en tombant, mais autrement, elle était indemne. Sauf qu'il ne semblait y avoir aucun moyen de sortir de là.

Son *arisaid* était resté coincé au bord. Cela lui donna une lueur d'espoir. Mais quand elle tira dessus, il se décrocha et lui arriva sur le visage, faisant tomber sur sa tête de la poussière et des petits cailloux. Elle recracha la poussière de sa bouche et se mit à inspecter la grotte.

Une brume froide s'éleva en volutes autour de ses pieds. Comme à l'intérieur d'une sphère creuse, les côtés étaient arrondis, de sorte que les murs étaient aussi plats qu'un plafond au niveau de la fissure, mais les côtés étaient concaves et trop éloignés, rendant toute escalade impossible. Sauf à un tout petit endroit où la paroi faisait saillie. Si elle pouvait atteindre cette surface, elle pourrait peut-être s'en servir pour se hisser hors du trou. Hélas, ce côté de la caverne était humide et de l'eau suintait du bassin situé au-dessus, laissant des taches verdâtres sur la pierre. Lìli essaya quand même et jugea la pierre glissante. En outre, l'eau puait comme dans un bourbier. La pensée lui donna un haut-le-cœur. Elle s'essuya les doigts sur la paroi de l'autre côté de la grotte, ne voulant pas salir sa robe. Puis elle les passa dans la terre sèche à ses pieds et les essuya dans l'ourlet de sa robe. Ils s'étaient apparemment servis du bassin au-dessus comme de latrines depuis très longtemps, conclut-elle. Une partie de l'eau coulait en filet sur les rochers en contrebas et une autre semblait se diriger vers la petite mare près de la maison de Glenna.

Examinant sa robe, là où elle s'était essuyé les mains, elle trouva l'ourlet déchiré et fronça les sourcils. Glenna était une couturière très habile, se rassura-t-elle ; elle pourrait la raccommoder. Pour l'instant, elle devait trouver le moyen de sortir de là et d'avertir tout le monde au sujet de la mare et du bassin.

Il faisait noir. Elle aperçut une faible lumière émanant d'une autre fissure dans le mur d'où sortait une brume froide, comme un souffle chaud par une froide journée. Elle observa la fissure avec méfiance et cria à l'aide. En vain. Elle était seule sur la colline aujourd'hui. Tout le monde assistait à l'enterrement de la pauvre Meara.

Sentant le froid l'entourer, elle ramassa son manteau et le secoua. Puis elle le jeta sur ses épaules, se maudissant maintenant de n'avoir dit à personne où elle allait. Sans avoir vraiment le choix, elle décida d'explorer la fissure dans le mur.

Les voûtes, outre le plafond par où elle était tombée, semblaient suffisamment solides. Elle pourrait toujours revenir sur ses pas si cela ne menait nulle part. Mais la faible lumière brillant à travers la paroi lui indiquait qu'il y avait une autre sortie ailleurs. Le crépuscule approchait et elle ne voulait pas passer la nuit dans ce trou.

Cependant, la fissure dans le mur était à peine assez large pour elle. Elle dut libérer quelques pierres avant de pouvoir finalement se glisser à travers. Le passage conduisait à une autre caverne, plus grande. La lumière y pénétrait par là où elle était venue ainsi que par un autre trou au plafond... avec une échelle de corde en descendant. *Une échelle menant à un trou dans le sol. Bizarre.* Beaucoup moins paniquée maintenant à la vue de l'échelle, elle s'attarda pour inspecter la pièce, curieuse.

Au centre de la grotte se trouvait un gros bloc de pierre de forme oblongue, à peine plus long que son bras. Lisse, comme si elle avait été polie, sa surface brillait un peu. Elle lui fit penser à la pierre de Scone, où les rois étaient couronnés, même si elle ne l'avait jamais vue.

*Cela serait-il possible ?*

*Mais non...*

Elle passa la main sur la pierre, se demandant pourquoi une telle pierre serait posée là, comme sur un autel.

Elle en fit le tour et trouva une plaque, mais avait du mal à lire l'inscription à cause de la pénombre. La curiosité lui fit tourner la pierre face aux rayons de lumière provenant de la fissure dans la paroi.

*À moins que s'égarent les destinées*
*Et que la voix du prophète soit vaine*
*Où que se trouve cette pierre sacrée*
*Le sang d'Alba règne.*

Lìli cligna des yeux, fixant les mots. Une inscription apparemment gravée il y a très longtemps. Elle passa les doigts sur les signes anciens. Il y en avait d'autres sur la pierre elle-même. Elle y reconnut les mêmes signes que sur l'épée du *Ard rí*, l'arme finement sculptée que Broc Ceannfhionn avait placée sur la table d'Aidan. Et sous la pierre, sur l'autel, trois mots étaient gravés en latin : *Sola Virtus Nobilitat.*

Elle ressentit des picotements sur sa peau, des picotements qui refusaient de cesser, car l'importance de sa découverte ne lui avait pas échappé. Elle ne connaissait qu'une seule pierre où les rois étaient couronnés. Mais ce ne pouvait pas être celle-ci. Cette pierre était à Scone, non ? David lui-même avait été couronné dessus. Elle savait cela parce que Rogan était allé assister à la cérémonie l'année d'avant. Il s'était vanté de s'être assis lui aussi sur cette pierre, en plaisantant qu'elle n'avait pas fait de lui un roi.

Sa peau frémit étrangement, une sensation qui n'avait rien à voir avec le froid. Elle frissonnait terriblement. Comme si sa pensée l'avait convoquée, une brume froide descendit du plafond de la grotte. Lìli s'alarma tout à coup, ne voulant rien de plus que s'enfuir de cette tombe creusée pour une pierre.

Gravissant rapidement l'échelle, elle réalisa qu'elle avait découvert quelque chose qu'Aidan ne voulait pas qu'elle voie. Elle se sentit moite et en sueur malgré l'air frais.

Mais peu de choses auraient pu la préparer à ce qu'elle découvrit dans la grotte où elle émergea : si celle en dessous semblait avoir été oubliée au fil du temps, celle-ci était habitée maintenant. Certes brumeuse et humide, elle était pourtant éclairée par une bougie de graisse accrochée au mur du fond. Au centre de la pièce se trouvait une petite table, avec dessus une boule en cristal de la taille de la tête de Lìli, ainsi qu'un mortier et un pilon, des restes de poudre, et des encoches créées par le martèlement du pilon. Elle reconnut les marques, car elle avait sa propre table de travail à Keppenach où elle broyait ses herbes.

Inspectant le reste de la pièce, elle trouva de très anciens manuscrits sur une étagère et un vieux tapis en peau de loup par terre. Une chaise, recouverte d'une vieille couverture aux couleurs du clan, était placée sous la torche. Les araignées avaient tissé de hautes toiles, mais pour l'instant la salle semblait dépourvue de toute vie humaine, quoique apparemment pas pour longtemps.

C'était donc le logis d'Una, sombre et profond sous la terre.

Attirée par ce qui semblait être une pierre de voyance, Lìli tendit la main pour la toucher. Elle savait ce que c'était seulement parce qu'on lui en avait parlé, mais elle n'en avait jamais vu. Dès qu'elle posa le doigt dessus, un éclair lui traversa l'esprit et la fit sursauter. Elle retira aussitôt sa main et recula, cherchant une sortie.

Sa place n'était pas ici. Elle eut soudain une envie irrésistible de s'en aller, avant que quelqu'un ne la découvre en train de fureter.

Elle trouva une nouvelle échelle traversant le plafond, en bois celle-ci, et n'osa pas s'attarder une minute de plus. Elle avait en quelque sorte l'impression de profaner un lieu saint. Elle se précipita vers l'échelle et se mit à grimper, remerciant le ciel de ne pas s'être blessée dans sa chute et de pouvoir s'éloigner le plus vite possible.

Cette caverne conduisit à une autre encore, remplie de provisions pour l'hiver, sans aucun doute. Très avantageuse, car au cœur de l'hiver la salle serait assez froide pour geler de l'eau, elle en était presque certaine. Mais Lìli ne s'attarda pas pour regarder en détail ce qui était emmagasiné là.

C'était comme un labyrinthe de cavernes. Elle les traversa toutes, jusqu'à la dernière où la lumière était plus brillante. De là, elle se précipita au grand jour, et dans le soir tombant, elle suivit en courant le sentier battu qui descendait la colline. Elle ne s'était jamais sentie autant alarmée de sa vie. Et pourtant, un espoir s'éveilla en elle : elle avait découvert le moyen de sauver à la fois son fils et son mari.

Una fut une des dernières à quitter les funérailles.

Pendant de longues heures, la fumée continuerait à s'élever en volutes dans le ciel gris, assombrissant l'horizon alentour. Una ne pourrait jamais s'habituer à la puanteur de la chair brûlée, peu importe le nombre d'années qu'elle avait passées sur terre. Et pourtant, elle savait... l'âme de Meara n'était pas perdue après tout. Elle était juste retournée là d'où ils étaient tous venus, là où un jour ils iraient tous.

La pierre de son bâton scintillait bien que le soleil soit déjà couché. Elle l'agita au-dessus du bûcher en prononçant ces paroles :

*La paix des lochs soit avec toi, mon enfant.*
*La paix de la terre soit avec toi.*
*La paix des étoiles soit avec toi.*
*Maintenant et à jamais.*

Puis elle soupira et ferma les yeux, adressant à Meara un dernier adieu rempli d'amour et essayant de ne pas pleurer sur une jeune femme qui ne connaîtrait jamais les cris de son propre enfant, ni la vie grandissant en elle ou même l'amour d'un homme bon. La vie de Keane était destinée à changer, d'une façon qui n'allait peut-être pas beaucoup plaire à son frère.

Mais le temps n'était pas encore venu.

Levant la tête, elle aperçut une silhouette dévaler la colline. Son poing se serra sur son bâton, car elle reconnut la démarche et la longue chevelure auburn. Lìli descendait la colline en provenance de la maison d'Una, aussi vite que ses pieds pouvaient la porter.

Un picotement féroce traversa chacun des membres d'Una. La tristesse menaçait de la submerger, mais elle prit une profonde respiration et ferma les yeux... Tout allait commencer.

Le sort du clan et de la pierre elle-même était maintenant entre les mains de la jeune femme.

# CHAPITRE 30

Quand Lìli fut de retour au *crannóg*, le soleil n'était plus qu'une lueur orange au-dessus des sombres sommets. Aidan était debout sur la jetée à regarder l'eau quand elle le trouva. Elle s'arrêta à côté de lui pour regarder aussi, se mordillant nerveusement la lèvre. Elle avait eu l'intention d'attendre qu'ils soient complètement seuls pour aborder le sujet, mais elle était trop anxieuse :

— Mon amour, je me disais...

Il se tourna vers elle, lui offrant un sourire timide.

— Mon amour ?

Le cœur de Lìli se serra à la façon dont il avait prononcé ces mots, à la façon dont il la regardait. Pendant un instant, elle ne réalisa pas qu'il avait répété ses propres mots.

— C'est la première fois que tu m'appelles comme cela, lui expliqua-t-il.

Lìli cligna des yeux. C'était vrai. Elle souhaitait sans doute obtenir quelque chose de lui à ce moment, mais elle l'aimait vraiment. Ces mots étaient sortis instinctivement de sa bouche. Ce n'était pas simplement un moyen de l'attendrir : elle ne manipulerait jamais un homme avec des mots doux juste pour arriver à ses fins. Elle ne saurait même pas comment faire cela. Elle détourna le visage, se sentant soudain embarrassée d'avoir à lui demander quelque chose. Elle fixa des yeux les dernières lueurs orangées à la surface de l'eau en direction du *crannóg*, comme une flamme d'eau s'avançant lentement vers eux tandis que le soleil se couchait derrière les sommets éloignés.

Des oies volèrent au-dessus d'eux, battant leurs ailes en harmonie, leur V se reflétant sur l'eau. Lìli ne put en détacher son regard pendant un long moment. Elle regarda les oiseaux paraissant glisser sur le *loch* vers le rivage lointain.

— Tu le dis en vérité, Lìli ?

Elle répondit sans hésiter, même si elle ne pouvait pas le regarder dans les yeux, de peur qu'il n'y voie les secrets qu'elle avait désespérément besoin de garder.

— Si fait, dit-elle sous son regard insistant.

Puis il se détourna et elle put respirer à nouveau.

*C'était la seule façon*, se dit-elle pour se convaincre.

Elle avait déjà parlé à Aveline qui savait ce qu'elle devait faire. Il n'y avait pas d'autre manière de se dépêtrer de cette situation. Elle avait maintenant le moyen de récupérer son fils et peut-être même aussi d'empêcher la mort d'Aidan... au moins par ses propres mains.

Lìli resta un long moment à regarder l'eau étincelante. Le son leur parvint d'un roseau solitaire, une mélodie mélancolique qui lui toucha le cœur. La musique lugubre interrompit un instant ses pensées.

— Comment va Keane ?

— Assez bien, répondit Aidan sans la regarder.

Lìli le sentit distant. Quand il se retourna enfin pour la regarder de nouveau, elle aperçut de la douleur dans son regard. Elle se dit que la mort de Meara devait le peiner, surtout que jusqu'à présent, Lìli était la seule à savoir que cette maladie n'était après tout pas aussi mystérieuse que cela. Personne d'autre n'allait mourir. Se souvenant de sa découverte, elle envisagea de le rassurer aussitôt, mais elle n'arrivait pas à se rappeler comment elle avait quitté l'endroit. Devinerait-il qu'elle avait découvert les cavernes ?

Sous son regard, elle se retint de vérifier à quel point ses bras et ses jambes étaient égratignés. Elle avait presque oublié ses blessures dans l'excitation du moment. Tout à coup, comme sous l'effet de la culpabilité, son coude lui fit mal et les taches sur sa robe semblaient prouver l'ampleur de ses péchés.

— Et qu'est-ce que tu te disais, *mo chridhe* ? lui demanda-t-il d'une voix douce.

Lìli se racla la gorge, incapable de lui cacher ce qu'elle avait découvert.

— Je crois savoir quelle maladie touche les tiens.

Il fronça les sourcils.

Lìli remonta son *arisaid* sur ses épaules pour cacher ses tremblements.

— Je te montrerai, lui promit-elle. Mais d'abord... je dois te demander quelque chose.

— Tu as point besoin de me demander, jamais, Lìli. Tout ce que j'ai est à toi et ces gens sont maintenant autant les tiens que les miens.

Le cœur de Lìli se mit à battre plus vite. Il semblait dire honnêtement ce qu'il pensait. Cela la décida d'autant plus à faire ce qu'elle avait à faire. Elle rassembla son courage et lui demanda de renvoyer Aveline à Keppenach pour que le bébé de Rogan soit là où il devait être. Il n'y avait aucune assurance que Rogan allait faire ce qu'il fallait pour Aveline ou pour l'enfant, mais Aveline ne souhaitait pas rester à Dubhtolargg plus longtemps. Elle était malheureuse et pleurait tous les jours, la mort dans l'âme, car elle croyait que Rogan l'aimait. Lìli connaissait la vérité, mais ce n'était pas à elle de briser les espoirs de la jeune fille. Et peut-être que Rogan finirait par aimer Aveline s'il voyait son bébé.

— Tu veux que je la renvoie à Rogan ? Pourquoi ce changement d'avis ?

— Parce que je peux point vivre sans mon fillot, répondit Lìli, les yeux expressifs et ses paroles remplies d'émotion.

C'était la vérité, mais elle voulait aussi sauver l'homme qu'elle aimait. Mais elle ne pouvait pas le lui dire. S'il y avait vraiment une malédiction, elle trouverait le moyen d'empêcher la prédiction d'Una de se réaliser. La vieille femme *devait* connaître un moyen ! En attendant, cela semblait la chose à faire pour le sauver d'un destin décrété par des hommes de moindre importance.

— Les neiges seront bientôt là et nous pourrons point traverser les montagnes, expliqua-t-elle. Je voudrais avoir mon fillot avec moi pour la Noël.

Il se contenta de la dévisager. Lìli se raidit, craignant sa réponse.

Il *devait* accepter cela ! Renvoyer Aveline était la seule façon de transmettre un message à Rogan. Son plan était d'échanger son fils contre certaines informations, qui sans aucun doute seraient bien plus utiles à David de Scotia que la mort d'Aidan dún Scoti. Mais elle ne leur donnerait rien du tout tant qu'ils ne lui permettraient pas de récupérer son Kellen.

— Rogan a promis d'envoyer mon fillot une fois que je serai installée, mentit-elle. Il voulait juste être sûr que...

Elle chercha rapidement une excuse plausible.

— Que nous étions point des sauvages qui pourraient corrompre son neveu ? proposa Aidan, ses yeux verts brillant.

Lìli acquiesça de la tête, se haïssant pour ce mensonge. Certes Rogan les prenait pour des barbares, et elle aussi avant de venir ici, mais c'était un faux prétexte.

— S'il te plaît, implora-t-elle. S'il te plaît…

Il la transperçait du regard, lisant jusque dans son âme. Mais à sa grande consternation, il accepta sans discussion, disant seulement qu'il ne souhaitait pas garder une femme prisonnière dans sa vallée.

Lìli poussa un soupir de soulagement, à peine consciente d'avoir retenu sa respiration jusqu'à ce que l'air s'échappe de ses poumons, laissant un filet de brume dans l'air entre eux.

C'était aussi simple que cela : il renverrait Aveline chez elle escortée de trois de ses meilleurs hommes, et la fille remettrait le message de Lìli à Rogan. Si Rogan osait libérer Kellen, les hommes reviendraient avec son fils. Mais elle savait que ce ne pouvait pas être aussi facile.

Aidan ayant donné son accord, Lìli le prit par la main et le conduisit à la colline pour lui montrer le bassin qu'elle avait découvert. Comme elle le craignait, il aperçut aussi la fissure. Lìli fut contrainte de lui cacher une partie de la vérité.

— J'ai failli tomber, expliqua-t-elle, lui montrant où elle s'était égratigné le genou. Je suis tombée à la renverse et je me suis retrouvée sur mon derrière.

Elle lui montra aussi les éraflures sur ses paumes. Le regard d'Aidan s'assombrit et il serra la mâchoire.

— J'étais tellement impatiente, j'ai descendu la colline en courant pour te dire ce que j'avais découvert.

— Tu aurais pu te tuer, la gronda-t-il, sans rien ajouter.

Lìli haussa les épaules. Elle lui parla de l'eau que Glenna et Fergus étaient allés chercher au bassin. Elle lui montra exactement où il se trouvait.

Lìli croyait que les excréments avaient contaminé l'étang, car il était assez petit et l'eau n'y était pas claire, quelque chose qu'elle n'avait pas pu voir le soir où elle était allée s'occuper de la pauvre Meara.

Aidan porta ensuite son attention sur la fissure qui était apparue si soudainement. Il s'assura que l'eau du bassin ne se dirigeait pas vers le puits du village.

Grâce à Dieu, il ne posa pas d'autres questions, mais Lìli crut sentir que son humeur avait changé. Il devint de plus en plus maussade en travaillant avec ses hommes au sommet de la colline. Il alla se coucher tard cette nuit-là et les soirs suivants, et il se levait à l'aurore. Pendant plus d'une semaine, il la toucha à peine, mais Lìli s'occupa, aidant Aveline à se préparer pour son voyage de retour, se persuadant qu'il n'y avait pas d'autre moyen.

❧

À UN MOMENT DONNÉ, Aidan avait commencé à croire en quelque chose de plus, quelque chose de magique, si l'on doit utiliser ce mot. Mais cette guérison miraculeuse était simplement le fruit du travail acharné de Lìli. Les ruses d'Una n'étaient rien de plus que cela, des supercheries de vieille femme. La malédiction était imaginaire, la rage d'une vieille femme exprimée en vers. Les hommes étaient enclins à croire aux contes de fées. Aidan n'était donc pas surpris que la fichue malédiction soit devenue une chanson pour les ménestrels itinérants. La mort de Stuart n'était probablement qu'un accident : un imbécile, un maladroit qui n'avait pas trouvé mieux que de lever la tête après avoir envoyé une flèche en l'air. Ah ! mais il aimait follement cette femme et il se tenait là, pas mort mais à peine vivant, à jeter des pelletées de terre dans un foutu trou ! Leur but ici dans cette vallée semblait risible pour le moment. Toutes ces années, ils avaient gardé la pierre pour un roi digne d'elle, et maintenant qu'il avait épousé une étrangère, leurs efforts seraient réduits à néant.

Chaque pelletée lancée pour combler la fissure semblait plus lourde que la précédente. Son humeur devint aussi terrible que les taches sur ses vêtements.

Ses hommes travaillaient tous en silence, craignant sa colère, et ces incapables la mériteraient bien tous ! Il avait envie de leur asséner sa pelle sur la caboche, y compris Keane, toujours en convalescence, pour avoir mis en danger la vie du clan. Tout cela pour un jeu grossier qui consistait à voir qui pourrait produire la plus grosse merde !

Scrutant l'intérieur de la fissure, Aidan s'étonna que rien ne semble suffire à la remplir. La curiosité l'aiguillonna. Il *devait* savoir ce que Lìli avait peut-être vu. Il ne pouvait pas voir la pierre de là où il se trouvait, et elle prétendait ne pas être descendue dans le trou, mais il soupçonnait qu'elle l'avait fait. Une seule chose pouvait apaiser sa curiosité. La seule raison pour laquelle il s'était retenu était tout simplement sa lâcheté. Il *voulait* croire son épouse. Mais il se sentirait vraiment stupide de ne pas le faire !

Lançant sa pelle par terre avec la force de sa colère, il donna l'ordre à ses hommes de cesser leur travail pendant qu'il allait explorer. Il sauta dans la crevasse, trouva le trou dans le mur et jura dans sa barbe quand il glissa à travers, atterrissant directement dans la caverne qui abritait leur précieuse pierre. De là, il monta droit à la grotte d'Una. Il la trouva seule, les yeux fixés sur sa *keek stane*. Quand elle le regarda, elle ne sembla pas surprise de le voir.

— Je soupçonne que Lìli a vu la pierre.

— Moi aussi, dit-elle en hochant calmement la tête.

Sa réaction n'était pas du goût d'Aidan.

— Elle m'a demandé de renvoyer Aveline à Keppenach, lui dit-il.

Parbleu, il ne l'avait encore dit à personne et cela le tarabustait.

— Je sais, reprit la vieille femme avec un clin d'œil.

Aidan se raidit et sa colère monta :

— Par les dieux, Una ! Et si elle a parlé à Aveline de la pierre ? Et si Aveline les conduisait ici ? demanda-t-il, exigeant des réponses.

Puis il se demanda quand Lìli avait pu parler à Una et de plus, pourquoi diable Una n'était pas venue le voir pour en savoir davantage.

La vieille femme se contenta de le regarder, appuyée sur son bâton. La brume avait disparu aujourd'hui, probablement à cause du second accès aux grottes. Mais sans les volutes de brume à leurs pieds, la caverne ne semblait guère plus qu'une grotte humide, sale et dépourvue de tout mystère.

Et pourtant le bon oeil d'Una n'avait pas perdu de son éclat, même si la pierre de son bâton était grise et terne.

— Notre devoir est de garder la pierre jusqu'à ce que l'héritier légitime arrive sur le trône, point de choisir qui la trouvera.

Aidan se força à se calmer. Il trouva la vieille chaise branlante d'Una et s'y affala, se sentant épuisé. Si Lìli en parlait à quelqu'un, à qui que ce soit, David descendrait en force dans leur vallée. Si ses rivaux n'arrivaient pas avant lui. Mais parbleu, s'ils devaient se battre pour protéger la pierre, ils inviteraient les effusions de sang à leur porte. Aidan ne le permettrait pas ! Ils n'étaient pas assez forts pour défendre une petite vallée contre toute la Scotia. Il préférerait attacher un ruban autour de la grosse pierre et la remettre au premier à la réclamer.

Una clopina vers la chaise et se tint devant lui, lui rappelant sa présence. À la lueur de la nouvelle bougie brûlant au-dessus d'eux, elle avait l'air fatiguée et vieille. Elle semblait avoir une voix grave et plus faible aujourd'hui qu'hier.

— Notre histoire est point notre destinée, Aidan. Je commençais à croire que nous approchions de la fin de nos jours, mais maintenant je pense que c'est juste le début.

Aidan lui lança un regard incrédule, son cœur se serrant douloureusement.

— Comment diable peux-tu dire une chose pareille, Una ? La fin a jamais semblé plus proche. Nous pourrions tout aussi bien envoyer Cailin et Sorcha pour des épousailles en Angleterre et marier Keane à une fichue Scot. Notre lignée picte va disparaitre !

Una se tint devant lui un instant de plus, secouant la tête de déception. Puis elle repartit en clopinant vers sa table de travail.

— Je suppose que cela pourrait être vrai... si t'as point foi en la femme.

— Pourquoi diable est-ce que je devrais lui faire confiance ? rugit Aidan.

Il se leva en gesticulant comme pour supplier Una d'entendre raison.

— Ah ! Il me semble que les hommes croient moins leurs oreilles que leurs yeux, mais ils croient leur cœur encore moins !

Sur ce, elle renifla et jeta son bâton sur la table, d'un geste de colère comme il ne l'avait jamais vu faire avant. Il atterrit bruyamment sur la table et vint s'arrêter à côté de la *keek stane*, grise et terne.

Aidan fronça les sourcils. Ses entrailles commençaient à lui faire mal. Il regarda Una sans bouger, découragé et affligé de la façon dont il lui avait parlé. Mon Dieu, elle n'était peut-être pas vraiment la Mère de l'Hiver, mais elle était à bien des égards leur mère à tous.

— Pardonne-moi, avança-t-il en avalant sa salive, le cœur gros.

Puis il la quitta et retourna sur la colline.

Sans un mot, Aidan et ses hommes comblèrent toute la grotte sous la fissure, apportant des tas de terre sur la colline, jusqu'à ce qu'aucun signe ne reste des cavernes en dessous.

# CHAPITRE 31

Tandis que l'humeur d'Aveline s'égayait et qu'elle sourait plus souvent à la pensée de retourner à Keppenach, celle d'Aidan s'assombrissait davantage.

Lìli pensa qu'il soupçonnait peut-être quelque chose, mais il ne disait rien. Inquiète de son humeur, elle vérifia le contenu de ses coffres pour être sûre que la bague et le flacon y étaient toujours cachés. Si son mari avait découvert l'horrible objet, il l'aurait sûrement interrogée. Non, la bague était bien là où elle l'avait laissée. Elle n'arrivait donc pas à expliquer son changement de comportement.

En vérité, même si elle avait envisagé plusieurs fois de cacher la pochette offensante quelque part dans les champs, il était devenu évident que le seul endroit sûr était précisément là où elle la gardait. Le peuple d'Aidan passait trop de temps dehors, et elle ne pouvait pas garantir que quelqu'un ne l'y trouverait pas, même si elle prenait soin de bien la dissimuler. Hormis Aidan, personne ne s'aventurerait dans cette chambre sans permission. Et contrairement à Stuart et à Rogan, son mari ne semblait pas ressentir le besoin de gouverner tous les aspects de sa vie. Il ne lui avait jamais posé de question sur ses effets après avoir déposé ses malles dans leur chambre. Malgré ses fanfaronnades à son arrivée, il l'avait totalement acceptée comme épouse, ne lui manifestant que respect et affection. Il ne lui avait jamais rien refusé. En fait, elle n'avait pas beaucoup à demander. Il prenait soin d'elle comme aucun autre homme ne l'avait jamais fait avant lui. Aucun homme.

Avec l'aide de son mari, elle rédigea une demande formelle à Rogan, ou plutôt, Aidan écrivit la missive lui-même. Son mari était un scribe accompli, bien plus encore que Stuart ou que Rogan. Quelle ironie, pensait-elle, que l'homme qu'ils avaient pris pour un sauvage était bien plus instruit que la plupart des hommes qu'elle connaissait. Malgré l'isolement qu'il avait choisi, Aidan en savait beaucoup plus qu'elle sur les désignations et positions des hommes qui gouvernaient ce pays. Son choix de s'abstenir de la politique ne lui imposait pas de rester ignorant de leurs machinations.

Prêtant le poids de sa position à la demande de Lìli, de sorte que Rogan ne puisse pas refuser, il écrivit :

*À Rogan, grand chef du clan MacLaren, laird de Keppenach et autres donjons,*

*Pour ce qui concerne Aveline de Teviotdale, puisque la femme attend un enfant et a le cœur gros de rester à Dubhtolargg, je la renvoie immédiatement à Keppenach, avec mes excuses à David, le souhait de la femme étant que son enfant naisse sous la protection de son père, le laird de Keppenach.*

*Pour ce qui concerne Kellen MacLaren, fils de Stuart MacLaren, petit-fils de Dougal MacLaren, je veux le voir rendu à sa mère Lìleas, la dame de Dubhtolargg, maintenant et à l'avenir...*

*La dame de Dubhtolargg, maintenant et à l'avenir.*
Le cœur de Lìli se gonfla de joie à la formule : il dé-

clarait à tous qu'elle était en vérité sa femme et qu'il ne la rejetterait jamais. Jamais.

Elle remarqua toutefois avec quel soin il avait rédigé les phrases suivantes pour ne pas reconnaître David comme son roi :

> *... Nous reconnaissons qu'une année entière d'épousailles n'étant pas encore écoulée, la dispense appropriée doit être reçue de David mac Maíl Chaluim, prince de Cumbria, comte de Northampton et de Huntingdon, roi des Scots, mais point des Pictes,*
>
> *Comme je suis certain qu'il sera heureux de savoir que cette union me convient, qu'il lui plaise de m'informer derechef quand l'enfant pourra être ramené,*
>
> *Nous enverrons alors une garnison entièrement équipée en toute hâte pour modifier la situation actuelle et voir le garsoncel remis en toute sécurité à sa mère avant les premières neiges.*
>
> *Soussignée et scellée ce sixième jour d'octobre par moi, Aidan, grand chef des dún Scoti, laird de Dubhtolargg, descendant de Kenneth MacAlpin, le Ard Rí, Haut Roi et Chef des Chefs.*

Hélas, le vrai message, celui que Lìli n'osait pas coucher sur le papier, Aveline devait le remettre en secret. Rogan devait conduire Kellen au cairn en pierre près de la vallée des Fées, les ruines antiques situées avant la voie descendant dans la vallée. Il devait ramener son fils le premier jour de la lune de sang en octobre. Lìli trouverait une façon de se dérober pour échanger les informations qu'elle avait découvertes. Elle devait aussi s'efforcer d'ignorer sa culpabilité, car elle était convaincue qu'il n'y avait pas d'autre moyen.

Aidan scella le message et le remit à l'un de ses hommes le jour où il envoya la troupe escorter Aveline jusqu'à Keppenach. Il envoya un autre messager avec une lettre similaire pour David. Puis Lìli se résigna à attendre. Elle ne pourrait pas savoir si Rogan avait accepté sa proposition ou non, mais il ne pouvait pas totalement ignorer la lettre de son mari. Il devait renvoyer un message et elle étudierait attentivement sa réponse. Et quelle que soit la façon dont il répondrait, elle se hâterait vers la vallée des Fées la première nuit de la lune de sang.

Cependant, à la grande consternation de Lìli, Aidan garda encore plus ses distances une fois Aveline partie, appelant ses hommes dans les champs pour s'entraîner au combat, comme s'il se préparait à la guerre. Les hommes passèrent de longues heures à pratiquer, tandis que Lìli s'occupait en réfléchissant à un jardin pour le printemps suivant, préparant ses graines avec l'aide d'Una, car il y en avait qu'elle ne connaissait pas, et le sol ici était très différent de celui situé près du sommet. Même si la vallée reposait sur un tapis de verdure, la couche de bonne terre grasse était mince et en dessous se trouvait un plateau de pierre. Pour certaines plantes aux racines plus profondes, elle devrait peut-être surélever une plate-bande ou deux.

À sa demande, son mari avait fait construire et placer une table de travail près de la fenêtre de leur chambre, pour qu'elle puisse y œuvrer tout en profitant de la vue sur le *loch*.

Mais les premières neiges arrivèrent dans la vallée, et toujours pas de nouvelles de Rogan. Lìli commença à s'inquiéter. De gros flocons dansaient dans le ciel comme des papillons blancs. Lìli les regarda, repensant au chemin de montagne par lequel ils étaient arrivés quelques mois auparavant seulement... se demandant dans quel état se trouvait le sol au pied du premier *ben*.

Tant de choses avaient eu lieu depuis ce jour-là... Elle n'était plus la même, il n'était donc pas étonnant qu'elle ne considère plus Keppenach comme sa maison. En vérité, son peuple était ici maintenant.

Rongée par la culpabilité d'avoir menti à Aidan et inquiète pour son fils, elle déversa ses frustrations sur son mortier et son pilon.

Una la regardait préparer une mesure d'écorce de saule blanc et une autre de valériane. La concoction d'écorce de saule blanc était le même mélange qu'elle avait fait boire à Duncan et à Keane, pour les soulager de la douleur et réduire leur fièvre. Quant à la valériane... elle espérait qu'Una ne reconnaîtrait pas la racine. Lìli en prenait une petite dose pendant ses ourses, mais on pouvait utiliser un mélange beaucoup plus puissant pour endormir des adultes. Le seul inconvénient était qu'elle avait un goût très amer, mais cela ne la préoccupait pas trop. Leur *uisge* était si forte qu'elle pourrait facilement masquer le goût de la racine, et l'alcool amplifierait même les effets de la *drogue*.

Elle et Una avaient développé une étrange communion. La vieille femme n'était pas vraiment affectueuse, mais Lìli sentait qu'elle portait un grand amour à son clan. Elle se rendait compte qu'elle avait maudit Lìli pour lui.

Una la regarda moudre la racine séchée de valériane. Elle parlait peu. Lìli osa l'interroger sur la malédiction, espérant la distraire de la concoction qu'elle préparait. De toute façon, à quoi bon tout son travail si Aidan était toujours destiné à mourir du fait de cette malédiction ?

Comme si sa jambe lui faisait mal, la vieille femme s'appuya davantage sur son bâton et lui dit :

— Tout ce que nous sommes, ma fillotte, tout ce que nous devenons, vient des profondeurs de notre cœur. Vous deux soyez unis et même la mort pourra point vous séparer.

Lìli considéra la réponse de la vieille femme, mais

n'était toujours pas apaisée. Elle ne voulait pas seulement être liée à Aidan en esprit. Elle voulait sa présence corps et âme, chair et sang. La possibilité de le perdre maintenant lui déchirait le cœur !

Alors que les images de la mort d'Aidan assombrissaient les pensées de Lìli, la vieille femme poursuivit :

— Il est impossible de rendre le sang versé ou de reprendre les paroles prononcées dans la colère. Et pourtant, j'ai ouï dire un jour que le pardon est la rémission des péchés. S'il y a de l'espoir, c'est là qu'on doit le trouver.

Lìli fronça les sourcils et posa les yeux sur le pilon qu'elle tenait. Le pardon ? Pour ce qu'elle se préparait à faire ? Est-ce que la vieille femme prédisait que ses plans impliqueraient des effusions de sang ? Ou voulait-elle dire que Lìli devait les pardonner pour la souffrance qu'elle avait supportée à cause de cette épouvantable malédiction ? En vérité, elle avait déjà pardonné dans son cœur, car si la vieille femme ne l'avait pas maudite, elle n'aurait jamais rencontré Aidan, et elle l'aimait maintenant de tout son cœur.

Frustrée par la réponse d'Una, elle continua de moudre la racine de valériane jusqu'à la réduire en poussière. Tout ce qu'Una disait ou faisait semblait enveloppé de mystère. Pourtant, la femme n'avait jamais vraiment avoué pratiquer de magie. D'après ce que les gens savaient, c'était juste une vieille excentrique, même si Lìli percevait quelque chose de surnaturel en elle. Elle ne pouvait non plus oublier la sensation aveuglante qui l'avait assaillie quand elle avait posé la main sur sa pierre de voyance, cet éclair qui lui avait traversé l'esprit au moment où elle l'avait touchée. Lìli ne lui avait pas encore avoué être entrée dans sa grotte, mais elle sentait qu'Una le savait.

La vieille femme aux yeux verts, comme ceux d'Aidan et de sa famille, avait un regard rusé, mais discret aujourd'hui et posé maintenant sur Lìli qui mettait de côté la racine de valériane qu'elle venait de moudre.

Una lui rendait de plus en plus souvent visite, parfois pour l'aider, parfois seulement pour la regarder travailler. Et parfois Lìli se demandait si ce n'était pas juste pour la surveiller. De temps en temps, Sorcha l'accompagnait pour la regarder faire et l'aider. Ces fois-là, Una leur racontait des histoires sur les premiers jours de Dubhtolargg.

Elle parla à Lìli d'un chef qui avait suivi son père jusqu'à la montagne, rempli de doute. À sa mort, il l'avait enterré au sommet, sous le même cairn qu'elle avait aperçu en arrivant dans la vallée. Puis il avait failli redescendre de la montagne, en proie au doute et à la douleur. Une fée lui avait apparemment rendu visite, et il était tombé amoureux d'elle plus tard. C'étaient leurs descendants qui habitaient maintenant ici. Une histoire imaginaire que Sorcha semblait aimer. Après l'avoir entendue, elle sortit de la pièce en courant, à la recherche de quelqu'un à qui elle pourrait la raconter.

Après son départ, Una se tourna vers Lìli et lui dit :

— Ce qu'ils disent est vrai... les sœurs sont juste des fleurs différentes du même jardin.

— J'aurais aimé en avoir une, répondit distraitement Lìli.

C'était son désir secret depuis longtemps, même si elle souffrait moins de ce manque maintenant qu'elle ressentait enfin une profonde affinité avec le peuple d'Aidan. Elle avait été complètement seule pendant si longtemps.

— Ah ! les yeux sont aveugles ! tempêta soudain Una. *Vois* avec ton cœur, ma fillotte !

Secouant la tête de dégoût en marmonnant, elle sortit en clopinant avec son bâton.

Lìli, laissée seule, regardait dans le vide. Elle entendit soudain Sorcha raconter à Keane l'histoire. Il y avait quelque chose de très familier dans son rire... À l'instant même, Lìli saisit la profondeur des péchés de son père. Elle cligna des yeux, comprenant tout.

Sorcha, la petite fille qui l'avait accueillie bien avant le reste de la famille d'Aidan, était sa sœur de sang. Lìli le savait maintenant au plus profond de son âme, comme une vérité parfaite venue à la lumière. Cette réalité l'étourdit. Cela expliquait comment et pourquoi elle s'était sentie si étroitement liée à cet endroit dès qu'elle était arrivée dans le vallon.

Elle avait déjà un lien de sang avec eux.

§

À L'APPROCHE DU CRÉPUSCULE, le bruit des armes cessa de retentir dans les collines.

Aidan avait un grand désir de solitude, il avait besoin de sentir la piqûre du froid sur sa chair. Il se déshabilla entièrement et se tint au bord du bassin de Caoineag.

Une brume glaciale s'éleva de l'eau. La rive serait bientôt prise dans la glace. Comme le gel dans la barbe d'un vieil homme, l'herbe deviendrait cristalline. Mais même alors, Aidan trouverait le temps de se plonger dans les eaux glacées du *loch*, car cela lui donnait un sentiment d'euphorie quand il en sortait et sentait son sang couler dans ses membres comme de l'*uisge* chaude. Il se sentait alors plus vivant qu'à tout autre moment, hormis le temps passé dans les bras de sa femme.

Les *Am Monadh Ruadh* pouvaient se révéler un ennemi farouche, si l'on n'était pas en harmonie avec la terre. Le plongeon quotidien d'Aidan dans le *loch* le tenait habitué au froid. Ce soir, alors qu'au loin le soleil se couchait sur le *crannóg*, il ressentait un sentiment de calme, pas seulement à cause d'une bonne journée d'entraînement aux armes. La paix l'envahit à la seule pensée de Lìli l'attendant à la maison.

Dans la lumière du jour baissant, il aperçut les premiers flocons de neige. Il inspira profondément et plongea la tête la première dans le *loch* glacé, faisant confiance à ses instincts. Si la guerre venait dans la vallée, il serait prêt, ses hommes aussi. Mais la foi, comme le froid glacial, l'envahit tandis qu'il s'immergeait dans les eaux du *loch*.

# CHAPITRE 32

C'était la prérogative d'un roi de pouvoir changer d'avis.

Une lettre de David arriva. Ses yeux verts brillant, Aidan apporta la missive à Lìli. Il la lui tendit tandis qu'elle se tenait près de sa table de travail, un sourire timide aux lèvres. Les mains tremblantes et raides de froid, Lìli déroula impatiemment le parchemin. Elle retint son souffle tout en lisant. Ayant apparemment pris la lettre rédigée avec soin par Aidan pour une forme d'alliance, David avait écrit :

*À Aidan, grand chef des dún Scoti, laird de Dubhtolargg, descendant de Kenneth MacAlpin, mes salutations.*

*Comme il me plaît grandement de vous savoir agréer cette alliance, je ne vois point de raison de refuser le souhait de votre dame. Veuillez transmettre mes salutations à votre belle épouse et mes plus sincères regrets quant à la manière et à la mise en œuvre de ses circonstances. Longue vie à vous et aux vôtres.*

*Soussignée et scellée ce vingtième jour d'octobre par moi, David Mac Maíl Chaluim, prince de Cumbria, comte de Northampton et de Huntingdon, roi des Scots, le Ard Rí,*

*Haut Roi de Scotia et Chef des Chefs, descendant de Kenneth MacAlpin.*

Les mains de Lìli tremblèrent de soulagement quand elle redonna le parchemin à Aidan. Le message de David était clair, même si Aidan ne pouvait pas lire entre les lignes. Le roi avait changé d'avis et regrettait sa part dans les manigances de Rogan.

*Longue vie à vous et aux vôtres…*

Le roi régnant sur la Scotia bénissait leur mariage.

Mais elle savait que Rogan ne se conformerait pas aussi facilement à son souhait. Cependant, une fois que son fils serait en sécurité chez elle, Rogan n'oserait pas aller à l'encontre de son seigneur. Il ne restait plus qu'une journée avant la lune de sang. Rogan avait dû quitter Keppenach et prendre la route vers le nord, s'il avait bien l'intention de négocier avec elle, avant l'arrivée de la lettre de David. Elle savait au fond de son cœur qu'il accepterait sa proposition. Tout ce qu'elle avait à faire maintenant était de persuader Rogan de conclure leur échange et de lui remettre son fils. Elle se jurait d'y arriver coûte que coûte.

Pour la première fois depuis longtemps, elle avait bon espoir. Elle leva les yeux vers son mari. Elle aimait son visage. Elle aimait tout en lui. Si l'un d'eux devait quitter cette terre trop tôt, elle ne manquerait pas de montrer à Aidan ce qu'elle avait dans le cœur pour lui.

*Vous deux soyez unis*, avait dit Una.

C'était précisément ce que Lìli avait l'intention de faire, car elle comprenait maintenant ce que la vieille femme avait voulu dire.

Les yeux pétillants, elle se dirigea vers la porte de leur chambre et la referma, puis se tourna vers son mari en souriant. C'était tout ce qu'il fallait : un de ses sourires et elle vit son *breacan* bouger en dessous de sa ceinture. Se rendant compte qu'elle avait aperçu la preuve de son excitation, il rit d'une voix rauque. Elle se jeta dans ses bras, serra son visage dans ses mains et l'embrassa sans réserve, voulant lui faire comprendre tout ce qu'elle ressentait pour lui. Répondant avec la même passion, il lui rendit ses baisers, toutes les frustrations de ces dernières semaines évidentes dans son ardeur. Elle n'osa pas se détacher de lui et l'entraîna vers le lit, avec l'intention de l'aimer comme une vraie épouse. Cette fois, ils ne firent pas l'amour d'une façon douce. Lìli voulait qu'il comprenne que pas même la mort ne pourrait les séparer, car oui, il était son seul véritable amour.

Inhalant l'air très froid, Una regarda Lìli quitter secrètement le *crannóg* en courant et grimper la colline vers les ruines à l'entrée de la vallée des Fées.

L'année touchait à sa fin, le temps entre les temps, où les ténèbres descendaient tôt et les nuits devenaient plus froides et plus longues. Au-dessous de la crête, elle pouvait distinguer une couche de neige immaculée, couleur cuivre sous la lune de sang, mais cette nuit, ce ne serait pas une lune de sang comme les autres. La sphère rouge s'éclipserait dans le ciel boréal et la séparation entre ce monde et l'au-delà serait plus mince que jamais. C'était un temps de renaissance, un temps de croissance, un temps d'expiation. Et un temps de repos pour la Mère de l'Hiver...

Mais ce soir, avant l'éclipse totale, il n'y aurait pas de repos.

Le visage peint de la couleur pâle de la neige, Una ignora l'épuisement qui menaçait d'envahir ses vieux os. Immobile, elle regarda la nuit s'étendre sur le paysage. La brume tourbillonnait à ses pieds. La pierre incrustée dans le bâton qu'elle tenait à la main scintillait sous la lune rouge. Comme le lent cillement d'une mère lasse, se réveillant quand son enfant l'appelait en gémissant.

Elle regarda un instant la silhouette sombre de la jeune fille escalader la colline. Seule, son manteau rouge flottant au vent. Puis, avec un sourire satisfait, elle souffla sur la pierre laiteuse de son bâton...

Son souffle chaud contre la nuit, elle souffla jusqu'à ce que la brume se condense près de ses lèvres. Puis elle dispersa la brume et continua à souffler doucement, jusqu'à ce que le brouillard froid de la nuit s'étende tel une couverture de protection sur toute la colline.

Lìli se figea. Son *arisaid* tournoya autour d'elle tandis qu'elle portait un instant son regard au bas de la colline, dans la direction de la maison d'Una, avant d'avoir la vue obscurcie par la brume. Elle avait l'impression que quelqu'un la surveillait. Lìli leva spontanément les yeux vers la table en pierre. Una sut alors avec certitude qu'un jour, Lìli serait l'Élue.

Des frissons parcoururent le dos de la vieille femme, même si ses vieux os ne pouvaient plus sentir le froid. La gratitude envahit les profondeurs de son âme. Le soulagement parvint aux enchevêtrements de son esprit, la libérant de l'inquiétude.

Elles n'avaient pas parlé ensemble depuis l'avant-veille, pas depuis l'arrivée de la missive du roi, mais elle sentait dans son cœur que Lìli ferait ce qui était juste. Ce ne serait pas la fin. Même avec le vent murmurant à travers les rochers, elle n'entendait pas les pleurs de Caoineag.

Pas cette nuit.

&

LA TEMPÊTE SEMBLA ARRIVER sans prévenir.

À chaque pas le long de la crête, les bottes de Rogan

313

s'enfonçaient davantage dans le sol gelé. Si cela ne suffisait pas, une couche de brume recouvrit le paysage, au point qu'il ne pouvait plus voir ses pieds. Le blizzard ne l'effrayait pas, c'était un Highlander jusqu'au bout des ongles. Mais la couleur de la lune le fit hésiter. Malgré sa conviction que les champs derrière eux ne contenaient pas plus de magie que son petit orteil, elle lui donnait un étrange sentiment de malaise, renforcé par le fait que ses hommes s'étaient plaints du lieu sinistre où ils avaient établi leur camp. Tout serait bientôt fini, se rassura-t-il tout en arpentant le camp, ignorant les frissons, le silence et les regards inquiets de ses hommes.

De peur qu'ils n'attirent l'attention en gravissant la montagne et ne lancent tout le clan des barbares d'Aidan à leur poursuite, il avait juste amené avec lui six guerriers armés. Il était trop tard maintenant pour s'inquiéter de leur petit nombre.

Son choix avait été clair : soit ignorer la sommation de Lìli et rester assis sur son derrière à Keppenach, mais ce n'était pas un lâche, soit venir armé jusqu'aux dents avec ses hommes, mais il savait que ceux d'Aidan seraient plus nombreux et qu'en plus ils connaissaient mieux le terrain que lui, soit enfin escalader la montagne en secret avec une poignée d'hommes de confiance et garder l'enfant à proximité. Il savait sans l'ombre d'un doute que Lìli ne mettrait jamais son fils en danger.

À l'instant même, un de ses hommes pointait un couteau dans le dos du garçon, et Lìli devait savoir qu'il n'hésiterait pas à donner l'ordre de l'exécuter. Il n'aimait pas le gosse.

S'il y avait une chose que Rogan savait sur Lìli, c'est qu'elle était incapable de mentir. Aveline avait fini par l'en convaincre avec ses promesses larmoyantes : Lìli avait découvert quelque chose d'important ici, à Dubhtolargg. Rogan ne savait pas ce que c'était, parce que Lìli avait apparemment refusé de parler de sa découverte à Aveline. Mais il y avait quelque chose... Et juste pour être sûr qu'Aveline n'avait pas la langue fourchue, il avait passé la lame de son poignard sous chacun de ses ongles jusqu'à ce qu'elle hurle de douleur, le suppliant d'arrêter.

La garce ne le défierait jamais plus.

Il ne lui aurait jamais permis de porter ses enfants. La seule pensée le rendait malade. Elle ne lui servait plus à rien à Keppenach. Quand on découvrirait son corps, si cela arrivait un jour, on attribuerait ses ongles ensanglantés à une tentative désespérée de se libérer de la prison en bois où il la tenait confinée.

Mais ils n'arriveraient pas à la trouver.

Il avait franchi en secret le col de montagne avec sa demi-douzaine d'hommes, en prenant garde de marcher à l'ombre des rochers. Une fois arrivé, il avait refusé d'allumer un feu, malgré le froid, car ils n'allaient pas s'attarder. Il avait poussé l'enfant dans un vieux cairn, juste pour ne plus l'entendre se plaindre contre le vent mordant. Regardant à travers les ruines, le garçon grelottait, bleu de froid sous la pleine lune qui brillait sur lui par le toit ouvert du cairn. Sous les reflets rougeâtres de la lune, il ressemblait à une tête de démon qui alarmait ses hommes. Si seulement il pouvait tuer le gosse et en avoir fini avec tout ça !

— Vous pen-pensez qu'elle va ve-venir ? demanda un de ses hommes, inquiet et bégayant de froid.

En réponse, Rogan tourna le dos à ses hommes et fixa des yeux le chemin de montagne.

— Bien sûr qu'elle va venir, répondit-il comme se parlant à lui-même. C'est elle qui a demandé cette rencontre, n'est-ce pas ?

Mais il faisait nuit noire. Pas un seul flambeau ne brûlait en bas. De la crête, la vallée ressemblait à un trou noir, mis à part le reflet de la lune sur le *loch* au loin.

— Et si-si c'é-c'était un piège ? reprit un autre, soucieux lui aussi.

Rogan ne se souciait pas de savoir si l'enfant pouvait l'entendre.

— Alors nous trancherons la gorge du garsoncel, répondit-il sur un ton dénué d'émotion.

Il n'était pas tellement dérouté par le froid, car il puisait sa force dans la vengeance. Leur faiblesse l'agaçait, et il les maudissait tous, ces imbéciles, se demandant pourquoi il n'arrivait pas à trouver de bons hommes pour assurer ses arrières.

*Où diable était-elle ?*

Lìli ne laisserait pas son fils souffrir trop longtemps du froid, ça il le savait. Et quand elle arriverait, son intention était de rester juste le temps de glaner toutes les informations qu'elle voulait bien lui donner en échange. Puis il s'emparerait d'elle et de son gosse et les remmènerait à Keppenach, là où ils devaient être. Il se servirait ensuite des informations pour s'attirer les faveurs du roi, et de son enfant pour qu'elle lui obéisse.

Il observa le chemin de montagne, tournant le dos à la vallée des Fées, sachant instinctivement que ces superstitieux ne viendraient jamais par là. Et il ne croyait pas aux esprits, bons ou mauvais. Il avait caché leurs chevaux juste derrière le cairn. Et finalement, il vit sa récompense arriver. En bas, une tache rouge attira son attention, et il sourit.

Le reste de ses hommes aperçurent aussi le manteau de Lìli, flottant au vent. Mais ils ne pouvaient toujours pas voir son visage.

— Ah ! Et si-si c'é-c'était un fantôme ?

Leurs esprits crédules s'imaginaient voir toutes sortes de *brollachans* dans la neige tourbillonnante. Pas étonnant qu'ils voient des esprits aux formes changeantes au lieu d'un joli visage familier. Rogan les menaça du regard pour les faire taire. Il sourit et dit dans une langue qu'ils ne comprenaient pas :

— *Toll-tòin. Pauvres coqueberts.* Nous serons en route d'ici peu.

❧

LE VENT et la neige fouettaient le visage de Lìli, obscurcissant le chemin qui montait devant elle, mais elle l'avait parcouru mille fois en esprit. Savoir que son fils devait être juste de l'autre côté du sommet la fit frissonner d'impatience et de peur. Si quelque chose tournait mal, Kellen pourrait en payer le prix.

À sa grande surprise, Rogan n'avait pas du tout répondu à la lettre d'Aidan, mais elle le connaissait assez pour savoir qu'il viendrait quand même, désireux de posséder la seule chose que, d'après Lìli, David convoiterait encore plus que la mort d'Aidan.

Mais elle avait déjà décidé qu'elle ne la lui donnerait jamais.

Elle tenait en main un cadeau, l'*uisge* la plus forte qu'elle avait pu trouver dans leurs réserves, assez pour que Rogan et tous les hommes qu'il avait amenés avec lui se soûlent avec, d'autant plus qu'elle y avait ajouté une potion.

Elle avait le nez gelé et la neige lui couvrait les cils, mais elle brossa les flocons de la main et continua à marcher, sachant qu'elle ne pouvait désormais plus faire marche arrière. Quoi qu'il arrive maintenant, son chemin était tracé.

Malgré le brouillard et la neige aveuglante, elle trouva assez facilement le camp de Rogan. Leurs armures en argent scintillaient sous le clair de lune. Elle savait qu'Aidan trouverait ses armures abominables, mais elle en était contente ce soir. Cherchant son fils du regard, elle l'aperçut, frissonnant à l'intérieur du cairn. Kellen se leva dès qu'il la vit, regardant d'abord Rogan, puis Lìli. Elle ne voulait qu'une chose : le serrer dans ses bras. Étourdie un instant, elle ne pouvait penser à rien d'autre. Il avait le même doux visage que le jour où elle l'avait quitté, mais les yeux hagards et remplis de peur.

— Lìli ! lui dit Rogan en guise de salutation et ouvrant timidement les bras.

Lìli se força à accepter son embrassade et la lui rendit même, mais sans beaucoup d'émotion, de peur qu'il ne soupçonne ce qu'elle avait en tête.

— S'il vous plait... je veux d'abord voir mon fillot, insista-t-elle, se dirigeant vers le cairn.

Rogan la rattrapa par le bras et elle esquissa un sourire forcé.

— Qu'est-ce que c'est ? demanda-t-il, levant la main de Lìli qui tenait la bouteille d'*uisge*.

Elle lui adressa un faible sourire.

— Je vous ai apporté un peu de chaleur, dit-elle. Mais vous ne l'aurez qu'une fois que j'aurai vu mon fillot.

Elle le regarda dans les yeux comme elle savait le faire, de façon neutre, sans rien révéler.

De sa main libre, il prit la bouteille, riant doucement, mais sans lâcher Lìli.

— S'il vous plait, Rogan ! Je *dois* voir mon fillot. Il m'a tellement manqué !

Il lui lâcha soudain le bras et elle courut vers Kellen. Il lança son petit corps dans ses bras, en criant « Maman ! »

Lìli étouffa un sanglot. Il ne l'avait pas appelée ainsi depuis l'âge de trois ans.

— Kellen, Kellen, mon cher petit !

Elle le reposa par terre et le regarda dans les yeux.

Elle l'examina et remonta son manteau autour de son cou.

— Tu vas bien ? lui demanda-t-elle, remarquant qu'il était un peu décharné.

Il acquiesça brusquement de la tête. Se rendant compte que Rogan était juste derrière elle, en train de l'écouter, elle ajouta rapidement :

— Demain, nous rentrerons chez nous, toi et moi.

— À Keppenach ? demanda-t-il, ses yeux noirs remplis de confusion.

— Oui, je te le jure. À Keppenach. Et puis nous irons peut-être voir ta grand-mère, car je sais qu'elle aimerait connaître son seul petit-fillot.

Un large sourire se dessina sur le visage de son fils.

— Ah ! Maman ! Il a marché ! s'exclama-t-il les yeux brillants tandis qu'il ouvrait sa main entre eux, révélant le petit talisman qu'il avait trouvé dans son jardin.

La petite pierre était noire comme le charbon contre la pâleur de sa main. La neige continuait de tomber, sur les cils de Kellen et sur ses joues rouges. Il sourit soudain.

Il frissonnait de froid et le cœur de Lìli faillit se briser. Elle lui fit oui de la tête, retenant un autre sanglot. Elle referma sa main pour qu'il tienne fermement la pierre cachée, sachant que le plus dur de ses mensonges était encore à venir.

Derrière elle, Rogan reniflait le bouchon et les observait de près. L'homme qui avait gardé Kellen dans le cairn en sortit, un couteau brillant à la main. Il sourit, révélant une dent manquante.

— Tu as toujours été une horrible menteuse, déclara Rogan. Tu croyais m'avoir en m'offrant de l'*uisge*, Lìli ?

Lìli se redressa, serrant son fils contre elle, tirant son *arisaid* sur ses épaules pour lui tenir chaud.

— Nenni, mais je vous assure que je vous apporte de bonnes nouvelles, lui lança-t-elle, relevant le menton avec un air de fausse bravade et regardant nerveusement Rogan examiner la bouteille. Une fois que vous les entendrez, vous allez véritelment souhaiter porter un toast, lui suggéra-t-elle.

— C'est ce que tu dis, reprit-il, ses yeux brillant dans l'obscurité.

Lìli compta des yeux les hommes qu'il avait amenés avec lui, beaucoup moins que ce qu'elle avait imaginé. Six seulement, s'ils étaient tous présents. Leurs chevaux devaient être cachés ailleurs.

Sous le regard de Lìli, Rogan se dirigea vers l'un de ses hommes et lui offrit la bouteille.

— T'as l'air d'avoir froid, lui dit-il. Bois donc un coup.

L'homme regarda d'abord Lìli, les yeux pleins de soupçons, puis la bouteille. Il l'accepta, à contrecœur. Il hésitait.

— Bois ! lui ordonna Rogan.

Frissonnant, le pauvre homme fit oui de la tête et lança à Lìli un autre regard méfiant.

Lìli pria que la potion ne soit pas forte au point de le faire aussitôt tomber à genoux. Elle ne le tuerait pas, mais s'il tombait dans la neige et que personne ne le réchauffait, il mourrait certainement de froid.

L'homme saisit la bouteille des mains de Rogan. Il arracha le bouchon avec ses dents et le cracha, puis avala une grande gorgée et s'essuya la bouche. Lìli retint son souffle pendant un long moment. Elle serrait son fils contre elle. Son cœur battait la chamade tandis que l'homme de Rogan la regardait fixement, tenant toujours la bouteille d'*uisge*.

Quand Rogan vit que l'homme ne semblait pas affecté par la boisson, il se tourna enfin vers elle avec un regard menaçant.

— Alors, qu'est-ce que tu juges si important que

David puisse souhaiter épargner la vie de ton dún Scoti ?

Lìli releva le menton, les yeux sur l'homme tenant la bouteille. Tant qu'il y avait encore une chance que Rogan y boive et qu'elle puisse s'enfuir avec son fils sans effusion de sang, elle avait l'intention de continuer à jouer son numéro.

— D'abord, je demande le passage sûr vers la maison de mon père. Quoi qu'il dise ressentir pour moi, dès qu'Aidan se rendra compte que je l'ai trahi, il me tuera, et j'ai nulle part où aller.

Cette perspective sembla plaire à Rogan, car il sourit. Lìli frissonna, plus de peur que de froid. Elle sentait son fils trembler sous son manteau et elle savait qu'il ne pouvait pas rester ici aussi longtemps sans feu. Le camp de Rogan était sombre et froid. Il apparut clairement à Lìli qu'il n'avait pas l'intention de s'éterniser. Ses minutes étaient comptées.

— Je vais te dire ce que je ferai Lìli, lança Rogan après un moment en lui proposant un échange. Si j'aime ce que tu as à me dire, je vais en effet te renvoyer chez ton père... si Padruig veut bien de toi. Sinon... t'as peut-être encore une chance de devenir la dame de Keppenach. Est-ce que cela te sied ?

Lìli cligna des yeux. Elle s'obligea à respirer calmement. Mais la possibilité de se retrouver piégée sous le toit de Rogan même un seul jour lui serra l'estomac. Elle pressa inconsciemment les doigts sur les épaules de son fils. Il ne protesta pas, car lui aussi regardait Rogan. Ce dernier était comme une vipère dans une pièce, dangereuse et prête à asséner une morsure fatale.

— Si fait, convint Lìli.

Mais du coin de l'œil, elle vit l'homme qui avait bu l'*uisge* chanceler. Elle étouffa un cri.

Rogan se mit à rire, n'ayant pas encore remarqué l'homme dont les épaules vacillaient.

— Alors... qu'est-ce que tu sais qui pourrait changer le sort du monde ?

Lìli prit une profonde inspiration et commença à parler. Mais soudain, l'homme qui avait bu la potion laissa tomber la bouteille. Sans bruit, il imita la bouteille et tomba à genoux dans la neige, faisant fondre la glace à ses pieds.

Rogan se tourna aussitôt vers l'homme à terre.

Lìli serrait son fils contre elle, prête à se battre jusqu'à son dernier souffle.

AIDAN RÉALISA que Lìli ne pouvait pas le voir à travers les congères.

Lui et ses hommes attendaient dans les champs interdits, sachant que les Scots ne les imagineraient pas prêts à enfreindre les coutumes et à pénétrer dans la vallée des Fées. La plupart croyaient que le faire suscitait la colère des dieux.

Peints en blanc pour camoufler les bêtes et les hommes dans le paysage enneigé, sept cavaliers chevauchaient sur des montures pâles, des juments blanches habituées au terrain et entraînées à avancer sur ces falaises escarpées. Les Scots et les Anglais préféraient les hongres, mais les guerriers d'Aidan préféraient des juments fougueuses, à la lignée aussi pure et ancienne que la leur, des juments qui ne se regardaient pas avec des yeux assoiffés de sang pendant la bataille. Élégantes et robustes, elles étaient le plus grand allié d'un guerrier, aux côtés des hommes de son clan se battant pour lui.

Aidan échangea un coup d'œil avec Lael. Les poignées des couteaux de sa sœur étaient recouvertes de peaux pour empêcher le froid de les tourner en glace sous ses doigts et aussi pour que leur éclat ne les trahisse pas sous le clair de lune. Quoique ce soir, cela n'était pas important, car l'ombre rouge qui entourait la lune n'était pas assez brillante pour percer la neige tourbillonnante et la brume. Ils ne disaient rien, mais il savait qu'elle jouerait sa part. Sa sœur était aussi capable que ses guerriers.

Aidan vit au loin la silhouette sombre d'un homme tomber à genoux puis s'affaler la tête la première dans la neige. Quinze guerriers supplémentaires gravissaient la falaise derrière eux pour bloquer la retraite des hommes. Il devait attendre de savoir qu'ils étaient en place avant de donner le signal, mais ils étaient en retard. Brûlant de rage, il fit signe à ses guerriers d'attaquer.

Lìli sursauta à la vue des pâles chevaliers émergeant de la brume.

Ils sortirent de l'obscurité, pareils à des démons blancs sur des coursiers fantomatiques, le visage peint en blanc et barbouillé de peintures de guerre bleues.

Elle ouvrit son manteau et cria :

— Cours, Kellen ! Cours ! en le poussant dans la direction où elle souhaitait qu'il aille.

Mais il hésita un instant, réticent à la quitter. Lìli le supplia des yeux de s'en aller.

Grondant comme une bête en colère, Rogan se jeta à ce moment sur elle. Alors seulement, Kellen partit en courant.

Lìli vit les yeux de la personne à cheval qui suivit son fils, verts et étincelant d'un désir de vengeance. Ses cheveux noirs cachés sous une fourrure de loup argenté, elle rencontra brièvement le regard de Lìli avant de se précipiter vers Kellen et de le prendre dans ses bras sans s'arrêter dans sa foulée.

Kellen hurla, mais Lìli ne pouvait pas le rassurer : Rogan l'avait remise de force sur ses pieds et avait posé sa lame sous sa gorge. Au même moment, le cheval de son époux vint s'arrêter devant eux, les aspergeant de neige.

Une fierté immense lui fit monter les larmes aux yeux. Elle ne sentit pas le tranchant de la lame de Rogan contre sa peau ni n'entendit les paroles d'Aidan. Elle ne percevait dans ses oreilles que le battement de son propre cœur. Ses yeux étaient embués de larmes. Elle croisa le regard d'Aidan, lui disant silencieusement de ne pas se laisser intimider par ce démon. Si elle devait mourir ce soir, elle acceptait son destin, car elle savait maintenant que son fils serait en sécurité. Les larmes, figées pendant un instant, remplirent ses yeux.

La lune disparut complètement derrière son ombre, comme si Dieu leur faisait un clin d'œil. Même les battements de son cœur s'apaisèrent. Si c'était la fin, elle ne laisserait pas ces mots non dits. Son cœur se serra douloureusement.

— *Tha gaol agam ort*, murmura-t-elle.

Les mots restèrent suspendus entre eux, ni ici ni là, figés comme la brume dans l'air.

HURLANT D'INDIGNATION, Rogan vit ses hommes l'abandonner, les quatre qui étaient restés. Ils croyaient sans doute que le dún Scoti était un démon surgi de la vallée des Fées.

La garce, la menteuse, elle l'avait trahi !

L'un de ses hommes gisait le visage dans la neige, empoisonné par la garce qu'il retenait de force dans ses bras. Il lui avait fait confiance et elle avait réduit leur nombre. Il l'avait pensée trop vertueuse pour pouvoir mentir afin de sauver sa peau. Mais il était là, le visage dans la neige, et Rogan refusait la responsabilité de la chute de l'homme, même si c'était lui qui lui avait tendu la bouteille. Un autre homme se fit abattre avant de pouvoir sortir l'épée de son fourreau.

Entendre les paroles de Lìli était le coup final à son orgueil blessé. Il la frappa d'un grand coup sur la tempe avec le pommeau de sa claymore, tandis qu'Aidan dún Scoti descendait de cheval et avançait vers eux dans la neige.

Morbleu, s'il devait mourir ce soir, il mourrait comme un Scot, pas comme un lâche !

Le corps de Lìli s'effondra à ses pieds. La dernière chose qu'il vit fut son sang, rouge comme des pétales de rose, tombant goutte à goutte dans la neige.

Avec un cri de guerre, dún Scoti brandit son épée.

AIDAN NE VIT que du rouge. La lune de sang et le rouge du sang de sa femme alimentèrent une rage comme il n'en avait jamais connue.

Abandonnant leur *laird*, les guerriers de Rogan s'enfuirent par le chemin de montagne. Hélas pour eux, aucun d'entre eux ne survivrait pour raconter leur histoire. Quant à Rogan, il scella son propre sort quand il jeta Lìli à ses pieds.

Rempli de fureur, Aidan brandit sa lourde claymore. La lame heurta l'épée levée de l'homme dans un fracas métallique qui fit jaillir des étincelles entre eux. Sous la force du coup, l'arme de Rogan lui vola des mains et atterrit dans une congère derrière lui. Entre eux, le corps de Lìli gisait sur un lit blanc et gelé. Aidan repoussa Rogan loin de sa femme.

Il trébucha et faillit tomber à la renverse. Il se redressa tandis qu'Aidan retirait la hache de sa ceinture. Une fois assez loin de Lìli, il jeta l'arme aux pieds de Rogan.

— Qu'on dise jamais que j'ai tué un homme

désarmé, mais vous y trompez point, Rogan MacLaren, je vous tuerai ce soir !

Les narines de Rogan soufflèrent comme un étalon fou. Il avait un regard noir pareil à celui d'une bête acculée. Aidan s'approcha lentement de lui, prêt à frapper dès que Rogan ramasserait la hache, mais sa proie se contenta de regarder l'arme.

Quelque part au bas du chemin de montagne, on entendit le cliquetis des épées, mais Aidan ne s'intéressait qu'à la mort d'un seul homme. Ces pauvres bougres en bas avaient juste commis l'erreur de jurer fidélité au mauvais homme.

Rogan recula devant Aidan, cherchant à tâtons son épée dans la neige, sans lâcher Aidan du regard.

— *Faigh bàs !* cracha-t-il.

— Si je vais en enfer, je vous y trouverai ! répliqua Aidan en souriant.

Comme si les cieux donnaient leur assentiment, la lune se glissa à cet instant derrière son ombre, mais Aidan voyait assez pour suivre les mouvements de Rogan. Il connaissait ce pays comme le corps de la femme qu'il aimait. S'approchant de sa proie, il se pencha pour ramasser la hache, mais il ne la remit pas dans son fourreau. Rogan avait commis une erreur en renonçant à l'arme, car Aidan était bien meilleur à la hache qu'à l'épée.

Rogan trouva enfin son arme de prédilection, l'épée tachée du sang de Lìli. Il gronda alors avec une confiance renouvelée et se précipita sur Aidan, sa claymore levée.

Aidan lança sa hache. À travers l'obscurité, elle atterrit avec précision au centre de la poitrine de Rogan, s'y enfonçant si profondément qu'il put entendre les côtes de l'homme craquer malgré les hurlements du vent. Rogan afficha un regard stupéfait et tomba à la renverse dans la neige. Il laissa aller son épée pour saisir la lame entrée dans sa poitrine. La hache ne bougea pas, mais la mort ne viendrait pas aussi vite qu'il pouvait l'espérer, car la lame avait raté son cœur.

Aidan hésita juste assez pour effacer de son esprit la rage de la bataille, tandis que le vent et la neige lui fouettaient le visage. Entendant les cris de ses hommes revenant du sentier de montagne, il récupéra la bouteille d'*uisge* que Lìli avait apportée avec elle. La retirant des mains déjà gelées de l'homme, il se dirigea vers Rogan et la jeta à côté de lui.

— Profitez-en pendant que vous le pouvez, crachat-il, offrant à l'homme une plus grande miséricorde qu'il ne méritait. Ce sera la dernière que vous goûterez.

Il posa sa botte sur le ventre de l'homme et retira la hache de sa poitrine, lui craquant d'autres côtes et abandonnant le bâtard au sort que ses hommes lui réserveraient. S'il réussissait à s'éloigner en rampant avant qu'ils le trouvent, il mourrait prostré dans la neige et les loups déchireraient sa chair, ne laissant que les os. Sans un mot de plus, il se retourna, enleva son manteau pour en couvrir sa femme et la souleva dans ses bras, priant qu'il ne soit pas trop tard.

La douleur était presque insupportable.

La main sur le ventre, Lìli était inquiète. D'aussi longtemps qu'on se souvienne, Una avait été la seule à aider les femmes à accoucher ici dans la vallée. Les années précédentes, elle ne s'était jamais absentée en hiver, mais Aidan jurait qu'elle serait de retour bien avant la célébration de Beltane pour donner les bénédictions de printemps, avant de repartir une fois de plus pour son séjour annuel dans les Highlands.

Les neiges s'étaient cependant éloignées depuis longtemps et Una n'était toujours pas revenue. Lìli se rappelait les remarques occasionnelles de la femme, qu'elle « vieillissait » et que « maintenant que Lìli allait s'occuper des membres de son clan, elle pouvait se reposer », elle craignait que cette fois Una ne reviendrait peut-être pas.

Ils construisaient déjà le feu de joie et se préparaient pour la célébration de Beltane. Elle et Lael comptaient les moutons à abattre pour la fête. Elles avaient mis de côté le reste du bétail pour la bénédiction d'Una. Mais avec une seule nuit restant avant le festival, tous les foyers avaient déjà été éteints. On les rallumerait plus tard avec une braise du feu de joie, une fois béni par Una.

Sorcha, Duncan et Kellen étaient maintenant dans les champs avec le reste des enfants, à cueillir des fleurs qu'ils poseraient sur chaque créature vivante de la vallée. Le printemps était enfin là et les sorbiers en pleine floraison, avec leurs bourgeons blancs évoquant le souvenir de la neige.

Un jour comme aujourd'hui, Lìli ne s'inquiétait pas tellement pour Kellen. Elle éprouvait beaucoup de joie dans le simple fait que pour la première fois, son fils était libre d'être un enfant. Quant au bébé dans son ventre, c'était une tout autre histoire... Il devait d'abord venir au monde, et pour cela elle avait besoin d'Una.

Lael fronça les sourcils, remarquant que Lìli avait posé la main sur son gros ventre.

— Comment vas-tu ? lui demanda-t-elle, inquiète.

— Je vais bien, la rassura Lìli.

Depuis la chute de Rogan et dès qu'elle avait placé ses bras autour du fils de Lìli, l'attitude de la sœur aînée d'Aidan avait changé envers Lìli. Mise à part Glenna, elle était maintenant son amie la plus chère. Elle se surprenait parfois à souhaiter qu'Aveline soit restée, car un messager leur avait dit que la pauvre fille avait disparu et que personne n'arrivait à la trouver. Lìli craignait bien sûr le pire. Et maintenant qu'elle avait découvert une telle joie au milieu de ces gens, elle se demandait si Aveline aurait pu faire la même expérience. Quel dommage !

— Tu me parais point aller si bien, gronda Lael. Qu'est-ce que tu en penses, Glenna ?

Glenna savait que Lìli voulait retenir le bébé et elle comprenait pourquoi.

— Lìli, ma chère, laisse-nous finir de compter les bêtes et va te reposer un peu. Una sera bientôt de retour, lui dit-elle.

Mais Lìli était à court de temps !

Une autre douleur lui traversa le ventre et le bébé se tortilla, lui donnant des avertissements répétés.

Elle leva les yeux vers la crête, là où Aidan supervisait les hommes qui descendaient les troncs d'arbres de la montagne. Ils en garderaient pour leurs jeux, mais la plupart serviraient à réparer les pilotis, les murs et les planchers du *crannóg* qui avaient souffert de l'hiver. Ils garderaient certaines traditions et en abandonneraient d'autres. Grâce à Dieu, ils n'avaient enterré ni homme, ni femme, ni enfant depuis le jour où Lìli avait découvert la cause de leurs maladies. Pas même lors de cette nuit fatidique au sommet de la colline n'avaient-ils perdu de vie.

C'était différent pour la troupe de Rogan. Cette nuit-là, ils avaient brûlé le corps de Rogan sur la crête avec celui de ses hommes. Un seul avait survécu, mais parce que Lìli n'avait parlé à personne de la pierre, on ne savait pas ce qu'elle avait promis de révéler à Rogan. Et selon elle, personne ne le saurait jamais. David savait juste qu'il y avait eu une escarmouche concernant le retour de son fils.

Deux jours auparavant, les hommes de MacKinnon s'étaient aventurés dans la vallée, demandant une fois de plus si Aidan prêterait son épée à leur cause. Broc avait demandé à David le retour de Keppenach, mais David avait refusé, affirmant que le sort de la forteresse n'était pas réglé, maintenant que Lìli était mariée. Même si l'on pouvait faire valoir que son fils était toujours son héritier légitime, cela ne valait pas la peine d'entrer en guerre avec les MacKinnon. Lìli sentait pourtant une bataille imminente concernant le sort du patrimoine de son fils. Elle était inquiète à l'idée qu'Aidan se sente obligé d'aider à défendre la forteresse contre ceux qui chercheraient à empiéter sur les *Am Monadh Ruadh*. Elle espérait seulement qu'il ne soit pas obligé de se prononcer avant l'arrivée du bébé, sous peu maintenant, vu ses contractions.

Quant à Sorcha, elle ne savait toujours pas qu'elle et Lìli étaient sœurs de sang. Aidan avait demandé à Lìli de ne pas le lui révéler, car il ne souhaitait pas que sa plus jeune sœur découvre les circonstances de sa naissance. Lìli n'était pas sûre d'être d'accord, mais Sorcha était la sœur d'Aidan en premier lieu après tout. Ce qui importait le plus était que Lìli puisse aimer la fille de tout son cœur, quoi que cette dernière connaisse ses origines.

— Lìli ? demanda Glenna.

De toute façon, le travail de la journée était presque fini. Lìli était sur le point d'accepter d'aller s'étendre, de peur de trop se fatiguer et de faire arriver le bébé trop tôt. Puis elle leva les yeux vers la table en pierre et son cœur bondit de joie. Elle pleura de soulagement et tomba aussitôt à genoux.

— Oh ! s'exclama-t-elle en serrant son ventre.

Le bébé était en route.

*Maintenant.*

Juste au bon moment, parce qu'Una descendait la colline dans leur direction, ses cheveux blancs flottant dans la brise comme des nuages et son bâton scintillant sous le soleil de midi.

— Oh, mon Dieu ! cria-t-elle à nouveau, cette fois sous le coup de la douleur.

Elle était peut-être entrée en travail à cause de son excitation en voyant Una. À moins qu'Una ait simplement donné la permission au bébé de naître, on ne le saurait jamais. Mais Lìli ressentit soudain une vague de douleur, comme si quelqu'un lui avait fait tomber la *keek stane* d'Una juste sur le bassin.

— Oh ! s'écria-t-elle une nouvelle fois, s'évanouissant presque quand elle sentit la tête de l'enfant commençant à se présenter.

Fille ou garçon ? Dans les deux cas, l'enfant était aussi impatient que son père !

Lìli trébucha. Glenna cria et l'attrapa juste à temps. Lael gravit la colline en criant, appelant son frère.

Ils eurent à peine le temps d'emporter Lìli dans le *crannóg*.

Leur fille vit le jour la veille de Beltane. Elle avait des cheveux noirs comme un corbeau et si longs que Cailin essaya de les tresser. Entourée de ceux qu'elle aimait, Lìli savait sans nul doute qu'elle n'était pas du tout maudite. Elle se sentait au contraire bénie.

Les larmes aux yeux, son mari fit sortir tout le monde de leur chambre et vint se placer à côté de Lìli, un genou à terre.

— *Sùilean geala*, murmura-t-il à leur fille, *ma belle aux yeux lumineux*, car ses yeux étaient d'une couleur rare pour un nouveau-né, plus verts que bleus, et anormalement lumineux, comme ceux des parents d'Aidan.

C'était la marque de naissance des gardiens, affirmait Una, même si cela ne suffisait pas pour devenir un véritable gardien. Les yeux de Lìli étaient violets et pourtant Una soutenait qu'elle hériterait un jour de son bâton. Quoi qu'il en soit, il était clair que leur enfant était une fille du noble sang d'Aidan.

Aidan comprit soudain et avala sa salive avec difficulté. Il réalisa ce qu'Una avait essayé de lui dire cette nuit-là, longtemps auparavant. La nuit où elle lui avait recommandé de se tourner vers les étoiles pour soutenir sa foi.

Aidan regarda son enfant sans nom dans les yeux. Il sut alors qu'il ne douterait plus jamais de sa femme ni de sa foi. Avant la nuit sur la crête, Lìli lui avait tout avoué, confiante qu'il les protégerait, elle et son fils, le fils d'Aidan aussi maintenant. Et voilà qu'ils avaient deux précieux enfants. Celle qui se tortillait devant lui était l'étoile qu'Una voulait qu'il voie avec son cœur.

— Je voudrais l'appeler Ria, dit-il à sa femme, l'émotion l'empêchant presque de parler. *Riannag*, comme ma mère. Cela veut dire *étoile*.

Les larmes montèrent aux yeux de Lìli tandis qu'Aidan tendit la main pour suivre du doigt la cicatrice autour de son cou, la cicatrice que Rogan lui avait infligée avant de mourir. C'était tout ce qui restait pour lui rappeler combien il avait été près de tout perdre.

— Rien ne me ferait plus plaisir, répondit-elle.

— Ah, balbutia-t-il, ému. Je te donnerai jamais un château de pierre qui touche le ciel, murmura-t-il. Et je gouvernerai point de nations. Je suis juste un homme, un gardien de la pierre. Peux-tu aimer un homme simple sans aspirations à la grandeur, Lìli ?

— De tout mon cœur, jura-t-elle.

Et il la crut, car il pouvait deviner son cœur dans ses yeux.

— Mais je suis point d'accord, mon amour, reprit-elle. Le père de ma fille est le plus grand des hommes !

Les larmes aux yeux lui aussi, il repoussa de la main les cheveux trempés de sueur du front de sa femme.

— Je t'aime, Lìli, chuchota-t-il.

— *Tha gaol agam ort-fhèin*, répondit-elle. *Moi aussi je t'aime.*

Leur enfant émit un gargouillis. Una s'attardait dans l'obscurité de la salle. Mais quand Lìli croisa son regard, elle sourit et s'éloigna en clopinant.

Je tiens d'abord à signaler que j'ai pris quelques libertés avec la géographie. La vallée que j'ai choisie pour le cadre de cette histoire a été inspirée par le paysage autour du Loch Einich. Elle est située dans son voisinage, mais j'ai délibérément voulu garder l'emplacement précis un peu mystérieux. Notez aussi que les premiers récits de distillation du whisky datent de bien plus tard, même si je suis sûre que la pratique est apparue longtemps avant les écrits sur ce sujet. Il en va de même pour les kilts, les plaids, les tartans et les Pictes eux-mêmes. D'après la plupart des témoignages, les Pictes avaient disparu au neuvième siècle.

Pour ce qui est de l'*An Lia Fàil*, autrement connue sous le nom de pierre du destin ou pierre de Scone, ou encore *clach-na-cinneamhain* pour certains, beaucoup de légendes l'entourent. Tout au long de l'histoire, elle a été volée, cachée, enlevée, placée sous des trônes, et jusqu'à ce jour, personne ne peut dire avec une certitude absolue laquelle est la vraie pierre ni où elle se trouve.

Un récit nous dit que la vraie pierre a été cachée quelque part dans les montagnes près de Scone, dissimulée par des moines en 1296, quelque temps avant que le Marteau des Écossais, alias le roi Édouard Ier d'Angleterre, puisse s'en saisir et s'en servir pour soumettre les Highlanders. Cette théorie semble soutenue par une histoire du dix-neuvième siècle : deux garçons examinaient un glissement de terrain sur la colline de Dunsinane, près de l'emplacement d'un ancien fort, connu sous le nom de château de Macbeth. Les garçons y trouvèrent une fissure et une grotte cachée où ils découvrirent aussi une pierre noire aux gravures mystérieuses. Plus tard, en suivant leur récit, on retrouva la grotte et en plus de la pierre, deux tablettes. Avec beaucoup d'excitation, on envoya la pierre à Londres pour la faire examiner, mais on ne la revit plus jamais. Mon histoire est bien évidemment inspirée de ce fait.

Et si – la fameuse question magique – la pierre du destin avait bel et bien été cachée, mais pas en 1296 comme les chroniqueurs voudraient nous le faire croire ? Et si elle avait été cachée *beaucoup* plus tôt. Disons, à un moment où l'histoire de l'Écosse ne faisait que commencer ? Et si les gardiens de la vraie pierre avaient été déçus par les conflits des nobles tribus écossaises ? Et si, après la trahison de Kenneth MacAlpin, quand il assassina sept rivaux du trône picte, la vraie pierre avait été maudite par le dernier des Pictes ? Et si ensuite, après la mort d'Aed, fils de Kenneth, dans un complot, les gardiens de la pierre avaient craint que la relique sacrée ne tombe entre de mauvaises mains ? Et s'ils avaient volé cette pierre, la vraie, et l'avaient cachée dans une grotte ? Et si elle était cachée jusqu'à ce jour sous les collines d'Écosse ? Ce serait l'histoire des Gardiens de la Pierre.

La vérité est que les Pictes ont pratiquement disparu de l'histoire de l'Écosse, sans que personne ne sache où ils sont allés ni pourquoi. Mais j'aime me les imaginer ainsi, un peuple qui préserva son patrimoine jusqu'au bout et qui nous a transmis ses traditions par sa ténacité à survivre.

Cette version de leur histoire est pour tous ceux qui, comme moi, refusent encore maintenant de laisser ces gens disparaître complètement des annales de l'histoire.

*Slàinte mhòr agad !*

# DICTIONNAIRE GAÉLIQUE

Cette liste vous permettra de prendre davantage plaisir à la lecture de ce livre. Pour les mots gaéliques non inclus ici, le sens est explicité dans le texte lui-même. Les mots gaéliques et leur traduction en anglais y sont écrits en italique.

**Am Monadh Ruadh** *:* les Cairngorms (chaîne de montagnes située dans les Highlands, en Écosse), littéralement « les collines rouges les distinguant des *Am Monadh Liath*, « les collines grises ».

**Arisaid** *:* version féminine d'un grand plaid, plutôt utilisée comme un manteau à l'origine, le plaid n'apparaissant que beaucoup plus tard en Écosse. On peut reconnaître chaque clan à la couleur de son *arisaid*.

**Aula** *:* salle de réception ou de banquet où le seigneur rendait parfois justice.

**Auroch** *:* espèce de bovidés disparue, ancêtre des races actuelles de bovins domestiques.

**Bean sìth** *:* banshee, créature féminine surnaturelle de la mythologie celtique irlandaise, considérée comme une magicienne ou une messagère de l'Autre Monde (le *Sidh*).

**Ben** *:* montagne.

*Breacan* : abréviation de *breacan-an-feileadh*, ou grand plaid.

*Brollachan* : goule, créature monstrueuse.

*Corrie* : cirque, enceinte naturelle à parois abruptes, de forme circulaire ou semi-circulaire.

*Crannóg : c*onstruction en bois, souvent sur un plan d'eau, servant de maison aux premiers Pictes.

*Dwale* : boisson à base de morelle ou de belladone, souvent utilisée comme anesthésique.

*Keek stane* : pierre de voyance ou boule de cristal.

*Loch* : lac.

*Mo chreach* : interjection utilisée pour exprimer la surprise ou la déception.

*Mounth* : chaîne de collines bordant le sud de la Strathdee, dans le nord-est de l'Écosse.

*Quintaine* : pièce d'équipement pour l'entraînement aux joutes, souvent en forme de personne.

*Reiver* : pillard à la frontière anglo-écossaise.

*Sluagh* : dieu du monde des morts.

*Targe* : petit bouclier circulaire.

*Trews* : pantalon moulant en tartan.

*Uisge-beatha* : whisky, littéralement « eau-de-vie ».

*Woad* : colorant extrait du Pastel des teinturiers ou guède, une plante herbacée.

LIVRES DE TANYA ANNE CROSBY EN FRANÇAIS

**LES SŒURS ALDRIDGE**
Les derniers moments de Florence W. Aldridge
Au nord de Folly-sur-Mer
À l'ouest de la mort

**LES GARDIENS DE LA PIERRE**
Le Promis des Highlands

 Les romans de Tanya Anne Crosby figurent sur de nombreuses listes de best-sellers, y compris celles du New York Times et de USA Today. Chargés d'émotion et d'humour, aux personnages pleins de défauts, ses livres lui valent les louanges des lecteurs et d'élogieuses critiques littéraires. Elle vit avec son mari, deux chiens et deux chats au nord de l'État du Michigan.

*Pour plus d'informations:*
www.tanyaannecrosby.com
tanya@tanyaannecrosby.com